SCIENCE FICTION

Herausgegeben
von Wolfgang Jeschke

STAR TREK in der Reihe
HEYNE SCIENCE FICTION & FANTASY:

Vonda N. McIntyre, *Star Trek II: Der Zorn des Khan* · 06/3971
Vonda N. McIntyre, *Der Entropie-Effekt* · 06/3988
Robert E. Vardeman, *Das Klingonen-Gambit* · 06/4035
Lee Correy, *Hort des Lebens* · 06/4083
Vonda N. McIntyre, *Star Trek III: Auf der Suche nach Mr. Spock* · 06/4181
S. M. Murdock, *Das Netz der Romulaner* · 06/4209
Sonni Cooper, *Schwarzes Feuer* · 06/4270
Robert E. Vardeman, *Meuterei auf der Enterprise* · 06/4285
Howard Weinstein, *Die Macht der Krone* · 06/4342
Sondra Marshak & Myrna Culbreath, *Das Prometheus-Projekt* · 06/4379
Sondra Marshak & Myrna Culbreath, *Tödliches Dreieck* · 06/4411
A. C. Crispin, *Sohn der Vergangenheit* · 06/4431
Diane Duane, *Der verwundete Himmel* · 06/4458
David Dvorkin, *Die Trellisane-Konfrontation* · 06/4474
Vonda N. McIntyre, *Star Trek IV: Zurück in die Gegenwart* · 06/4486
Greg Bear, *Corona* · 06/4499
John M. Ford, *Der letzte Schachzug* · 06/4528
Diane Duane, *Der Feind — mein Verbündeter* · 06/4535
Melinda Snodgrass, *Die Tränen der Sänger* · 06/4551
Jean Lorrah, *Mord an der Vulkan Akademie* · 06/4568
Janet Kagan, *Uhuras Lied* · 06/4605
Laurence Yep, *Herr der Schatten* · 06/4627
Barbara Hambly, *Ishmael* · 06/4662
J. M. Dillard, *Star Trek V: Am Rande des Universums* · 06/4682
Della van Hise, *Zeit zu töten* · 06/4698
Margaret Wander Bonanno, *Geiseln für den Frieden* · 06/4724
Majliss Larson, *Das Faustpfand der Klingonen* · 06/4741
J. M. Dillard, *Bewußtseinsschatten* · 06/4762
Brad Ferguson, *Krise auf Centaurus* · 06/4776
Diane Carey, *Das Schlachtschiff* · 06/4804
J. M. Dillard, *Dämonen* · 06/4819 (in Vorb.)
Diane Duane, *Spocks Welt* · 06/4830 (in Vorb.)

STAR TREK: DIE NÄCHSTE GENERATION:
David Gerrold, *Mission Farpoint* · 06/4589
Gene Deweese, *Die Friedenswächter* · 06/4646
Carmen Carter, *Die Kinder von Hamlin* · 06/4685
Jean Lorrah, *Überlebende* · 06/4705
Peter David, *Planet der Waffen* · 06/4733
Diane Carey, *Gespensterschiff* · 06/4757
Howard Weinstein, *Macht Hunger* · 06/4771
John Vornholt, *Masken* · 06/4787
David & Daniel Dvorkin, *Die Ehre des Captain* · 06/4793
Michael Jan Friedman, *Ein Ruf in die Dunkelheit* · 06/4814 (in Vorb.)
Peter David, *Eine Hölle namens Paradies* · 06/4837 (in Vorb.)

STAR TREK: DIE ANFÄNGE:
Vonda N. McIntyre, *Die erste Mission* · 06/4619
Margaret Wander Bonanno, *Fremde vom Himmel* · 06/4669
Diane Carey, *Die letzte Grenze* · 06/4714

DAS STAR TREK-HANDBUCH:
von Ralph Sander · 06/4670

Diese Liste ist eine Bibliographie erschienener Titel
KEIN VERZEICHNIS LIEFERBARER BÜCHER!

DAVID & DANIEL DVORKIN

DIE EHRE DES CAPTAIN

STAR TREK
Die nächste Generation

Raumschiff ›Enterprise‹

Roman

Deutsche Erstausgabe

Science Fiction

WILHELM HEYNE VERLAG
MÜNCHEN

HEYNE SCIENCE FICTION & FANTASY
Band 06/4793

Titel der amerikanischen Originalausgabe
THE CAPTAIN'S HONOR
Deutsche Übersetzung von Andreas Brandhorst
Umschlagbild: Cintron/Paramount Pictures Corporation

Redaktion: Rainer Michael Rahn

Printed in Germany 1991
Umschlaggestaltung: Atelier Ingrid Schütz, München
Satz: Kort Satz GmbH, München
Druck und Bindung: Ebner Ulm

ISBN 3-453-04989-6

Für meinen Mitautor

Historische Anmerkung: Dieses Abenteuer findet kurz nach Lieutenant Tasha Yars Tod in der Fernsehepisode (Star Trek: Die nächste Generation) *Skin of Evil* statt. Der Leser mag auch auf die Star Trek-Folge *Bred and Circuses* Bezug nehmen, um mehr über die Gesellschaft auf Magna Roma zu erfahren.*

---

* Beide Folgen sind zum Zeitpunkt der Drucklegung dieses Buches in Deutschland noch nicht veröffentlicht bzw. ausgestrahlt worden; Anm. d. Red.

PROLOG

Stille.

Das wesentliche Merkmal des Alls. Nicht die unendliche Weite oder die Schönheit der samtenen, von Sternen durchsetzten Schwärze, sondern Stille.

Das M'Dok-Schlachtschiff *Restauration* schwenkte lautlos in die Umlaufbahn des Planeten Tenara, der als marmorierte Kugel im dunklen Weltraum glänzte.

Auf dem Kommandodeck erklangen laute Stimmen.

»Unser größter Sieg«, verkündete der Steuermann.

Der Captain nickte. »Wenn wir mit diesem Überfall Erfolg haben«, sagte er und sank aufs Kommandokissen, »schmücken wir unsere Kabinen zwölf Zwölftage lang mit den Köpfen der Opfer.«

»Große Ehre«, brummte der Waffenoffizier. »Erst vor drei Zwölftagen hatte meine Jahrfrau einen neuen Wurf. Die Kleinen werden sich über die Leckerbissen freuen, die wir ihnen bringen.«

Der Captain wußte, daß alle M'Dok-Kinder zu Hause vor Hunger heulten. Die Zeit für sein Volk wurde immer knapper.

Einem fremden Beobachter wäre die Anspannung des M'Dok-Kommandanten sicher nicht aufgefallen. Er hätte nur die gerade Haltung bemerkt, den hellen Glanz der Uniform und des Blasters. Wer die M'Dok-Kultur kannte, wußte die orangefarbenen und grünen Streifen am Hals zu deuten, Zeichen dafür, daß der Captain zu einer höheren Kaste gehörte. Auf den ersten Blick betrachtet, wirkte er wie eins der Katzenwesen, die man auf vielen Planeten der Klasse M antreffen konnte. Aber dieser Eindruck täuschte. Einst hatten die M'Dok mit eiserner Faust über einen ganzen Raumquadranten geherrscht, bis ihnen der interstellare Völkerbund namens Föderation alle Kolonien raubte und sie in ihr eigenes Sonnensystem zurückdrängte. Mit diesem Schiff wollte der Captain die Tradition der Gewalt fortsetzen und alten Ruhm zurückgewinnen.

»Alarm!« meldete der Sensoroffizier und krümmte den Rücken. »Ein Raumschiff näherte sich und steuert aus Position eins elf in den Orbit.«

»Wir werden aufgefordert, uns zu identifizieren«, fügte der Kommunikationsoffizier hinzu.

»Funkstille!« zischte der Captain. »Kategorisieren.«

»Ein Föderationskreuzer der Constitution-Klasse«, sagte der Sensoroffizier. »Beträchtlich kleiner als unser Schiff, Sir.«

Wie erwartet. Der Captain nickte und lächelte zufrieden.

Die *Restauration* war größer und mächtiger als alle Raumschiffe der Föderation – sah man einmal von den Einheiten der Galaxis-Klasse ab. *Aber es gibt nur eine Handvoll von ihnen, mehr nicht. Und sie werden für wichtigere Dinge gebraucht. Man verwendet ihre enorme Schlagkraft nicht, um einen abgelegenen und unwichtigen Planeten zu schützen.*

Der Kommandant betrachtete die Anzeigen und strich mit den Krallen geistesabwesend über den Rand der Konsole. Das energetische Emissionspotential deutete darauf hin, daß die Feuerkraft der *Restauration* der des Föderationsschiffes im Verhältnis vier zu eins überlegen war.

Was für eine Enttäuschung! Man kann nicht einmal von einem Kampf sprechen.

Die Offiziere duckten sich erwartungsvoll an den Stationen und warteten auf Befehle.

»Sir!«

Der Ausruf stammte vom jungen, unerfahrenen Kommunikationsoffizier und kam einer empörenden Verletzung des Protokolls gleich.

Der Captain drehte sich um, dazu entschlossen, seinen Untergebenen zu ermahnen.

Das Kommunikationspult befand sich in der hinteren Sektion des Kontrollraums. Der junge M'Dok stand vor der Konsole und kehrte dem Kommandanten den Rücken zu. Der lange Schweif wirkte bauschig, und die ganze Haltung brachte Aufregung und Anspannung zum Ausdruck. »Das Föderationsschiff hat sich identifiziert. Es ist die *Zenturio!*«

Sofort spürte der Captain, wie seine Nackenhaare sich aufrichteten. Er dachte nicht mehr an irgendwelche disziplinarischen Maßnahmen, teilte statt dessen die Erregung des jungen Offiziers. Den anderen M'Dok erging es ebenso.

Die Zenturio. Dieses Schiff zu zerstören...

Es gab keine bessere Möglichkeit, allen Erhabenen von M'Dok den Wert der *Restauration* und ihres Captains zu beweisen.

Er sprang vom Kommandokissen, marschierte übers Deck und trat an die Seite des Waffenoffiziers.

»Bordkanonen mit Energie beschicken. Aber warten Sie auf meine Anweisungen, bevor Sie das Feuer eröffnen.«

»Aye.«

»Man verlangt erneut eine Identifikation von uns, Sir«, sagte der Kommunikationsoffizier.

»Empfangen wir ein visuelles Signal?« fragte der Captain.

»Ja, Sir.«

»Auf den Schirm projizieren!« fauchte der Kommandant.

Die Darstellung des Weltraums verschwand und wich dem Abbild eines Menschen. Der Captain sah die scharfen Züge eines Mannes in mittleren Jahren, und die Kleidung... Wahrscheinlich handelte es sich um eine Starfleet-Uniform.

»...wiederholen wir noch einmal: Bitte identifizieren Sie sich. Hier spricht Captain Lucius Aelius Seianus von der *Zenturio.*«

Der M'Dok-Kommandant beugte sich vor.

Seianus höchstpersönlich. Und die *Zenturio.* Selbst im M'Dok-Reich — die verdammte Föderation isolierte es seit zweihundert Jahren von der galaktischen Zivilisation — kannte man die Siege dieses Mannes und seines Schiffs. Die Niederlage des J'Nakan-Konvois, die Zerstörung der romulanischen Kriegsflotte im Adharan-System...

Ja, die *Zenturio* war ein würdiger Gegner und eine ehrenvolle Herausforderung für die *Restauration*.

»Na schön, Captain Seianus«, sagte der Captain dumpf. »Wir werden uns identifizieren.« Er klopfte dem Waffenoffizier auf die Schulter. »Alle Phaser — Feuer!«

Der M'Dok an den Kontrollen löste die Bordkanonen aus. Drei rot und gelb glühende Energieblitze rasten durchs All...

...und verschwanden in der tenaranischen Atmosphäre, ohne irgendeinen Schaden anzurichten.

»Was ist passiert?« zischte der Captain wütend.

Der Waffenoffizier wirkte ebenso zornig. »Das Föderationsschiff hat ein Ausweichmanöver durchgeführt, Sir.«

»So schnell? Wo befindet es sich jetzt?«

Der Sensoroffizier kratzte verärgert an seinem Kissen.

»Nach den Anzeigen zu urteilen, ist es in die Lufthülle des Planeten eingedrungen, Sir. Es läßt sich nicht mehr anpeilen.«

»Die Atmosphäre...«, sagte der Captain nachdenklich. »Vielleicht haben wir es doch getroffen.«

»Möglich«, erwiderte der Waffenoffizier. »Aber unwahrscheinlich.«

Dann heulte er plötzlich. »Die *Zenturio!* Direkt unter uns!«

»Steuermann, hart nach links! Phaserfeuer!«

Die *Restauration* erzitterte, und aus dem gleichmäßigen Summen der Triebwerke und Schwerkraftgeneratoren wurde ein lautes, pulsierendes Sirren — aber das Schiff entkam dem heranrasenden Photonentorpedo.

»Die *Zenturio* sendet Subraum-Signale«, meldete der Kommunikationsoffizier. »Ein Hilferuf.«

»Der ihr nichts nützen wird«, entgegnete der Captain.

»Bringen Sie uns aus dem Orbit, Steuermann. Wir gehen auf Jagddistanz.«

Die *Restauration* beschleunigte, und das Föderationsschiff blieb in der tenaranischen Atmosphäre zurück, gefangen im Gravitationsschacht des Planeten.

»Seianus hat seinen Ruf verdient«, sagte der Captain anerkennend. »Aber mit Reputation allein kann er nichts gegen dieses Schlachtschiff ausrichten.«

»Visuelle Erfassung«, verkündete der Sensoroffizier.

Erneut wechselte das Bild auf dem Schirm. Es zeigte nun die *Zenturio*, ein silbrig schimmerndes Gebilde, das sich im Orbit des Planeten langsam um die eigene Achse drehte.

»Offenbar haben wir sie tatsächlich getroffen«, sagte der Sensoroffizier. »Das Warptriebwerk scheint beschädigt zu sein, und die energetischen Emissionen im Maschinenraum sind um fünfzig Prozent gesunken.«

»Näher heran!« befahl der Captain. Er genoß diesen Augenblick und prägte sich alle Einzelheiten fest ins Gedächtnis, um in den kommenden Jahren von seinem Sieg über den größten Krieger der Föderation zu berichten.

Er wandte sich vom Waffenoffizier ab und nahm wieder auf dem Kommandokissen Platz. »Sobald wir in Schußweite sind, dürfen Sie das Föderationsschiff vernichten.

Und dann nehmen wir uns Tenara.«

KAPITEL 1

Seit einiger Zeit beschäftigte sich Lieutenant Worf eingehend mit den Starfleet-Vorschriften und wußte daher: Wenn ein Brückenoffizier einen Notruf empfing, sollte er seinen Vorgesetzten ruhig und gefaßt davon informieren.

Doch als die kurze Botschaft der *Zenturio* eintraf, reagierte Worf nicht wie ein kühler, beherrschter Starfleet-Offizier, sondern als Klingone, in dessen Adern das Blut von tausend Kriegergenerationen floß.

Mit anderen Worten: Er brüllte.

»Commander Riker!«

Der Erste Offizier der *Enterprise* unterhielt sich gerade mit Bordcounselor Deanna Troi und beugte sich in seinem Sessel vor.

Worf begriff sofort, daß er lauter gesprochen hatte als beabsichtigt. Er versuchte, sich zu beruhigen.

Nach den Vorschriften, Lieutenant, dachte er. *Nach den Vorschriften.*

»Sir, ich empfange einen Hilferuf von der USS *Zenturio.* Sie befindet sich im Orbit Tenaras und wird von einem unbekannten Gegner angegriffen.«

Riker stand ruckartig auf. »Data, wie schnell können wir den Planeten erreichen?«

Der Androide warf einen Blick auf die Anzeigen der Operatorstation, gab ruhig und präzise Antwort. »Mit höchstem Warpfaktor brauchen wir zwei Stunden, Sir. Zwei Tage, wenn wir unsere gegenwärtige Geschwindigkeit nicht ändern.«

»Verdammt!« brummte Riker. »In Ordnung, maximale Warpgeschwindigkeit. Sofort.«

»Warpfaktor neun Komma sechs — aye, Sir.«

Worf erahnte die Gedanken des Commanders. *Selbst wenn wir alles aus den Triebwerken herausholen — wir kommen in jedem Fall zu spät. Wahrscheinlich finden wir nur Wrackteile in der tenaranischen Umlaufbahn. Oder eine radioaktive Wolke.* Der Klingone spürte ein kurzes Vibrieren, als das Schiff beschleunigte.

Riker wandte sich noch einmal an ihn. »Teilen Sie der *Zenturio* mit, daß wir unterwegs sind.«

Worf betätigte einige Tasten, während der Erste Offizier seinen Insignienkommunikator berührte. »Captain Picard, Sie werden auf der Brücke gebraucht.«

»Die *Zenturio*«, sagte Worf, nachdem er die kurze Nachricht gesendet hatte. »Captain Seianus' Schiff.«

Riker nickte. »Hoffen wir, daß wir rechtzeitig zur Stelle sind.«

Alle Raumschiffe sowie das Leben ihrer Besatzungsmitglieder waren gleichwertig, aber dem Klingonen fiel trotzdem die Vorstellung schwer, daß die *Zenturio* und ihr für viele Heldentaten und Abenteuer berühmter Kommandant einem Feind zum Opfer fallen konnten. *Legenden sind unsterblich und unzerstörbar,* dachte Worf — obgleich er es natürlich besser wußte.

Die Starfleet-Vorschriften nannten viele entsprechende Beispiele.

Captain Picard befand sich in seiner Kabine und schlief. Als Rikers Stimme aus dem Kom-Lautsprecher erklang, war er von einem Augenblick zum anderen hellwach. Er schlug die Augen auf und rollte sich gleichzeitig von der Liege. Rasch, doch ohne Hast zog er die Stiefel an.

Ansonsten brauchte er keine besonderen Vorbereitungen zu treffen. Schon vor vielen Jahren hatte er die kluge Entscheidung getroffen, voll angezogen zu schlafen — und zwar auf der Decke, nicht darunter.

Zunächst fand er dabei kaum die gewünschte Ruhe, aber mit der Zeit gewöhnte er sich daran. Es gab eine alte Redensart, an deren Wahrheitsgehalt kein Zweifel bestand: *Der Kommandant eines Raumschiffs ist immer im Dienst.*

Einige Minuten später öffnete sich die Tür des Turbolifts

mit einem leisen Zischen, und Picard betrat die Brücke. Riker drehte sich zu ihm um.

»Captain.«

»Was ist los, Nummer Eins?« Picard blickte durch den Kontrollraum und nahm die stille Tüchtigkeit seiner Crew zur Kenntnis.

»Wir haben gerade einen Notruf empfangen, Sir.« Riker sah den Klingonen an. »Lieutenant Worf, projizieren Sie bitte das aufgezeichnete Signal.«

Die vorbeisausenden Sterne verschwanden vom großen Wandschirm, wichen der stark vergrößerten Darstellung eines Mannes. Hinter ihm bemerkte Picard hektische Aktivität: Offiziere eilten hin und her, besetzten Stationen, die den Konsolen auf der *Enterprise*-Brücke ähnelten. Der Mann hatte kurzes graues Haar, stand völlig gerade und hielt den Kopf stolz erhoben.

»Hier spricht Captain Lucius Aelius Seianus von der USS *Zenturio*«, sagte er mit melodischer, volltönender Stimme. Jedes einzelne Wort war sorgfältig artikuliert. »Wir befinden uns im Orbit des Planeten Tenara und werden von einem starken unbekannten Gegner angegriffen. Ich bitte um sofortige Unterstützung. Mein Hilferuf gilt allen Föderationskreuzern beziehungsweise den Raumschiffen von verbündeten Mächten in diesem Raumsektor. Wenn Sie uns nicht helfen können, so verständigen Sie bitte die nächste Starbase der Föderation.«

»Lucius Seianus«, sagte Picard leise. Einige Sekunden lang starrte er auf den Wandschirm, wie fasziniert von einem geistigen Nachbild. Schließlich drehte er sich um. »Status, Nummer Eins?«

»Das Notsignal erreichte uns vor etwa fünfzehn Minuten, Sir. Ich habe sofort höchste Warpgeschwindigkeit angeordnet, aber der Flug nach Tenara dauert trotzdem zwei lange Stunden. Ich fürchte, wir treffen zu spät ein.«

Picard nickte. »Wie dem auch sei, Nummer Eins: Ihr schnelles Handeln vergrößert unsere Chancen, der *Zenturio* zu helfen. Weiß Captain Seianus, daß wir unterwegs sind?«

»Wir haben eine Antwort gesendet, Sir, aber sie wurde nicht bestätigt.«

Bedeutungsvolle Stille folgte. Nach einer Weile rang sich Picard ein schiefes Lächeln ab. »Wenn jemand in Starfleet fähig ist, den Angriffen eines überlegenen Gegners standzuhalten, dann sind das Captain Seianus und die *Zenturio.*« Er durchquerte die Brücke und näherte sich der Tür des Bereitschaftsraums. »Ich möchte, daß sich in einer halben Stunde alle Stabsoffiziere im Konferenzzimmer einfinden. Und geben Sie mir unverzüglich Bescheid, wenn wir etwas von der *Zenturio* hören.«

»Tenara befindet sich an der Grenze zwischen der Föderation und dem M'Dok-Reich«, sagte Picard. »Vor sieben Jahren beantragten die Tenaraner Mitgliedschaft in der Föderation, aber erst im vergangenen Jahr schlossen sie sich dem Völkerbund an. Die Verzögerung ging auf Einwände der M'Dok zurück: Sie befürchteten eine Expansion der Föderation in ihre Einflußsphäre. Das Problem konnte nur mit zähen und langwierigen Verhandlungen gelöst werden.« Picard erhob sich und schritt vor dem breiten Panoramafenster auf und ab. Jenseits davon stoben Sterne wie winzige Funken vorbei. Die Senioroffiziere der *Enterprise* — Riker, Data, Worf, Chefingenieur Geordi LaForge und Bordcounselor Deanna Troi — saßen am Konferenztisch.

»Die Vereinbarung in bezug auf Tenara enthält einen wichtigen Punkt«, fuhr Picard fort. »Der Planet ist jetzt zwar ein vollberechtigtes Mitglied der Föderation, aber die ihn umgebenden Raumbereiche gelten weiterhin als neutral. Nun, vor kurzem wurden die Tenaraner angegriffen — von M'Dok-Schiffen, wie wir vermuten.«

»Also hat sich überhaupt nichts geändert, Captain«, warf Geordi bitter ein. »Die M'Dok machen weiter wie bisher. Wir verhandeln mit ihnen, aber es hat gar keinen Sinn. Ein Friedensvertrag bedeutet ihnen nichts.«

»Die derzeitige Situation unterscheidet sich von einem offenen Krieg«, gab Picard zu bedenken. »Und vergessen

Sie nicht: Der Friedensvertrag, den die M'Dok vor rund zweihundert Jahren unterzeichneten, wurde ihnen von der Föderation aufgezwungen. Sie waren nie besonders glücklich damit. Die Bestimmungen erlauben ihnen nur kleine Polizeischiffe als Patrouillen in ihrem Herrschaftsgebiet.«

Der Captain sah die versammelten Offiziere der Reihe nach an. »Ich weiß, daß in der Föderation immer häufiger Stimmen laut werden, die Gewalt als eine angemessene Antwort auf Gewalt verlangen. Nun, das ist eine normale und in emotionaler Hinsicht befriedigende Reaktion. Ich hoffe jedoch, daß Sie in der Lage sind, Ihre Gefühle unter Kontrolle zu halten und an die Konsequenzen zu denken. Genau dieser schwierigen Aufgabe muß sich der Föderationsrat stellen. Die *Zenturio* wurde nach Tenara beordert, um die Bewohner des Planeten zu schützen. Diese Pflichten nehmen auch wir wahr, wenn wir dort eintreffen – das ist alles.«

»Aus einer gewissen Perspektive gesehen, ergeben die M'Dok-Überfälle sogar einen Sinn, Sir«, sagte Data. »Ihre Angriffe auf die planetare Industrie sollen die Tenaraner daran hindern, weiter ins All vorzustoßen und Anspruch auf andere Sektoren des Reiches zu erheben.«

»Sie fürchten, das zu verlieren, was ihnen noch geblieben ist – an die Tenaraner oder an die Föderation«, bemerkte Counselor Troi. »Es handelt sich um ihre Art und Weise, ein ›Zutritt verboten‹-Schild aufzuhängen.«

»Aber warum finden die Angriffe ausgerechnet jetzt statt?« fragte Geordi. »Tenara ist nun Mitglied der Föderation. Warum schlugen die M'Dok nicht früher zu, als es für uns noch keine offizielle Verpflichtung gab, den Planeten zu verteidigen?«

Picard nickte. »Diese Frage habe ich mir selbst gestellt, Lieutenant. Leider wissen wir nur wenig von den Motiven der M'Dok. Mr. Data?«

»Bei meinen Nachforschungen blieben bisher konkrete Ergebnisse aus, Sir. Es sind kaum Informationen zugänglich. Seit fast fünfzig Jahren lassen die M'Dok keine Föderationsgesandten auf ihren Welten zu.«

»Ich verstehe. Setzen Sie die Analysen fort.«

Das Interkom summte.

»Brücke an Captain Picard. Wir sind jetzt in Sensorreichweite von Tenara.«

»Danke, Mr. Crusher. Wir kehren auf die Brücke zurück.«

Der Captain ging voraus, und die Offiziere folgten ihm in den Kontrollraum.

Der Wandschirm zeigte Tenara als eine blaugrüne, mit weißen Tupfern besetzte Kugel, die sich unter der *Enterprise* drehte. Lichter glühten auf der Nachtseite und verblaßten, wenn der Terminator über die Städte hinwegstrich.

Captain Picard nahm im Kommandosessel Platz.

»Irgendein Hinweis auf die *Zenturio*, Mr. Crusher?«

»Nein, Sir.« Der junge Fähnrich sah auf die Anzeigen der Konsole. »Aber die Sensoren registrieren Trümmer in einer niedrigen Umlaufbahn.«

»Die thermische Strahlung deutet auf die Explosion eines Raumschiffs hin, das vor ungefähr zwei Stunden von einem Photonentorpedo getroffen wurde«, fügte Data hinzu und deutete auf das große Projektionsfeld. Über Tenara leuchtete etwas auf und verglühte dann in den obersten Schichten der Atmosphäre. »Eins der Wrackteile.«

»Dann ist die *Zenturio*... vernichtet?« Commander William Rikers Worte stellten keine Frage dar, sondern kamen einer Feststellung gleich.

Data antwortete trotzdem. »Diese Möglichkeit müssen wir zumindest in Betracht ziehen, Sir. Allerdings scheint die Quantität der Trümmer auf ein Raumschiff hinzuweisen, das beträchtlich größer gewesen ist als die *Zenturio*. Die Masse entspricht dem Drei- bis Vierfachen.«

Vorsichtige Hoffnung keimte in Picard. »Geben Sie unsere Ankunft bekannt, Mr. Data. Die Schilde hoch, Lieutenant Worf.«

»Bereits erledigt, Sir«, erwiderte der Klingone.

Picard warf ihm einen amüsierten Blick zu.

Worf holte tief Luft. »Beim Erreichen einer möglichen Kampfzone verlangen die Starfleet-Vorschriften...«

»Ja, Lieutenant.« Picard winkte ab. Seit einiger Zeit neigte der klingonische Sicherheitsoffizier dazu, immer irgendwelche Bestimmungen zu zitieren, und damit ging er nicht nur dem Captain auf die Nerven, sondern auch allen anderen. Picard beschloß, später darüber mit ihm zu reden.

Data öffnete einen Kommunikationskanal. »Hier ist die USS *Enterprise,* Code Offene Flagge. Empfängt jemand dieses Signal? Ich wiederhole: Hier ist die USS *Enterprise.* Bitte um Empfangsbestätigung.«

Stille.

Dann knackte es im Lautsprecher. »Hier spricht Captain Seianus von der USS *Zenturio.* Bitte kommen, *Enterprise.*«

Die Brückenoffiziere seufzten erleichtert.

Picard drückte eine Taste in der Armlehne des Kommandosessels. »Hier ist Captain Picard. Es freut uns, daß Sie wohlauf sind, Captain Seianus. Wir haben Ihren Notruf empfangen, und als wir nur Wrackteile orteten...«

Die Darstellung des Wandschirms veränderte sich. Sterne wichen dem Bild eines stolzen und selbstbewußten Mannes, den Picard schon zwei Stunden vorher gesehen hatte. Ein dünnes Lächeln umspielte seine Lippen. »Ja, ich verstehe. Die Trümmer stammen von dem Schiff, das uns angegriffen hat. Sein Kommandant war ein tapferer Gegner, wenn auch ein wenig zu... zuversichtlich. Gaius Aldus...« — Seianus deutete auf einen untersetzten, tüchtig wirkenden Mann, der jemandem an einer Konsole half —, »...hat festgestellt, daß die Form des Angreifers fast genau den Strukturen der M'Dok-Schlachtschiffe vor dem Friedensvertrag entsprach...«

»Schlachtschiffe!« entfuhr es Picard.

»Ja, Captain. Sie wissen sicher, daß die Föderation

mehrmals offizielle Anfragen ans Reich gerichtet hat. Die M'Dok behaupteten immer, daß sie nur über die ihnen erlaubten Polizeischiffe verfügen. Ganz offensichtlich haben sie mindestens ein Schlachtschiff gebaut — ein Instrument militärischer Zerstörung — und damit einen Föderationskreuzer angegriffen.«

»Captain Seianus«, sagte Worf, der hinter Picard an seiner Station saß, »Sie haben einen großen Sieg errungen. Wenn es sich bei dem Angreifer wirklich um ein M'Dok-Schlachtschiff handelte, so war seine Feuerkraft der Ihren mindestens drei zu eins überlegen.«

Seianus' Blick glitt über Picards Schulter und richtete sich auf den Klingonen. Erneut lächelte er. »Danke, Lieutenant. Doch der Triumph gebührt nicht mir, sondern der Föderation und meiner Crew.« Er nickte zufrieden in Richtung der Offiziere, die hinter ihm arbeiteten.

Picard räusperte sich. »Wir sollten uns treffen. Um zu erörtern, auf welche Weise wir Ihnen hier helfen können — und was es zu unternehmen gilt, um weiteren Konfrontationen zwischen der Föderation und den M'Dok vorzubeugen.«

Seianus' Züge verdunkelten sich. »Ich bezweifle, ob wir in der Lage sind, das M'Dok-Problem in einem Gespräch zu lösen, Captain Picard.«

Wieder huschte ein kurzes Lächeln über die Lippen des *Zenturio*-Kommandanten. »Aber es ist mir eine Ehre, Sie und Ihre Offiziere zum Abendessen an Bord meines Schiffes einzuladen.«

»Sehr großzügig von Ihnen, Captain Seianus. Ich nehme die Einladung gern an.« Picard wechselte einen kurzen Blick mit Riker und Troi.

»Ausgezeichnet! Um achtzehn Uhr Bordzeit?«

»Um achtzehn Uhr, einverstanden«, bestätigte Picard. »Wir freuen uns bereits.«

»Und ich ebenfalls. Da fällt mir ein: Bitte kommen Sie mit einem Shuttle. Wir möchten Sie in angemessenem Stil empfangen.«

Picard nickte, und daraufhin unterbrach Seianus die Verbindung. Sterne kehrten auf den Wandschirm zurück.

»Ein höchst eindrucksvoller Mann«, kommentierte Riker. »Und ein beeindruckender Sieg.«

»Ja, Nummer Eins«, erwiderte Picard und schürzte nachdenklich die Lippen.

»Wenn es ein formeller Empfang ist, sollten wir in Galauniform erscheinen.«

»Hmm?« Die Bemerkung des Ersten Offiziers unterbrach Picards Gedankengang. Er hob die Brauen.

Riker schmunzelte. »Ich habe Galauniformen vorgeschlagen, Sir.«

»Oh, natürlich, Nummer Eins. Selbstverständlich.« Picard lehnte sich im Kommandosessel zurück und schwieg.

Deanna Troi runzelte besorgt die Stirn und wandte sich an den Captain.

»Sir«, sagte sie sanft, »irgend etwas scheint Sie zu belasten.«

»Hmm?« Picard sah auf und musterte die Betazoidin. »Oh, nein, Counselor, es ist nur...« Er zögerte und versuchte, seine Gefühle in Worte zu kleiden. »Ich halte dies nicht für den richtigen Zeitpunkt, um eine Siegesfeier zu veranstalten.«

»Ich glaube kaum, daß Seianus so etwas beabsichtigt«, warf Riker ein. »Er hat uns nur zum Abendessen eingeladen.«

»Das vermutlich zu einem Bankett ausartet.« Deanna Troi schüttelte den Kopf. »Ich befürchte ebenfalls, daß der Captain der *Zenturio* die Gelegenheit nutzt, um zu feiern.«

»Was mir völlig normal erscheint.« Will Riker sprach nun etwas lauter. »Seianus und seine Crew haben einen weit überlegenen Gegner besiegt. Natürlich sind sie erleichtert, mit dem Leben davongekommen zu sein...«

»Die emotionalen Emanationen deuteten nicht auf Erleichterung hin, Will, sondern auf Zufriedenheit.«

»Das meine ich ja«, sagte Riker. »Ist doch ganz klar, daß sie zufrieden sind.«

»Counselor, Nummer Eins...« Picard stand auf und musterte die beiden Offiziere. »Wir können uns heute abend einen Eindruck davon verschaffen, welche Stimmung an Bord der *Zenturio* herrscht. Sicher erfahren wir auch, was mit dem M'Dok-Schiff geschah.«

»Ja, Sir«, sagte Riker.

»Wie Sie meinen, Captain.« Troi nickte.

»Gut«, brummte Picard. »Sie beide begleiten mich. Außerdem kommen Lieutenant Worf, Chefingenieur LaForge und Mr. Data mit.«

Der Klingone hob den Kopf. »Sir, ich sollte besser hierbleiben.«

Picard wölbte die Brauen. »Ach?«

Worf legte die Hände auf den Rücken, nahm Haltung an und zitierte: »›In einer möglichen Kampfzone ist der ranghöchste Sicherheitsoffizier verpflichtet...‹«

»›...so lange wie möglich im Dienst zu bleiben‹«, beendete Data den Satz. »Starfleet-Vorschrift Z Alpha Neun. Ich wollte gerade selbst darauf hinweisen.«

»Wollten Sie das?« Picard bedachte den Androiden mit einem scharfen Blick.

»Ja, Sir.« Data nickte.

Picard öffnete den Mund, überlegte es sich dann anders und sah Worf an. »Na schön, Lieutenant. Aber ich brauche jemanden aus der Sicherheitsabteilung, der mit Seianus' Crew sprechen soll.«

»Ich wähle jemanden aus, Sir«, entgegnete Worf.

»Gut. Was die anderen betrifft... Ich erwarte Sie in einer Stunde im Shuttlehangar Sechs – und zwar in Galauniform.« Picard nickte Riker zu. »Sie haben das Kommando, Nummer Eins.«

Captain Picard betrat den Hangar genau achtundfünfzig Minuten später. Troi und Riker waren bereits zugegen, ebenso Data und Geordi LaForge, die neben dem Shuttle miteinander plauderten.

Geordi fühlte sich in der Galauniform offenbar nicht

sehr wohl. »Ich kann mir denken, warum Worf hierbleiben will«, sagte er und befingerte den steifen Kragen. »Er hat keine Lust, dieses blöde Ding zu tragen.«

»Da wir gerade von Worf sprechen...«, murmelte Riker und sah zur Luftschleuse. »Wen schickt er uns wohl?«

Wenige Sekunden später bekam er Antwort auf seine Frage. Eine junge Frau eilte im Laufschritt herbei, blieb direkt vor Picard und Riker stehen. »Fähnrich Jenny de Luz, Sir. Melde mich zur Stelle.« Sie nahm Haltung an und richtete den Blick auf einen Punkt über Picards Schulter.

Der Captain und Riker wechselten einen amüsierten Blick.

»Stehen Sie bequem, Fähnrich«, sagte Picard. Jenny de Luz schien kaum fünfundzwanzig Jahre alt zu sein. Sie war groß, schlank und blaß, und ihr kurzes hellrotes Haar wirkte fast zerzaust. *Die Frisur ähnelt der Tashas,* dachte Picard. *Und das ist wahrscheinlich kein Zufall.*

Er spielte mit dem Gedanken, Einwände gegen Worfs Wahl zu erheben. Zunächst verstand er nicht, warum der Klingone ausgerechnet diese junge und unerfahrene Frau geschickt hatte, deren niedrigen Rang Seianus als bewußte Beleidigung interpretieren mochte. Doch dann fiel ihm ein, daß Jenny von Meramar stammte, einem Föderationsplaneten, dessen kriegerische Kultur der auf Magna Roma ähnelte.

Diesmal hat sich Worf nicht streng an die Vorschriften gehalten, überlegte Picard. *Aber an seiner Entscheidung gibt es nichts auszusetzen.*

Er wandte sich an Riker. »In Ordnung, Nummer Eins. Brechen wir auf.«

Sie stiegen ins Shuttle; Geordi und Data nahmen im vorderen Abteil Platz. Der Chefingenieur steuerte die Raumfähre durchs geöffnete Außenschott und den glühenden Sternen entgegen. Auf der linken Seite war die Wölbung des Planeten Tenara zu sehen, und die Mitte des Aussichtsfensters zeigte einen Fleck, der heller strahlte als die Sterne: Der Föderationskreuzer *Zenturio* reflektierte das Licht der Sonne.

Das Shuttle beschleunigte und entfernte sich von der *Enterprise*.

Die *Zenturio* wurde langsamer größer, füllte schließlich das ganze Blickfeld aus. Ihr Hangar öffnete sich, wie ein großer Rachen, der die Fähre verschlang. Kurz darauf glitt das Schott wieder zu, und nach einigen Sekunden zischte es: Pumpen, die den normalen Luftdruck wiederherstellten. Picard und seine Begleiter verließen ihre Plätze.

Fähnrich Jenny de Luz sah aus dem Fenster und riß erstaunt die Augen auf. Die Offiziere der *Zenturio* standen in zwei Reihen, nahmen Haltung an und bildeten ein Ehrenspalier für die Besucher. Darum hatte Seianus solchen Wert darauf gelegt, daß Picard und seine Begleiter mit einem Shuttle kamen: Eine derartige Zeremonie war nicht überall im Raumschiff möglich. Wenn Captain Picard Gäste an Bord der *Enterprise* begrüßte, so bereitete er ihnen einen zwanglosen Empfang im Transporterraum.

Jennys Verwirrung wuchs, als sie sah, daß die Offiziere der *Zenturio* Rüstungen trugen, wie sie im alten Rom üblich gewesen waren. Kurzschwerter hingen an den Gürteln. Am Ende der beiden Reihen warteten Männer mit zwei Meter langen Speeren und rechteckigen Schilden. Ihre steinernen Mienen deuteten darauf hin, daß es sich um Angehörige der Sicherheitsabteilung handelte.

Lieutenant Worf hatte Jenny erklärt, die meisten Personen an Bord der *Zenturio* stammten von dem Planeten Magna Roma. Sie hielt das für ungewöhnlich, bis der Klingone die Beispiele der *Intrepid* und *Slisha* nannte — zwei Raumschiffe, deren Besatzungen jeweils ausschließlich aus Vulkaniern und Tellariten bestanden, die es vorzogen, unter ihresgleichen zu sein. Jenny hatte auch folgendes erfahren: Als Starfleet dieses Schiff der Constitution-Klasse wieder in Dienst stellte, gestattete man den Magna Romanern, seinen Namen zu ändern: So wurde aus der *Farragut* die *Zenturio*.

Nach der Einsatzbesprechung mit Worf informierte sich Jenny über Magna Roma und nahm verblüfft die vielen geschichtlichen Ähnlichkeiten zwischen jener Welt und der Erde zur Kenntnis. Es gab nur einen wichtigen Unterschied: Auf Magna Roma existierte das römische Reich nach wie vor. Sie kannte wissenschaftliche Theorien, die solche Parallelen postulierten, aber tatsächlich auf so einen Fall zu stoßen...

Jenny fragte sich, ob sie es mit einem Starfleet-Empfangskomitee zu tun hatte – oder mit Schauspielern, die in historische Kostüme geschlüpft waren.

Deanna Troi warf ihr einen kurzen Blick zu und schmunzelte andeutungsweise. Fähnrich de Luz begriff, daß die Counselor ihre Empfindungen spürte...

Vielleicht liest sie sogar meine Gedanken. Ich bin immer so offen und habe überhaupt keine emotionale Kontrolle. Als Tasha starb... Jenny verdrängte die Erinnerungen und erhob sich.

Picard stand in der Luftschleuse des Shuttles, sah seine Offiziere an, lächelte schief und nickte Geordi zu.

Der Chefingenieur betätigte eine Taste, und daraufhin glitt das Schott beiseite, gab den Blick aufs Hangardeck der *Zenturio* frei. Eine in die Zukunft versetzte römische Legion schien sie dort zu erwarten, und zwei besonders eindrucksvolle Soldaten traten auf die Fähre zu.

Beide trugen zeremonielle, goldfarben glänzende Rüstungen, exakt den Konturen des Körpers angepaßt. Einer blieb nach wenigen Schritten stehen und hielt einen langen Stab, auf dem ein goldener Adler mit der Aufschrift SPQR* ruhte. Der andere kam noch etwas näher und stützte die rechte Hand aufs Schwertheft. Die übrigen Männer blieben reglos stehen.

Der Helm bedeckte den Scheitel, reichte an beiden Kopf-

---

* SPQR: Senatus Populusque Romanus – Senat und römisches Volk. Zur Zeit der römischen Republik und des frühen Prinzipats diente diese Formel zur Kennzeichnung der den römischen Staat tragenden Kräfte. Darüber hinaus war sie offizielle Staatsbezeichnung. – Anmerkung des Übersetzers

seiten und auch am Nacken herab. Jenny betrachtete ein Gesicht mit scharfgeschnittenen Zügen und spürte eine Aura selbstsicherer Autorität. Der Mann starrte so kühl und durchdringend wie ein Romulaner, als er die Offiziere der *Enterprise* musterte. *Captain Seianus,* dachte die junge Frau.

Ihrer Meinung nach sah er Captain Jean-Luc Picard erstaunlich ähnlich.

»Captain Picard«, sagte Seianus mit klangvoller und sonorer Stimme. »Und Ihre Stabsoffiziere: Lieutenant La-Forge, Lieutenant Commander Data, Commander Riker und Lieutenant Commander Troi.« Er maß die Betazoidin mit einem anerkennenden Blick und richtete seine Aufmerksamkeit dann auf Jenny de Luz. »Sie kenne ich leider nicht, Fähnrich.«

Jennys Lippen waren wie erstarrt, der Gaumen völlig trocken. Die starke Ausstrahlungskraft dieses Magna Romaners betäubte sie.

»De Luz, Sir. Fähnrich Jenny de Luz.«

Seianus schenkte ihr ein strahlendes Lächeln, gab sich plötzlich wie ein charmanter Aristokrat. »Und Sie tragen die Uniform der Starfleet-Sicherheitsabteilung, Jenny.«

»Sie gehört zu meinen besonders vielversprechenden jungen Offizieren, Captain«, sagte Picard.

Seianus' Blick verweilte noch eine Sekunde auf der jungen Frau, glitt dann zu Picard. »Bitte erlauben Sie mir jetzt, meine Offiziere vorzustellen.« Er schien ihnen mit väterlichem Stolz zu begegnen.

Seianus nannte Namen, und die Betreffenden traten vor, schritten an den anderen Legionären vorbei. Nacheinander marschierten sie mit klirrenden Rüstungen zu Picard, blieben kurz vor dem Kommandanten der *Enterprise* stehen, schlugen sich mit der Faust auf den Brustpanzer und streckten dann den Arm zum römischen Gruß.

Es waren ausschließlich Männer – und alle sehr attraktiv, fand Jenny. Jedes Gesicht brachte eine starke individuelle Persönlichkeit zum Ausdruck. Auch die alten römischen Statuen in den Museen von Meramar wiesen diese speziellen Charakteristiken auf. Bisher hatte Jenny angenommen, Grund dafür sei der vor mehr als zweitausend Jahren gebräuchliche künstlerische Stil, doch jetzt dachte sie: *Meinen Vorfahren muß die gleiche Kraft zu eigen gewesen sein.* Sie sah zu Picard und bemerkte sein zufriedenes Lächeln. *Er bewundert sie ebenfalls.*

Doch bei den Namen fehlten solch klare Unterscheidungen; jeder Offizier schien Gaius, Julius oder Lucius zu heißen. *Jetzt verstehe ich, warum sich die Römer mit den ersten und mittleren oder den ersten und letzten Namen ansprachen — um Verwechslungen zu vermeiden!* Erneut musterte sie Seianus. *Aber dieser Mann... Man spricht ihn sicher nicht mit ›Lucius‹ an, aber selbst wenn das der Fall wäre — man wüßte sofort, wer gemeint ist. Er hebt sich sogar von seinen stolzen und selbstbewußten Gefährten ab. Er ragt über alle hinaus.*

Picard nahm jeden Gruß mit einem ernsten Nicken entgegen und wirkte sehr konzentriert — offenbar versuchte er, sich die Namen und dazugehörigen Gesichter zu merken.

»Wenn Sie mich jetzt bitte begleiten würden, Captain...«, sagte Seianus nach dem Vorstellungsritual.

Seianus führte die Gruppe durch einen langen Korridor, und Picard schritt neben ihm. Unterwegs unterhielten sich die beiden Kommandanten leise. Hinter ihnen gingen die Offiziere der *Enterprise* und *Zenturio.* Jenny wahrte einen gewissen Abstand zu den anderen, hielt sich dicht hinter Picard. Sie blieb wachsam, ohne sich dessen bewußt zu sein.

Schließlich gesellte sich Geordi LaForge an ihre Seite.

»Hübsche Statuen«, meinte er.

Jenny nickte. »Ja. Insbesondere einige der neuen. Sehen Sie nur...«

LaForge beugte sich etwas näher zu ihr heran. »Verwanzt«, flüsterte er.

Jenny hob die Brauen.

»Sensoren stecken darin«, erklärte er und deutete kurz auf das VISOR vor seinen blinden Augen. Jenny wußte nicht genau, wie das Gerät funktionierte, aber es versetzte den Chefingenieur in die Lage, das elektromagnetische Spektrum über die Grenzen des sichtbaren Lichts hinaus wahrzunehmen.

Die junge Frau nickte langsam. »Sehr schlau.«

»Außerdem herrscht rege Aktivität hinter den...«

»Schotten. Ja, ich höre es. Tüchtig und gut organisiert – echte Romaner beziehungsweise Römer! Das gefällt mir.«

Kurze Zeit später erreichten sie eine breite Doppeltür, die vor ihnen aufschwang.

Als sie eintraten, mußte sich Jenny beherrschen, um nicht nach Luft zu schnappen. Das Zimmer schien fast so groß zu sein wie ein Aufenthaltsraum an Bord der *Enterprise,* obgleich die *Zenturio* wesentlich kleiner war. Neun Tische standen darin, und an acht davon saßen jeweils neun Magna Romaner in voller militärischer Gala.

Captain Picard teilte Jennys Überraschung. *Neun mal neun,* dachte er und erinnerte sich an seine Schulzeit in Frankreich. Die alten Römer hielten neun für die perfekte Anzahl von Personen an einer Speisetafel. Der Schüler namens Jean-Luc hatte den strengen Monsieur du Plessis und seinen Latein- und Geschichtsunterricht verabscheut, doch das damals erworbene Wissen nützte dem Captain namens Picard.

In der Mitte des Zimmers stand ein hufeisenförmiger Tisch aus hartem Holz, geschmückt mit Gold, Silber und Edelsteinen, die abstrakte Muster bildeten. Auf dem Boden erstreckte sich ein großes Mosaik: Es zeigte eine romanische – römische – Legion, die Hunderte von dunkelhäutigen und schlechtbewaffneten Kriegern niedermetzelte. In den Wandnischen ruhten Reproduktionen klassischer Kunstgegenstände; hier griechische Statuen, dort römische Büsten.

Die offene Seite des Tisches deutete zu einem vom

Boden bis zur Decke reichenden Fenster, durch das man Sterne und den Planeten Tenara sehen konnte. Es bot einen weitaus grandioseren Anblick als alle von Menschenhand geschaffenen Dinge im Raum, doch Picards Aufmerksamkeit galt in erster Linie den dicken Vorhängen rechts und links davon. Es verblüffte ihn geradezu, in dieser Umgebung eine derartige Farbe zu sehen: Monsieur du Plessis hatte damals immer wieder darauf hingewiesen, Purpur sei nur für die römischen Kaiser reserviert.

Die beiden Kommandanten setzten sich nebeneinander an die Stirnseite des Tisches. Picard saß rechts, nahm damit den Ehrenplatz ein. Wiederum rechts von ihm machten es sich Riker und Deanna Troi bequem. Den Abschluß am einen Arm des Hufeisens bildete Marcus Julius Volcinius, ein dunkelhaariger und schlanker junger Offizier, den Seianus als seinen Vetter vorgestellt hatte.

Auf der anderen Seite saßen Data, Geordi LaForge und Jenny de Luz. Zwischen Jenny und Captain Seianus hockte Gaius Aldus, den sie während der Kom-Verbindung zwischen den beiden Raumschiffen auf dem Wandschirm der *Enterprise* gesehen hatten.

Fast sofort wurde der erste Gang aufgetragen, eine Vorspeise aus winzigen Fleischbrocken in einer klaren, goldfarbenen Brühe.

Jenny starrte auf die kleinen Schüsseln hinab, von den Fleischstücken ebenso verwirrt wie vom Duft der Brühe.

Seianus lächelte. »Eingelegte Kolibrizungen«, erklärte er. »Und die Flüssigkeit nennen wir Liquamen — eine unserer ältesten Soßen, und noch immer sehr beliebt.«

»Ob ich statt dessen einen Salat bekommen kann?« flüsterte Geordi Jenny zu.

»Äh, bemerkenswert, Captain«, sagte Picard und wechselte einen kurzen Blick mit Riker. »Bisher hatte niemand von uns Gelegenheit, so etwas zu probieren. Ich bin auf den Geschmack dieser Spezialität gespannt.«

Seianus schmunzelte erneut. »Wir sind nicht so förmlich wie unsere Vorfahren, Captain. Fangen Sie ruhig an.«

Picard nickte kurz, griff nach dem silbernen Löffel neben der Schüssel und kostete eingelegte Kolibrizungen sowie Liquamen. Das Fleisch schmeckte er kaum; er nahm in erster Linie das Aroma der Soße wahr — eine sonderbare Mischung aus Salz, Fisch und Käse.

Er zwang sich zu einem breiten Lächeln. »Ausgezeichnet!«

Seianus grinste. »Außerhalb von Magna Roma wird diese Delikatesse nur von Kennern geschätzt. Am besten genießt man sie auf folgende Art und Weise.« Er ignorierte den eigenen Löffel, umfaßte die Schüssel mit beiden Händen, führte sie an die Lippen und trank. Die anderen Magna Romaner hoben ebenfalls ihre Näpfe.

Picard holte tief Luft und leerte seine Schüssel in einem Zug.

Den Offizieren der *Enterprise* blieb gar nichts anderes übrig, als dem Beispiel ihres Captains zu folgen. Jenny schluckte, und stellte überrascht fest, daß die Vorspeise wie eine Spezialität ihrer Heimatwelt schmeckte.

Sie wandte sich an Gaius Aldus zu ihrer Rechten. »Das ist köstlich!«

Gaius' ernstes Gesicht entspannte sich. »Danke, Fähnrich. Wer nicht von Magna Roma stammt, reagiert für gewöhnlich anders.« Er deutete auf Geordi zu Jennys Linken: Der Chefingenieur schnitt eine Grimasse, und ein grünlicher Schimmer zeigte sich auf seinen Wangen.

Jenny unterdrückte ein Lachen, als Diener erschienen, um die leeren Schüsseln wegzubringen und den zweiten Gang aufzutragen. Es handelte sich ausschließlich um nur knapp bekleidete junge Frauen.

»Das scheinen keine Starfleet-Uniformen zu sein, oder?« fragte sie Gaius.

Der Magna Romaner wirkte verlegen. »Sie gehören nicht zu Starfleet. Es sind zivile Angestellte, die von der Regierung Magna Romas bezahlt werden und an Bord unserer Raumschiffe arbeiten. Die meisten von ihnen stammen aus der Sklaven-Klasse der imperialen Epoche.« Er schüttelte den Kopf. »Leider bestehen die alten sozialen Schranken nach wie vor, obgleich sie jetzt nicht mehr offiziell sind. Siebzig Jahre reichen kaum aus, um drastische Veränderungen in einer Gesellschaft herbeizuführen, die für einige Jahrtausende auf Sklaverei basierte.«

Jenny verzog voller Abscheu das Gesicht, und daraufhin fügte Gaius hastig hinzu: »Aber wir versuchen es wenigstens.«

»Ja. Und offenbar ist es sehr schwierig. Aber Sie halten an einigen Traditionen fest. Ihre Uniform, zum Beispiel ...«

»Oh, wir tragen sie nur bei besonderen Anlässen.« Gaius klopfte auf den Brustpanzer. »Und dies hier hat nichts mit Sklaverei zu tun. Es ist Teil unseres kulturellen Erbes, und wir können mit Recht stolz darauf sein.«

Jenny dachte darüber nach. Die Magna Romaner waren zweifellos beeindruckend – sie hatten einen weit überlegenen Gegner besiegt, und ihr Captain schien der Inbegriff von kompetenter Tüchtigkeit zu sein. Darüber hinaus spielten die individuellen Charaktere in diesem Zusammenhang eine nicht unbeträchtliche Rolle. Aber vielleicht ging ein großer Teil davon tatsächlich auf das erstaunliche Erbe Magna Romas zurück.

»Fähnrich ...«, sagte Gaius. »Oder darf ich Sie Jenny nennen?«

»Ja, bitte.«

Gaius nickte und lächelte. »Vor langer Zeit lernten wir von den Graeci – den Griechen, wie sie bei Ihnen heißen –, Heldentum, persönliche Ehre und alle anderen Kriegertugenden zu bewundern. Wir lernten auch das Lernen an sich zu schätzen, obwohl wir keinen Gefallen am Theoretischen finden konnten. Damals begannen wir damit, Gesundheit und physische Schönheit zu bewundern.« Er nickte in Richtung des Durchgangs, in dem die jungen Frauen verschwunden waren.

Vier muskulöse und in schlichte Tuniken gekleidete Männer traten ein. Auf den Schultern trugen sie eine große

Metallplatte, und dort lag ein geröstetes Schwein in duftendem Fett.

»Aber die Graeci lernten auch etwas von uns«, fügte Gaius Aldus mit einem leisen Lachen hinzu. »Kulinarische Kunst.«

Die jungen Männer stellten die Platte auf dem gekachelten Boden ab, wo sie fast das ganze Mosaik bedeckte. Einer von ihnen holte ein langes Messer hervor und verneigte sich.

Seianus stand auf. »Sehen Sie sich das an, Captain Picard!« Er grinste voller Vorfreude.

Jenny beobachtete, wie der Mann das Messer am Nakken zwischen die Schultern des Schweins stach und dann das Tier bis zu den Hinterläufen aufschnitt. Allem Anschein nach bereitete ihm das überhaupt keine Schwierigkeiten, und daraus schloß sie, daß die Rippen bereits zerbrochen waren. Schließlich zog er das Messer wieder heraus, griff zusammen mit den anderen Männern in die Öffnung und klappte den großen Braten auseinander.

Darin kamen viele kleine und reglose Vögel zum Vorschein.

Seianus musterte Picard und wartete auf eine Reaktion.

»Drosseln!« verkündete der Romaner glücklich. »Lebende Drosseln! Sehen Sie?« Er merkte, daß irgend etwas nicht stimmte, richtete den Blick wieder aufs Schwein.

»Was...?«

»Ich fürchte, die Vögel sind in der Soße ertrunken, Sir«, brachte einer der Diener nervös hervor.

Seianus preßte kurz die Lippen zusammen. »Wer ist dafür verantwortlich?« zischte er. Die vier jungen Männer erblaßten und wichen zurück.

Gaius Aldus erhob sich ebenfalls und legte seinem Captain die Hand auf den Arm. »Lucius Aelius«, begann er, »unsere Vorfahren vertraten die Ansicht, ein in Wein ertränkter Vogel sei besonders schmackhaft.«

Die Offiziere von der *Enterprise* sahen sich entsetzt an, aber Gaius' Worte beruhigten Seianus. Der romanische

Captain lächelte. »Du hast wie immer recht, Gaius.« Die vier Diener eilten davon. Seianus ignorierte sie und wandte sich an Picard. »Dieser Mann«, sagte er und deutete auf Gaius Aldus, »verdient höchste Anerkennung. Er ist mein Freund, Adjutant und Erster Offizier. Sein ganzes Leben lang hat er meiner Familie treu gedient. Schon als Kinder waren wir zusammen; er verteidigt meine Ehre, wacht über mein Leben. Er ist *Magister Navis*, Herr meines Schiffes, Navigator und Ratgeber – wie es den Traditionen Magna Romas entspricht.«

»Der Ausdruck stellt eine weitere Parallele zwischen Ihrer Welt und der Erde dar, Captain Seianus«, erwiderte Picard, als sich die Gruppe entspannte und wieder Platz nahm. Die jungen Frauen kehrten zurück und zerschnitten das Fleisch. »Ich glaube, auch die Römer der irdischen Vergangenheit benutzten diese Bezeichnung.«

»In der Tat, Captain Picard«, sagte Seianus. »Ihr Ruf wird Ihnen nicht gerecht. Sie sind Gelehrter *und* Offizier.«

»Die Ähnlichkeiten zwischen Magna Roma und Terra sind geradezu unheimlich und gehen weit über das hinaus, was Hodgkins Theorie in Hinsicht auf parallele planetare Entwicklung postuliert«, bemerkte Commander Riker.

»Nur bis zu einem gewissen Punkt«, entgegnete Seianus. »Von dort aus führt die zivilisatorische Evolution unserer beiden Welten in zwei völlig verschiedene Richtungen.«

Data nickte. »Auf der Erde brach das Römische Reich auseinander, was zu kultureller Aufsplitterung und einem dunklen Zeitalter führte ...«

»Während sich das Reich bei uns weiterentwickelte und Magna Roma immer größeren Wohlstand ermöglichte.« Diese Worte stammten von Marcus Julius Volcinius, der bisher nicht an den Gesprächen teilgenommen hatte. Er sprach in einem gönnerhaften und herablassenden Tonfall, als wiese er auf etwas Selbstverständliches hin.

»Ich bezweifle, ob alle Magna Romaner bereit wären, Ihnen zuzustimmen, Lieutenant«, sagte Data. »Bis vor kurzer Zeit herrschte auf Ihrem Planeten eine erbarmungslose Diktatur, die einen großen Teil der Bevölkerung zu einem Leben in Armut zwang und ...«

»Wohlstand ist nicht nur eine Frage des Geldes«, unterbrach Marcus Julius Volcinius den Androiden. »Kultur, Stabilität und Frieden – diese Dinge haben wir dem großen Reich von Magna Roma zu verdanken«, sagte der Offizier mit unverhohlenem Spott und bedachte Data mit einem geringschätzigen Blick. »Aber eine Maschine kann so etwas natürlich nicht verstehen.«

Aus den Augenwinkeln sah Jenny, wie sich LaForge versteifte.

»Data ist keine Maschine, Lieutenant«, erwiderte der Chefingenieur gepreßt.

»Doch, das bin ich, Geordi«, sagte der Androide.

Seianus lachte. »Ich bitte Sie, meine Herren! Wir Magna Romaner haben die besten Traditionen beider Welten übernommen, nachdem wir vor einigen Jahrzehnten Besuch von der Föderation erhielten. Wir hielten an den Werten unserer eigenen Kultur fest und fügten ihnen die Starfleets hinzu.«

»Eins der ersten Raumschiffe, die Ihren Planeten anflogen, hieß ebenfalls *Enterprise*«, sagte Jenny.

Seianus nickte. »Es ist ehrenhaft, die Namen ehrenvoller Männer und Schiffe zu bewahren. Ich selbst bin nach einem großen Mann in unserer Geschichte benannt, dem glorreichsten aller Helden, wie wir glauben.«

»Auf der Erde war Lucius Aelius Seianus* ein hinterhältiger und gemeiner Verbrecher«, stellte Data fest. »Er versuchte, den Kaiser Tiberius zu stürzen, doch man entlarvte ihn rechtzeitig. Er wurde verhaftet und in seiner Zelle erwürgt, vermutlich auf Tiberius' Befehl hin. Anschließend

---

* Lucius Aelius Seianus, geboren in Volsinii um 20 v. Chr., gestorben in Rom am 18. Oktober 31 n. Chr. Er war römischer Prätorianerpräfekt (seit 14 n. Chr.) und Günstling des Kaisers Tiberius, veranlaßte die Ermordung des Kaisersohns Julius Caesar Drusus und schaltete die Familie des Germanicus aus. Wegen seiner Verschwörung gegen den Kaiser wurde er verhaftet und hingerichtet. – Anmerkung des Übersetzers

überließ man seine Leiche dem römischen Volk, das sie in Stücke riß.«

Gaius schauderte. Vielleicht stellte er sich vor, wie so etwas auch mit Captain Seianus geschah.

»Wissen Sie, Lieutenant, genau dies ist der Punkt, an dem die Geschichte unserer beiden Welten getrennte Wege nimmt«, erklärte der Kommandant der *Zenturio.* »Auf Magna Roma hatte Seianus Erfolg. Er ließ den verrückten alten Kaiser Tiberius ermorden und beanspruchte den Thron für sich selbst. Eine grausame Tat, zugegeben — aber sie war notwendig, um Rom zu retten. Seianus setzte die Säuberungsaktion fort, indem er alle Angehörigen der Kaiserfamilie tötete. Er vertrieb die Christen, ging auch gegen alle anderen fremden Religionen vor und sorgte dafür, daß das Volk wieder die alten Götter verehrte. Auf diese Weise stärkte er Rom.«

»Und die Diktatur«, warf Data ein.

»Und die Diktatur«, gab Seianus zu. »Aber lassen Sie uns nicht länger über Politik reden.« Er schnippte mit den Fingern, und die Dienerinnen eilten sofort herbei. »Genießen wir die köstliche Mahlzeit.«

Die jungen Frauen schnitten noch energischer und legten große Fleischstücke auf die Teller der Gäste. Weitere Bedienstete kamen mit großen Krügen ins Zimmer und füllten die Kristallgläser mit rotem Wein.

Schließlich stand Marcus Julius Volcinius auf und griff nach seinem Glas. Auch die übrigen Magna Romaner erhoben sich, und Picard bedeutete seinen Offizieren, ihrem Beispiel zu folgen. »Auf Lucius Aelius Seianus«, sagte Marcus laut. »Auf den Senat und das Volk von Magna Roma. Auf den Sieg.« Alle Romaner tranken.

Picard zögerte kurz und nippte dann an dem Wein, ebenso wie seine Offiziere. »Auf die Vereinte Föderation der Planeten«, intonierte er, bevor die Gruppe wieder Platz nehmen konnte. »Auf die Demokratie. Auf den Frieden.«

Einige Sekunden lang herrschte bedrückende Stille. Dann lachte Seianus und leerte sein Glas.

Damit schien das Eis gebrochen zu sein. Es folgten gelöste, unbeschwerte Gespräche; die Magna Romaner sowie ihre Gäste aßen und tranken nach Herzenslust.

Aber Gaius Aldus hatte Jennys Abneigung gegenüber Marcus Volcinius bemerkt. »Sie mögen ihn nicht, oder?«

Jenny drehte überrascht den Kopf. »Ich muß lernen, meine Gefühle besser zu verbergen.«

Gaius lächelte. »Nicht nötig. Er ist ein aufgeblasener Narr ohne jede Bedeutung. Als Kulturattaché hat er keine echten Qualifikationen, aber seine Verwandtschaft mit Captain Seianus läßt sich leider nicht leugnen — ein abscheuliches Beispiel für Nepotismus.«

»Eine weitere archaische Tradition, die Sie nach wie vor achten?« fragte Jenny.

Gaius schmunzelte erneut. »Wie ich schon sagte: Wir geben uns Mühe. Aber es fällt einem nicht leicht, über den eigenen Schatten zu springen.«

Jenny erwiderte das Lächeln. »Erzählen Sie mir von Ihrem Sieg über die M'Dok. Sie waren dem Gegner weit unterlegen.«

»Er fiel seiner eigenen Arroganz zum Opfer. Wir reduzierten vorübergehend unser energetisches Potential, um den Eindruck zu erwecken, als sei es an Bord unseres Schiffes zu schweren Schäden gekommen. Und als sich die M'Dok näher heranwagten, schlugen wir zu.«

»Ihre Idee?« erkundigte sich Jenny.

»Es ist eine von mir entwickelte Kampftaktik«, bestätigte Gaius stolz.

»Aber war es unbedingt nötig, das Schlachtschiff vollständig zu vernichten? Wenn Sie in der Lage gewesen wären, Überlebende gefangenzunehmen...«

»Überlebende?« wiederholte Gaius fassungslos. »Es fand eine Raumschlacht statt, Fähnrich. Hätten Sie Rücksicht auf den Feind genommen und das Leben der eigenen Besatzung riskiert?«

Jenny blinzelte verwirrt. »Ich habe doch nur von der Möglichkeit gesprochen...«

»Wir wurden angegriffen!« Rote Zornesflecken bildeten sich in Gaius' Gesicht, und er schlug mit der flachen Hand auf den Tisch.

Jenny starrte ihn verblüfft an.

Gaius trank einen Schluck Wein und beruhigte sich wieder. »Bitte entschuldigen Sie meine Heftigkeit. Seit vielen Jahren diene ich Captain Seianus. Er und die Crew der *Zenturio* sind zu meiner Familie geworden — ich habe keine andere.« Er rang sich ein schiefes Lächeln ab. »Wer ihn bedroht, kann von mir keine Milde erwarten.«

Jenny erwiderte Gaius' ruhigen Blick. »Ich bewundere Ihre Loyalität.«

»Bestimmt teilen Sie diese Eigenschaft«, sagte der Magna Romaner.

Jenny überlegte, was sie darauf antworten sollte, als sie die laute Stimme von Marcus Julius Volcinius auf der anderen Seite des Tisches hörte. Er winkte mit einem schmierigen Knochen, und seine Worte galten offenbar allen Anwesenden. »Man nehme nur die Tenaraner. Sie sind einfach zu dezentralisiert. Es gibt keine Autorität, niemanden, der die ganze Verantwortung trägt und als Ansprechpartner dient. Deshalb sind sie kaum imstande, so aggressiven Wesen wie den M'Dok Widerstand zu leisten. Nun, die *Zenturio* kann sicher nicht immer hierbleiben, oder, Captain Picard? Nein, natürlich nicht«, beantwortete er seine Frage. Er war bereits halb betrunken, ebenso wie die anderen Magna Romaner. Marcus' Augen glänzten fiebrig.

Picard hatte die ganze Zeit über nur vorsichtig am Wein genippt und richtete einen mißbilligenden Blick auf den romanischen Kulturattaché.

Volcinius' Worte klangen so klar und deutlich, als hätte er sie sich sorgfältig zurechtgelegt. *Seltsam*, dachte Jenny.

»Die Föderation kann es sich nicht leisten, für unabsehbare Zeit Raumschiffe hierherzuschicken und ein Volk zu schützen, das offenbar unfähig ist, sich selbst zu verteidigen«, fuhr Seianus' Vetter fort. »Ihre Organisation — beziehungsweise der Mangel daran — macht es ihnen unmöglich, die notwendigen Defensivmaßnahmen zu ergreifen. Einer unserer Grundsätze lautet: Gott hilft jenen, die sich selbst helfen.«

Er hat recht, soweit es die tenaranische Verteidigungsbereitschaft betrifft, dachte Jenny. Sie wollte den Gedanken laut aussprechen, aber Commander Riker kam ihr zuvor. »Dieses Problem existiert tatsächlich, Lieutenant, aber ich sehe keine einfache Lösung dafür. Tenara ist jetzt Mitglied der Föderation und darf daher Hilfe von uns erwarten. Darüber hinaus: Die Föderation nimmt keinen Einfluß auf die Politik ihrer Mitgliedswelten. Sie verlangt nur, daß jede Regierung die Rechte der Bürger respektiert und schützt. Wir müssen die Situation auf Tenara so akzeptieren, wie sie sich uns darbietet — in diesem Zusammenhang spielen unsere Wünsche keine Rolle.

Marcus winkte ab. »Ja, ja, natürlich, Commander. Wir sind hier, um die Tenaraner zu verteidigen und ihnen dabei zu helfen, mit den Folgen der Angriffe fertig zu werden. Aber das reicht meiner Ansicht nach nicht aus. Die Bewohner des Planeten müssen sich verändern, um ihrer selbst willen. Wir sollten sie lehren, wie man den Wandel herbeiführt, damit sie anschließend in der Lage sind, die Aggressoren ganz allein abzuwehren. Wir Romaner wissen, was gute Organisation bedeutet, und wir verstehen uns auch darauf, entsprechende Kenntnisse zu vermitteln.«

»Für gewöhnlich mit Eroberungsfeldzügen«, sagte Data ruhig. »Doch diese Möglichkeit steht hier nicht auf der Liste unserer Optionen.«

»Ich bin ganz Ihrer Meinung, Lieutenant«, warf Seianus ein. »Aber es gibt noch einen anderen Weg.«

»Und der wäre?« fragte Picard.

»Wir belehren die M'Dok«, entfuhr es Jenny.

Alle Blicke richteten sich auf sie.

»Hört, hört«, sagte Gaius und musterte die junge Frau mit einem Lächeln. »Wenn sie nicht bereit sind, sich an den

Friedensvertrag zu halten, so müssen wir sie dazu zwingen.«

Geordi schüttelte den Kopf. »Sie sprechen von Krieg, Lieutenant.«

»Wie würden Sie Tenaras Lage bezeichnen?« fragte Seianus.

»Wir haben es mit einem Problem zu tun, für das es eine Lösung zu finden gilt«, sagte Picard scharf. »Von Krieg kann keine Rede sein.«

Plötzlich wurde es still im Zimmer, als sich die beiden Kommandanten ansahen.

Picards Insignienkommunikator summte und beendete die Stille. »Bitte entschuldigen Sie, Captain«, wandte sich Jean-Luc an Seianus. Er berührte das kleine Gerät auf seiner Brust. »Hier Picard.«

Die Stimme des Klingonen drang aus dem winzigen Lautsprecher.

»Hier ist Lieutenant Worf, Sir. Wir haben gerade eine Dringlichkeitsbotschaft von Starfleet Command empfangen.«

»Danke, Lieutenant.« Picard richtete den Blick wieder auf Seianus. »Es tut mir leid, Captain. Wir müssen sofort zur *Enterprise* zurückkehren.«

»Natürlich, das verstehe ich«, erwiderte Seianus rasch. »Die Pflicht kommt immer zuerst. Wir können die Diskussion zu einem anderen Zeitpunkt fortsetzen.«

Picard nickte und klopfte noch einmal auf den Kommunikator. »*Enterprise,* Transporterraum. Hier spricht der Captain. Beamen Sie mich und meine fünf Begleiter von der *Zenturio* zurück.«

KAPITEL 2

»Hören wir uns die Nachricht an, Mr. Worf«, sagte Picard. Der Captain und seine Stabsoffiziere befanden sich wieder auf der Brücke. Jenny de Luz stand neben Worf auf dem Oberdeck, vor den Konsolen der Einsatzkontrolle.

»Aye, Sir. Audiosignal. Lautsprecher ein.«

Eine feste, selbstsichere Stimme erklang – die Stimme eines Mannes, der daran gewöhnt war, Befehle zu erteilen.

»Captain Picard, hier spricht Admiral Howard Delapore. Starfleet Command hat die tenaranische Situation als kritisch bewertet. Die *Enterprise* wird hiermit angewiesen, an Ort und Stelle zu bleiben und der *Zenturio* zu helfen, das betreffende Sonnensystem zu verteidigen. Von jetzt an beginnt der neutrale Raumbereich erst jenseits der Bahn des äußersten Planeten. Sie sind ermächtigt, alle für den Schutz des Systems erforderlichen Maßnahmen zu ergreifen.« Etwas leiser fügte Delapore hinzu: »Ich möchte betonen, wie wichtig Ihr Auftrag ist, Picard. Starfleet Command weist dieser Mission eine hohe Priorität zu. Sie und Seianus sind zwei der besten Kommandanten, die wir haben, und das gilt auch für Ihre Schiffe und Besatzungen. Viel Glück. Delapore Ende.«

»Der Nachricht wurde noch eine zweite, codierte Mitteilung hinzugefügt, die nur für Sie bestimmt ist, Sir«, sagte Worf.

»Danke, Lieutenant«, erwiderte Picard.

»Delapore?« Geordi saß an der technischen Station neben Jenny und stöhnte leise.

»Riskieren wir keinen Krieg, indem wir das Sonnensystem abriegeln, Sir?« fragte Riker. »Ich denke dabei an das, was Sie uns während der Besprechung gesagt haben.«

Picard seufzte. »Es besteht kein Zweifel daran, daß sich die Lage zuspitzt.«

»Ich habe Delapore an der Akademie kennengelernt.«

Ein dünnes Lächeln zuckte in Rikers Mundwinkeln. »Ein sehr energischer Mann.«

»Wir haben ihn anders genannt«, brummte Geordi. »Alter Eisen...«

»Ich glaube, wir alle wissen um den Namen Bescheid, Lieutenant«, sagte Picard scharf. »Es ist nicht nötig, ihn zu wiederholen.«

»Ja, Sir«, bestätigte Geordi. »Bitte um Entschuldigung.«

Auch Jenny kannte Admiral Delapore — und seinen Spitznamen — von der Akademie her. Er gehörte zu den Seniorausbildern: ein untersetzter grauhaariger Mann mit stark ausgeprägtem Tatendrang. Er wies immer wieder darauf hin, daß ihm militärische Aktionen lieber waren als diplomatische Einsätze oder Forschungsmissionen. *Jetzt hat er es mit einer militärischen Situation zu tun,* dachte Jenny. *Und das genießt er.*

»Sir«, sagte Worf, »Captain Seianus meldet sich von der *Zenturio.* Er fragt, ob wir an dem Rest des Banketts teilnehmen.«

Er möchte wissen, was uns Starfleet Command mitgeteilt hat, überlegte Jenny.

Seianus' Gesicht erschien auf dem Wandschirm. Er saß noch immer an der großen Speiseplatte, zusammen mit seinen Offizieren.

»Captain Picard«, sagte er ernst, »ich hoffe, es kündigen sich keine weiteren Probleme an.«

»Unmittelbare Schwierigkeiten sind nicht zu erwarten, Captain«, antwortete Picard. »Man hat uns angewiesen, in diesem Sonnensystem zu bleiben und Ihnen bei der Verteidigung Tenaras zu helfen.«

Seianus erstarrte kurz. Dann entspannte er sich wieder und lächelte.

»Ich sehe keine militärische Notwendigkeit dafür, Captain Picard, aber Starfleet ist natürlich dem Föderationsrat untergeordnet. Mit anderen Worten: Es müssen auch politische Aspekte in Betracht gezogen werden.« Er nickte verständnisvoll. »Wir freuen uns natürlich über Ihre Gesellschaft. Morgen berate ich mich mit meiner Besatzung, und anschließend steht ein Treffen mit dem planetaren Rat auf dem Programm. Wenn Sie dabei zugegen sein möchten...«

»Sehr gern.«

»Gut. Kehren Sie jetzt zu uns zurück? Der Abend ist noch jung, und es werden weitere köstliche Gänge aufgetragen.«

»Nein, Captain.« Picard lächelte resigniert. »Ich brauche Zeit, um mich mit allen Einzelheiten der hiesigen Situation zu befassen.«

»Wie Sie wünschen. Ich sorge dafür, daß Ihnen einer meiner Männer das Shuttle bringt.« Seianus deutete eine Verbeugung an. »Bis morgen, Captain Picard.«

»Bis morgen, Captain Seianus.«

Der Magna Romaner unterbrach die Verbindung, und daraufhin erschienen wieder die Sterne auf dem Wandschirm.

Picard stand auf. »Ich schlage vor, wir ziehen uns jetzt in unsere Kabinen zurück. Sicher steht uns ein langer und anstrengender Tag bevor.«

»Aye, Sir«, sagte Riker. »Data, Sie haben das Kommando.«

Jenny folgte den beiden Offizieren zum Turbolift.

»Einen Augenblick, Fähnrich«, brummte Worf.

Die junge Frau drehte sich um.

»Während dieser Mission ist meine Anwesenheit an Bord des Schiffes erforderlich«, erklärte der Klingone. »Daher möchte ich, daß Sie sich um die planetaren Sicherheitsvorkehrungen kümmern.«

»Ja, Sir«, erwiderte Jenny. »Vielen Dank, Sir.«

»Sie sollten sich vorbereiten, indem Sie die entsprechenden Abschnitte der Starfleet-Vorschriften lesen«, fuhr Worf fort. Er drehte sich zur Station der Einsatzkontrolle um und berührte mehrere Sensorfelder. Buchstabenkolonnen wanderten über einen Monitor. »Hier steht zum Beispiel...«

Jenny seufzte innerlich, sah über die Schulter des Klingonen und las.

Die Bibliotheken an Bord von Föderationsschiffen waren immer sehr gut ausgestattet. Speichervorrichtungen von der Größe eines Daumennagels enthielten weitaus mehr Informationen als die berühmte Alexandrinische Bibliothek*. Noch wesentlich kleinere Mikrochips sortierten die Daten und stellten sie auf Anfrage innerhalb von wenigen Sekundenbruchteilen zur Verfügung.

Marcus Julius Volcinius befand sich als Kulturattaché mit Sonderauftrag an Bord der *Zenturio*. Er war ein intelligenter, entschlossener und – als Sproß einer der angesehensten Patrizierfamilien auf Magna Roma – gebildeter junger Mann, der die Macht des Wissens kannte und damit umzugehen verstand.

Er hatte das Bankett vor einer knappen Stunde verlassen, gelangweilt vom endlosen Trinken und dem zunehmenden Lallen der anderen Offiziere. Das Gerede über Veränderungen der Tenaraner und die Traditionen Magna Romas brachte ihn auf eine Idee.

»Computer.«

»Bereitschaft.«

Maschinen haben einen großen Vorteil, dachte er zufrieden. *Ihnen sind klare Grenzen gesetzt, die sie nicht überschreiten können.*

Der wandelnde Computer namens Data bildete eine ärgerliche Ausnahme.

---

* Alexandrinische Bibliothek: bedeutendste Bibliothek der Antike. Sie wurde von Ptolemaios II. im 3. Jahrhundert v. Chr. in Alexandria angelegt. Zuletzt bestand sie vermutlich aus 200 000 Schriftrollen im Tempel, dem Serapeion, und 700 000 in der ›Schule‹, dem Museion, Forschungsstätte der Gelehrten, die dort auch lebten. Die ›Schule‹ wurde 269/70 oder 273 zerstört, das Serapeion um 390 durch einen vom christlichen Patriarchen geschürten Aufstand. Gerettete Bestände wurden zum Teil unter Kaiser Justinian I. nach Konstantinopel überführt, die Reste bei der arabischen Eroberung Alexandrias 642 vernichtet. – Anmerkung des Übersetzers

»Berichte mir von der Verbreitung der englischen Sprache auf Terra.«

Es kam zu keiner merklichen Verzögerung.

»Das Englische entstand aus mehreren Sprachen, in der Hauptsache aus Angelsächsisch, Latein und keltischen Dialekten. Es handelte sich um die wichtigste Sprache in England, einer von drei Nationen auf einer kleinen Insel im Nordatlantik.

Im späten sechzehnten Jahrhundert begann eine koloniale Expansion, die bis zum frühen zwanzigsten Jahrhundert dauerte. Während dieser Zeit wurde England zur ersten politischen, militärischen und ökonomischen Macht in der Welt.

Gleichzeitig gewann auch das Englische an Bedeutung und wurde schließlich zur Universalsprache von Handel, Wissenschaft und internationaler Politik. Als dynamische und sehr flexible Sprache schuf sie die Grundlage für das derzeitige Föderations-Standard und paßt sich neuen Worten, neuen Vorstellungen und neuen Kulturen an.«

Offenbar handelte es sich um eine allgemeine Erklärung, wahrscheinlich um ein wortwörtliches Zitat irgendeines Universitätsprofessors. Marcus brauchte detailliertere Angaben. Er dachte einige Sekunden lang nach und fragte dann: »Haben sich die Engländer bewußt bemüht, ihre Sprache zu verbreiten?«

»Man geht davon aus«, antwortete der Computer, »daß die Verbreitung der englischen Sprache ein natürliches und unausweichliches Ergebnis der ökonomischen Dominanz Englands war.«

»Und die Kultur expandierte auf ähnliche Art und Weise?«

»Gegen Ende des zwanzigsten Jahrhunderts basierten Mode, Sittenkodex, Bildungswesen, gesellschaftliche Umgangsformen und andere kulturelle Charakteristiken weitgehend auf dem englischen Standard. Den Unterhaltungsmedien kam dabei eine spezielle Bedeutung zu, insbesondere dem Fernsehen.«

»Aber es war ein Prozeß, der mehrere Jahrhunderte in Anspruch nahm«, überlegte Marcus laut.

»Korrekt«, bestätigte der Computer.

Marcus bedachte das Terminal mit einem finsteren Blick. Er konzentrierte sich wieder auf das Problem, und diesmal behielt er seine Gedanken für sich. *Auf der Erde benötigten die Engländer Jahrhunderte, doch ich habe nur einige Wochen.*

»Zu Beginn jener Epoche, als die Verbreitung der englischen Sprache mit einer Zunahme ökonomischer und militärischer Macht einherging, als das staatliche Bildungswesen dabei noch keine zentrale Rolle spielte... Reagierten andere Völker negativ auf das Vordringen einer ihnen fremden Kultur? Versuchten sie, sich zu schützen und ihre kulturelle Identität zu bewahren?«

»Ganz im Gegenteil«, erwiderte der Computer. »Die Engländer überzeugten andere Nationen von den Vorteilen und dem Prestige einer englischen Bildung, und deshalb schickte die einheimische Bevölkerung ihre Kinder in englische Lehrinstitute. Dort eigneten sie sich sowohl die Sprache als auch die kulturellen Werte der dominanten Macht an. Später, in ihrer Heimat, gaben die Schüler und Studenten erworbenes Wissen weiter.«

Marcus lehnte sich zurück und trommelte mit den Fingern auf die Tischkante. Eroberung kam nicht in Frage — darauf hatte sein Vetter deutlich hingewiesen.

Aber ›Eroberung‹ war nicht unbedingt ein Synonym für Krieg. Es gab auch ganz andere Möglichkeiten...

Marcus beschloß, mit einem Feldzug zu beginnen, für den er weitaus bessere Qualifikationen mitbrachte als Lucius Seianus oder Jean-Luc Picard.

Am nächsten Morgen fanden sich mehr als ein Dutzend Personen im Konferenzzimmer der *Zenturio* ein. Dieser Raum wies keine Ähnlichkeiten mit dem Bankettsaal auf, in dem Seianus die Offiziere der *Enterprise* begrüßt hatte: Er verzichtete auf prunkvollen Schmuck, beschränkte sich auf nüchterne Zweckmäßigkeit. Es gab keine purpurnen Vorhänge, und der Bildschirm war in die graue Wand integriert. Anstelle von romanischen Kunstgegenständen zeigten sich schlichte Hologramme.

Seianus und Picard saßen an den beiden Enden des langen Tisches, die Senioroffiziere an den Seiten. Als alle Platz genommen hatten, winkte Seianus abrupt, und die Darstellung auf dem Bildschirm veränderte sich. Der Planet Tenara wich einem komplexen Diagramm, das sich auf den kleinen Tischmonitoren wiederholte.

»Ich nehme an, Sie sind alle unterrichtet«, wandte sich Seianus an die Besucher von der *Enterprise*.

Jenny de Luz nickte ebenso wie die anderen. Lieutenant Worf hatte sie so gründlich informiert, daß sie mehr über Tenara als über ihre eigene Heimatwelt Meramar zu wissen glaubte.

»Dann schlage ich vor, wir kommen gleich zur Sache«, sagte Seianus. »Die Sichtgeräte zeigen ein Organisationsdiagramm der tenaranischen Regierung — die entsprechenden Informationen stammen vom Vorsitzenden Melkinat. Nun, Sie wissen sicher von der dezentralisierten Struktur des Regierungssystems auf Tenara. Die sogenannten *Saavtas* sind ausgesprochen primitiv und gehen auf einen Rat von Stammesältesten zurück, wie er für viele präzivilisierte Kulturen typisch ist. Durch den Versuch, dieses Prinzip in einem globalen Maßstab anzuwenden, fehlt eine starke Zentralregierung. Statt dessen existiert ein außerordentlich kompliziertes System aus gegenseitigen Verpflichtungen und verschiedenen Autoritätsebenen.«

Es kann bestimmt nicht komplizierter sein als das in meiner Heimat, dachte Jenny und betrachtete das Organigramm. Sie erinnerte sich an den Feudalismus auf Meramar, an die Treuepflichten ihres Vaters gegenüber verschiedenen Männern, die wiederum vielen anderen Loyalität geschworen hatten — *darunter auch einem Vasallen meines Vaters,* fügte die junge Frau in Gedanken hinzu. Im Vergleich dazu wirkte die Hierarchie der tenaranischen

Saavtas recht einfach. Jede *Saavta* wählte einige ihrer Repräsentanten für die *Saavta* der nächsthöheren Ebene, und auf diese Weise ging es weiter, bis zur Großen *Saavta*, die über den ganzen Planeten entschied.

»Aber das sind nun einmal die Rahmenbedingungen für uns«, fuhr Seianus fort. »Eigentlich hat uns Starfleet mit zwei Missionen beauftragt. Kurzfristig sollen wir Tenara vor weiteren Angriffen schützen, und mittelfristig besteht unsere Aufgabe darin, Tenara in die Lage zu versetzen, sich selbst zu verteidigen. Stimmen Sie dieser Einschätzung zu, Captain Picard?«

Jean-Luc nickte. »Ja. Starfleet Command hat unsere beiden Schiffe angewiesen, den Tenaranern nach besten Kräften zu helfen. Wir müssen sofort damit beginnen, die ökonomische und landwirtschaftliche Basis zu stärken und das Gesundheitswesen zu verbessern. Wir nutzen unser ganzes Potential, um den Bewohnern des Planeten sowohl ideelle als auch materielle Unterstützung zu gewähren.«

»Was ist mit ihren unmittelbaren Bedürfnissen, Sir?« fragte Gaius Aldus. »Ich meine die Notwendigkeit militärischer Hilfe?«

Jenny nickte zustimmend. Ohne ein ausreichendes Maß an Sicherheit blieben alle anderen Hilfsmaßnahmen praktisch sinnlos.

Seianus lächelte. »Meiner Meinung nach kommt es darauf an, die Tenaraner unverzüglich mit grundlegenden Kampftechniken vertraut zu machen.«

»Entschuldigen Sie bitte, Captain Seianus«, warf Riker ein, »aber wenn ich mich recht entsinne, sind solche Ausbildungsangebote bisher immer abgelehnt worden.«

Jenny runzelte die Stirn. Diese Information gehörte nicht zu den Aufzeichnungen, mit denen sie sich beschäftigt hatte.

»Das stimmt, Commander«, erwiderte Seianus. »Aber trotzdem hat man inzwischen eine derartige Anfrage an uns gerichtet. Angesichts der grausamen M'Dok-Angriffe müssen wir bereit sein, diesem Wunsch der Tenaraner zu entsprechen.«

Picard rutschte unruhig auf seinem Stuhl hin und her. »Die Situation bereitet mir Unbehagen, Captain Seianus«, sagte er. »Wenn wir nur wüßten, warum die M'Dok ausgerechnet jetzt angreifen...«

Marcus Julius Volcinius lehnte an der Tür des Konferenzzimmers und schnaubte abfällig.

»Es sind Tiere, Captain Picard. Warum sollten wir uns bemühen, ihre Motive zu verstehen?«

»Es sind keine Tiere, sondern intelligente Wesen«, sagte Picard fest und bedachte den Kulturattaché der *Zenturio* mit einem durchdringenden Blick. »Und ich bin sicher, sie überfallen Tenara nicht ohne einen triftigen Grund. Mr. Data, haben Ihre Korrelationen und Analysen inzwischen zu einem konkreten Ergebnis geführt?«

Der Androide schüttelte den Kopf. »Nein, Sir. Die Einträge im Logbuch eines Handelsschiffes deuten darauf hin, daß die M'Dok seit einigen Monaten den Import bestimmter Substanzen erhöht haben...«

»Was für Substanzen meinen Sie?« erkundigte sich Picard.

»Größtenteils Wachstumshormone und vergleichbare Stoffe, Sir.«

»Was kann *das* schon bedeuten?« brachte Marcus verächtlich hervor und zog jede einzelne Silbe in die Länge.

»Derzeit habe ich nicht genügend Daten, um diese Frage zu beantworten, Lieutenant«, erwiderte der Androide. »Allerdings erwarte ich weitere Informationen von Starfleet Command.«

»Nun, bis dahin dürfen wir nicht einfach die Hände in den Schoß legen«, sagte Seianus. »Wir müssen damit beginnen, die Verteidigung Tenaras zu organisieren.«

Picard seufzte schwer und wechselte einen Blick mit seinem Ersten Offizier. »Diesbezügliche Entscheidungen möchte ich erst nach einem Gespräch mit dem Vorsitzenden treffen.«

»Seine Wünsche scheinen mir völlig klar zu sein, Captain, aber ...« Seianus zuckte mit den Schultern. »Wie Sie wollen. In zwei Stunden treffen wir uns mit Melkinat.« Der Kommandant der *Zenturio* legte die Hände flach auf den Tisch und stand auf. »Wir sehen uns auf Tenara wieder, Captain.«

KAPITEL 3

Melkinat, Vorsitzender des Zentralen Konzils der Großen *Saavta,* Ehrenwertester und Demokratischster des Volkes von Tenara sowie nominelles Oberhaupt des Planeten, war ganz und gar nicht auf die Begegnung mit Picard und Seianus vorbereitet. Er wußte überhaupt nicht mehr, wie er sich verhalten sollte.

Furcht zitterte in ihm und stellte all das in Frage, was er bisher als selbstverständlich hingenommen hatte.

Quillens Geschichte...

Melkinat schüttelte den Kopf und versuchte, die schrecklichen Erinnerungen aus sich zu verbannen. Er hatte sein ganzes Leben dem Volk von Tenara und den *Saavtas* gewidmet. Als Vorsitzender des Zentralen Konzils repräsentierte er Ehrenhaftigkeit und Anstand, persönliche Freiheit und Würde. Er trat für den Grundsatz ein, daß niemand über einen anderen herrschen sollte; das Volk mußte in der Lage sein, für sich selbst zu entscheiden, ohne individuelle Rechte einzuschränken.

Aber was nützen uns diese ehrenhaften Prinzipien gegen die Fremden aus dem All, die Katzen-Ungeheuer namens M'Dok? dachte Melkinat.

Er wußte, daß seine Vorfahren einst zum Kampf fähig gewesen waren. Vor vielen hundert Jahren hatte man die jetzigen Tenaraner von einem anderen Planeten geholt, wahrscheinlich von der Erde – bevor es dort Flugzeuge oder gar Raumschiffe gab.

Anschließend wurden sie auf Tenara abgesetzt, einer Welt mit weiten fruchtbaren Prärien und blaugrünen Meeren. Die Menschen begannen damit, die unberührte Natur zu erforschen und sich auf der ganzen Planetenoberfläche auszubreiten. Nirgends trafen sie auf natürliche Feinde, und der Überfluß an Platz und Ressourcen verhinderte gewaltsame Auseinandersetzungen.

Ein gemeinsames kulturelles Erbe und friedliche Koexistenz bildeten die Grundlage für das aktuelle Regierungssystem. Wenn es jemanden nach Eroberungen und Macht gelüstete, so mußte der Betreffende schon nach kurzer Zeit feststellen, daß die soziale Struktur viel zu stabil war, um egoistischen Bestrebungen unterworfen werden zu können.

Diese Erkenntnisse waren tief in Melkinats Denken und Empfinden verwurzelt. Er sah zur gegenüberliegenden Wand seines kleinen Büros und betrachtete die dort hängende Axt. Sie mochte dazu bestimmt gewesen sein, Bäume zu fällen, aber kleine Kerben an der Schneide und einige dunkle Flecken deuteten darauf hin, daß man sie auch für unheilvollere Zwecke verwendet hatte.

Hier bei uns sind derartige Waffen selten, dachte der Vorsitzende in einem Anflug von Zorn. *Ganz im Gegensatz zu anderen Welten. Ja, auch bei uns gab es Kriege, aber sie blieben auf einzelne Regionen begrenzt. Wir wollen nur Frieden und Freiheit. Warum wird unser Wunsch nicht respektiert?*

Er wußte keine Antwort darauf. Und auch der Grund für die schrecklichen M'Dok-Angriffe war ihm ein Rätsel.

Gerade deshalb hatte Tenara die Föderation um Hilfe gebeten.

Ein Teil von ihm wünschte sich, daß die beiden Starfleet-Raumschiffe den Orbit des Planeten verließen und aus dem Sonnensystem verschwanden. Melkinat dachte an ihre Technologie, an die modernen Wunder, und erneut regte sich Besorgnis in ihm. Wenn er den Fremden gestattete, ihre Waffen zu bringen – vielleicht beschworen sie damit unwiderrufliche Veränderungen herauf. *Vielleicht ist Tenara dann bald kein Paradies mehr,* dachte der Vorsitzende betrübt.

Aber hatte er eine Wahl?

Um ganz ehrlich zu sein: Tief in seinem Innern faszinierte ihn die Vorstellung, Hilfe von der Föderation anzunehmen, das gesammelte Wissen von tausend Welten zu berühren.

Wie mag es sein, soviel gesehen und geleistet zu haben wie die beiden Raumschiffkommandanten? dachte Melkinat. *Und was halten sie von mir, einem Mann, der sein ganzes Leben auf einer kleinen Welt verbrachte, ohne auf ein großes Werk zurückblicken zu können?*

»Vater?«

Er hob den Kopf und sah seine Tochter Gretna. Sie stand in der Tür und wartete, die Hände an die Hüften gestemmt. Ihre Kleidung bestand aus Sandalen, Shorts und einer bunten Bluse. Melkinat musterte die junge Frau, und wieder verblüffte es ihn, wie schnell sie erwachsen geworden war – und wie schön.

»Ein Captain ist bereits eingetroffen«, sagte sie.

»Danke«, erwiderte Melkinat und erhob sich. Es gab etwas, auf das er stolz sein durfte: Gretna. Alles deutete darauf hin, daß sie eines Tages seine Nachfolge antreten würde, und dieser Umstand erfüllte ihn mit Zufriedenheit. Bestimmt konnte sich keiner der beiden Raumschiffkommandanten einer solchen Tochter rühmen. »Nun, wir wollen die Föderation nicht warten lassen, oder?«

»Darüber haben wir bereits ausführlich gesprochen, Vater«, sagte Gretna. »Diesmal lautet die Antwort: nein.«

Melkinat seufzte. Gretna verstand, warum sie die Hilfe der Föderation brauchten, aber es widerstrebte ihr noch mehr als ihm, Waffen auf Tenara zu dulden.

Die junge Frau hakte sich bei ihm ein, als sie das Büro verließen, um den Captain zu begrüßen.

Captain Jean-Luc Picard zupfte an der Galauniform und strich eine winzige Falte glatt. Bei seiner Arbeit kam es auch auf das äußere Erscheinungsbild an, und dies war die erste persönliche Begegnung mit dem Oberhaupt der tenaranischen Regierung. Trotzdem vertrat Picard die Ansicht, daß man es auch übertreiben konnte. Er beobachtete sich im Spiegel, glaubte den Geboten der Förmlichkeit Genüge getan und berührte den Insignienkommunikator.

»Brücke.«

»Hier Lieutenant Commander Data.«

»Mr. Data, bitte teilen Sie Captain Seianus mit, daß ich bereit bin, mich auf den Planeten zu beamen. Setzen Sie sich anschließend mit dem Zentralen Konzil der Großen *Saavta* in Verbindung und kündigen Sie meinen Besuch an.«

»Wir haben gerade eine Nachricht von Captain Seianus erhalten, Sir«, erwiderte der Androide. »Er befindet sich bereits auf Tenara. Seine Stimme klang... besorgt.«

Picard spürte, wie sich ihm die Nackenhaare aufrichteten. »Ein Notfall?«

Data zögerte. »Er nannte keine Einzelheiten, Sir. Eins steht fest: Derzeit gibt es nicht die geringsten Anzeichen für weitere M'Dok-Angriffe.«

»Hmm. In Ordnung, Data. Richten Sie Captain Seianus aus, daß ich auf dem Weg zum Transporterraum bin.«

Picard schloß den Kommunikationskanal und öffnete einen anderen.

»Nummer Eins?«

»Hier, Sir.«

»Captain Seianus hat sich auf den Planeten gebeamt, und offenbar kam es dort zu neuen Komplikationen. Wenn Sie mich bitte begleiten würden...«

»Selbstverständlich, Sir.«

Der Erste Offizier traf nur wenige Sekunden nach Picard im Transporterraum ein und trat ebenfalls auf die Transferplattform. Der Captain nickte dem Techniker O'Brien zu und runzelte noch immer die Stirn, als sie eine nicht meßbare Zeitspanne später rematerialisierten.

Sie standen in einem großen Saal mit vielen Säulen. Zwei Personen warteten auf sie: Ein Mann in mittleren Jahren und eine wesentlich jüngere Frau.

»Captain Picard«, sagte der Mann, trat vor und streckte die Hand aus. »Ich bin Melkinat, Vorsitzender des Zentralen Konzils.« Er deutete auf die Frau. »Meine Tochter Gretna.«

»Es ist mir eine Ehre, Sir«, erwiderte Picard. »Darf ich

vorstellen? Mein Erster Offizier, Commander William Riker.«

Riker schüttelte dem Vorsitzenden die Hand, und sein Blick verweilte kurz auf Gretna.

»Wie ich hörte, ist ein weiteres Problem entstanden«, sagte Picard.

Melkinat nickte. »Ein junger Mann aus einem abgelegenen Dorf hat uns gerade etwas Schreckliches berichtet. Captain Seianus ist bei ihm.«

»Zeigen Sie uns den Weg, Vorsitzender«, entgegnete Picard.

»Einen Augenblick.« Melkinat hob die Hand. »Commander, die Anwesenheit von mehr als zwei oder drei Personen verunsichert den jungen Mann. Wenn Sie bitte...«

»Ich verstehe, Sir«, sagte Riker. »Ich warte hier.«

»Wenn Sie möchten, zeige ich Ihnen unseren Planeten, Commander«, bot Gretna an.

Riker richtete einen fragenden Blick auf den Captain.

»Meinetwegen, Nummer Eins«, sagte Picard. »Ich gebe Ihnen später Bescheid.«

»Aye, Sir.« Riker wandte sich an Gretna und lächelte. »Wir können mit der Besichtigungstour beginnen.«

Sie verschwanden durch einen Gang, während Picard und Melkinat einen anderen wählten. Der Vorsitzende führte den Captain in einen kleineren Raum, der an den Saal des Zentralen Konzils grenzte. Seianus wartete dort auf sie, in Begleitung eines Mannes, den Picard nicht kannte. Der Magna Romaner wirkte nervös, wanderte mit langen Schritten auf und ab und brummte leise vor sich hin.

Der junge Tenaraner hingegen schwieg und schien einen schweren Schock erlitten zu haben. Er saß auf dem einzigen Stuhl des Zimmers, einem hübschen, kunstvoll verzierten tenaranischen Möbelstück, das den Eindruck erweckte, nicht das Gewicht eines erwachsenen Menschen tragen zu können. Doch der Mann darauf war stämmig und muskulös, und der Stuhl gab keineswegs unter ihm nach.

»Das ist Quillen«, sagte Melkinat.

Picard musterte den jungen Mann.

Normalerweise wäre Quillen recht beeindruckend gewesen, aber jetzt wirkte er wie ein Häufchen Elend. Schweiß glänzte in dem blassen Gesicht, und er kaute ständig auf der Unterlippe, starrte ins Leere. Manchmal stöhnte er leise.

Melkinat sprach mit sanfter, beruhigender Stimme. »Dies ist Captain Picard, Quillen. Von der *Enterprise*. Du weißt ja, daß du ihm vertrauen kannst. Er kommt von der Föderation, wie auch Captain Seianus — es sind Starfleet-Offiziere.«

»Wir wollen Ihnen helfen«, fügte Picard hinzu.

Quillen duckte sich. »Aber ich habe schon erzählt, was passiert ist!« Er wimmerte, und Tränen schimmerten in seinen Augen. »Sagen *Sie* ihm alles. Wann darf ich endlich nach Hause zurück?«

Melkinat öffnete den Mund und setzte zu einer Erwiderung an, aber Seianus trat abrupt vor und bedeutete dem Vorsitzenden zu schweigen. Er beugte sich über Quillen, der so weit wie möglich von ihm fortwich. Seianus starrte auf ihn hinab, bis es ihm gelang, den Blick des Tenaraners einzufangen und festzuhalten. »Ich möchte, daß es Picard von Ihnen hört. Sagen Sie es ihm mit Ihren eigenen Worten. Er soll erfahren, was Sie erlebt haben.«

Quillen erbebte am ganzen Leib.

Picard näherte sich dem Stuhl, und der Tenaraner sah zu ihm auf. Der Captain bemerkte den Schrecken im Gesicht des jungen Mannes. »Sie können gehen, wenn Sie möchten, Quillen«, sagte er betont sanft. »Captain Seianus meint, ich soll die Geschichte von Ihnen hören, und ich vertraue seinem Urteil. Aber ich möchte keineswegs, daß Sie meinetwegen leiden.«

Quillen entspannte sich ein wenig. »D-danke, Captain. Ich werde es versuchen, um meiner Welt willen.« Er holte tief Luft, unterdrückte das Zittern und begann dann zu erzählen.

Quillen arbeitete als Holzsammler. In der kommunalen Ökonomie eines tenaranischen Dorfes bekamen einige der kräftigsten jungen Männer den Auftrag, das Holz zu holen, das die Gemeinschaft brauchte, um zu kochen und — bei kaltem Wetter — die Häuser zu heizen. Jeden Tag zog Quillen in den nahen Wald, sammelte abgebrochene Äste und trug sie auf seinen Schultern zurück. Wenn die auf dem Boden liegenden Zweige nicht genügten, suchte er abgestorbene oder kranke Bäume und fällte sie. Die Stämme trug er ebenfalls — oder zog sie manchmal hinter sich her.

Dieser Lebensstil wurde seinen Neigungen gerecht: Er war Waise und ein Einzelgänger ohne echte Freunde. Natürlich mochte er das Dorf und die meisten Leute, die dort wohnten, aber er liebte es noch weitaus mehr, durch den Wald zu wandern und zu beobachten, wie der Sonnenschein durchs hohe Blätterdach glänzte. Er liebte die von Axt und Säge verursachten Geräusche, wenn sie Baumstämme durchdrangen, und er liebte den Geruch des frisch geschnittenen Holzes. Er fand großen Gefallen daran, sich auf seine Muskelkraft zu verlassen, wenn er schwere Lasten nach Hause trug.

Er liebte auch die Tiere des Waldes, ob groß oder klein. Im Lauf der Zeit lernten sie, ihn sofort zu erkennen, und daraufhin flohen sie nicht mehr. »Manchmal bleiben sie sogar stehen und sehen mir bei der Arbeit zu«, sagte Quillen stolz. »Dann zeigen sie echtes Interesse, verstehen Sie?«

Picard nickte. »Als ich jung war, habe ich ebenfalls viel Zeit im Wald verbracht. Ich kann mir also vorstellen, was Ihnen die Tiere bedeuten.« Er dachte an das von ihm selbst geschaffene Holodeckprogramm, das einen immergrünen Wald an den Hängen der Alpen simulierte. »Man findet dort Zuflucht und Ruhe, wenn man den Umgang mit anderen Menschen als zu belastend empfindet.«

Der junge Tenaraner nickte sofort. »O ja, Captain, das stimmt!« Verlegen fügte er hinzu: »Gelegentlich warte ich mit der Rückkehr zum Dorf, so daß es spät wird und alle Leute zu müde sind, um mit mir zu sprechen. Das geschah auch an jenem Tag. Ich ließ mir viel Zeit, doch diesmal kehrte ich *zu* spät heim...« Er zitterte erneut.

Picard sprach einige Minuten lang ruhig auf ihn ein, bevor der Tenaraner seinen Bericht fortsetzte.

Auf dem Rückweg wählte Quillen oft einen Pfad, der ihn zu einem kleinen Hügel im Wald brachte. Die Kuppe war kahl — ein Blitz hatte dort eingeschlagen und alle Bäume verbrannt. Wenn er eine besonders schwere Last trug, wich er dem Hügel aus, aber meistens erkletterte er ihn und sah von der höchsten Stelle über die Wipfel hinweg, beobachtete das Grün, das sich wie ein Meer in alle Richtungen erstreckte. Hier und dort bemerkte er Lichtungen mit Dörfern, die seinem eigenen glichen. Im vergangenen Winter hatte sich Eis auf dem Boden gebildet, und es knackte und knirschte, wenn er einen Fuß vor den anderen setzte. Rauhreif haftete an einigen nahen Büschen und Sträuchern, die nach dem Feuer gewachsen waren, glitzerte rot im Licht der untergehenden Sonne.

Rauch kräuselte aus Schornsteinen im Süden und kennzeichnete Quillens Heimatdorf.

Doch an diesem Abend im Frühling bot sich dem jungen Mann ein Anblick dar, der ihn zuerst verwirrte und dann entsetzte.

»Irgendwelche Dinge flogen über meinem Dorf«, brachte er heiser hervor. »Zunächst hielt ich sie für seltsame Vögel, aber kurze Zeit später fiel mir auf, daß sie ein wenig den Flugmaschinen ähnelten, die manchmal *Saavta*-Mitglieder zur regionalen Hauptstadt bringen. Aber für gewöhnlich kommen höchstens zwei oder drei, und diesmal waren es gleich sechs. Und sie landeten nicht. Sie flogen ständig über den Häusern hin und her. Und dann...« Tränen rannen über die Wangen des jungen Mannes.

Weiße Strahlen zuckten von den Gleitern herab, und wo sie den Boden berührten, loderten Flammen empor. Es ertönte nicht das geringste Geräusch, aber Quillen glaubte, das Prasseln des Feuers zu hören, das Knacken von brennendem Holz, die Schreie von Männern, Frauen und Kindern.

Er warf Axt und Säge beiseite, ließ die gesammelten Äste liegen und stürmte über den Hang. Der Tenaraner war viel zu schockiert, um sich der Gefahr bewußt zu sein, die ihm selbst drohte. Er dachte nur daran, die Dorfbewohner zu retten.

Quillen lief über den Waldpfad, während sich das letzte Licht des Tages trübte und allmählich der Nacht wich. Tränen verschleierten die Konturen der Umgebung, aber seine Füße kannten den Weg. Plötzlich spürte er die Hitze eines nahen Feuers und sah helles Flackern zwischen den Bäumen. Er blieb stehen und rieb sich die Augen. Der Wald vor ihm brannte; hier kam er nicht weiter.

Doch in dieser Gegend kannte er sich gut aus, war mit allen Bäumen und Büschen vertraut, mit jeder schmalen Schlucht und jedem kleinen Hügel. Er verließ den Pfad und eilte durchs Unterholz, machte einen weiten Bogen um das Feuer und näherte sich dem Dorf von der anderen Seite. Diese Entscheidung bewahrte ihn vor dem Tod.

Wenn er auf dem Pfad geblieben wäre, hätte man ihn am Rande der Lichtung im Schein des Feuers gesehen — und dann wäre es ihm ebenso ergangen wie den übrigen Dorfbewohnern.

Statt dessen blieb er im Schatten der Bäume verborgen, geschützt von dunkler Nacht. Voller Grauen starrte er auf die hohen Flammen in der Mitte des freien Platzes.

Wo noch vor kurzer Zeit hübsche Holzhäuser gestanden hatten, stoben Funken und wirbelten Ascheflocken. Quillen beobachtete die Reste der Hütten am Rand der Lichtung. Man hatte sie einzeln niedergebrannt, und nur noch ihre Schornsteine ragten aus den schwelenden Haufen.

»Aber am schlimmsten...«, hauchte Quillen. »Am schlimmsten...«

Namenloser Schrecken glühte in seinen Augen.

Am schlimmsten waren die grotesken Gestalten, die

triumphierend ums Feuer tanzten. Es handelte sich um große Geschöpfe, größer als die meisten Menschen, und ihre Gesichter kamen tierischen Fratzen gleich. Spitz zulaufende Ohren, lange Reißzähne, ein pelzbesetzter Leib. Arme und Beine endeten in Klauenpfoten.

»Und sie hatten Schwänze«, sagte Quillen. »Lange Schwänze, die hin und her zuckten, auf den Boden schlugen. Die Wesen sahen aus wie Katzen. Wie fast zwei Meter große Katzen. Aber sie trugen uniformähnliche Kleidung.«

Picard und Seianus wechselten einen kurzen Blick. Dieser Hinweis genügte ihnen, um die Angreifer als M'Dok zu identifizieren.

Aber Quillens Geschichte war noch nicht zu Ende.

Er schien den inneren Widerstand überwunden zu haben; Zunge und Lippen formulierten die Worte nun von ganz allein. Der Tenaraner sprach schneller, fast hastig — als ginge es ihm darum, sich von den schrecklichen Erinnerungen zu befreien, das Entsetzen den beiden starken und unerschütterlichen Außenweltlern zu überlassen.

»Hier und dort lagen Dorfbewohner auf der Lichtung. Sie bewegten sich nicht. Ich glaube, sie atmeten nicht einmal. Viele andere waren noch am Leben und an Pfähle gefesselt. Manche von ihnen schienen das Bewußtsein verloren zu haben, doch einige beobachteten das Geschehen wie benommen. Tiefe blutige Kratzer zeigten sich in ihren Rücken.«

Die M'Dok heulten und fauchten, und Quillen begriff, daß sie auf diese Weise miteinander sprachen. Es klang wie ein Kampf zwischen Katzen, meinte er, aber die Fremden stritten nicht, sondern freuten sich, feierten ihren Sieg.

Sie tanzten um die Flammen, und gelegentlich näherte sich eins der Katzenwesen den gefesselten Tenaranern, musterte sie von Kopf bis Fuß und kehrte zufrieden zu seinen Artgenossen zurück.

Einige M'Dok hielten Metallstangen mit dicken Fleischstücken, die sie im Feuer brieten. Fett tropfte davon herab und zischte in der Glut. Wenn das Fleisch gar war, griffen die M'Dok mit den Klauen danach und bohrten ihre Reißzähne hinein.

Quillen entsann sich an die wenigen Kühe und Ziegen im Dorf, die praktisch ausschließlich als Milchvieh dienten. Es betrübte ihn zu sehen, welches Schicksal sie erlitten hatten.

Doch dann wurde ihm klar, wie sehr er sich irrte.

Zwei M'Dok wischten ihre schmierigen Pfoten an den Uniformen ab, gingen zu den festgebundenen Tenaranern und wählten einen aus. Sie packten ihn an den Armen und zerrten den Mann zum Feuer. Quillen ahnte noch nicht, was die Katzenwesen planten, und er runzelte verwirrt die Stirn.

Ein M'Dok umfaßte den Kopf des Tenaraners und bohrte ihm die Krallen in den Schädel. Der Mann schrie und wand sich verzweifelt hin und her, aber der andere M'Dok hielt ihn unerbittlich fest, während sein Artgenosse den Schädel des Opfers immer weiter nach hinten zog. Quillen schloß die Augen, aber er hörte ein dumpfes Knacken, als das Genick des Dorfbewohners brach.

Als er die Lider wieder hob, zogen die beiden M'Dok lange Messer und schlachteten den Tenaraner wie ein Tier. Erst jetzt begriff Quillen, woher das gebratene Fleisch stammte.

Übelkeit quoll in ihm empor, und er würgte, lehnte sich an einen Baum. Er wagte es nicht, sich von der Stelle zu rühren, aus Furcht davor, die Aufmerksamkeit der M'Dok zu erwecken. Erst als die Feuer niederbrannten und es völlig dunkel wurde, wich er langsam in den Wald zurück und taumelte mit ausgestreckten Armen durchs Dickicht. Er entfernte sich immer weiter von der Lichtung und hoffte, daß die M'Dok viel zu laut waren, um das Rascheln der Blätter und Knirschen der Zweige zu hören.

Irgendwann sank er geistig und körperlich erschöpft zu Boden und schlief bis zum nächsten Morgen.

Als das erste Licht des neuen Tages die Nacht verdrängte,

stand Quillen auf und kehrte vorsichtig zu seinem Heimatdorf zurück.

Die M'Dok hatten es verlassen und die überlebenden Tenaraner mitgenommen. Nur qualmende Ruinen erinnerten an den Ort, in dem Quillen aufgewachsen war, und was die Bewohner betraf ... Der junge Mann sah nichts weiter als abgenagte Knochen und einige Leichen.

Quillen fand den Anblick des zerstörten Dorfes unerträglich. Er gab sich wieder der Umarmung des Waldes hin und wanderte ziellos durchs Grün. Er wußte nicht, wie lange er unterwegs war, versuchte ständig, die Ereignisse jenes Abends zu vergessen.

Irgendwann erreichte er ein anderes Dorf auf einer Lichtung, und später stellte er fest, daß er fast dreihundert Kilometer zurückgelegt hatte.

Zuerst verblüffte es ihn, ein Dorf zu sehen, in dem kein Entsetzen herrschte, in dem fröhliche, unbeschwerte Stimmen erklangen. Quillens zweite Reaktion bestand aus Zorn darüber, daß die Bewohner dieses Ortes überlebt hatten, im Gegensatz zu den *anderen* Männern, Frauen und Kindern. Aber die dritte Reaktion ... Er entsann sich plötzlich an seine Pflicht, die tenaranische Regierung von dem Angriff zu unterrichten.

Quillen betrat das Dorf und bat den ersten Bewohner, ihn zur lokalen *Saavta* zu bringen.

Quillens Stimme verklang, und Picard sah, daß sich der junge Mann völlig verausgabt hatte.

»Schließlich wurde auch die Große *Saavta* hier in Zhelnogra benachrichtigt«, sagte Melkinat. »Daraufhin bestellten wir Quillen zu uns.«

Er wandte sich an Picard, und der Captain bemerkte Kummer und Leid in den Zügen des Vorsitzenden.

»Jetzt wissen Sie, warum wir Ihre Hilfe brauchen.«

Picard bekam keine Gelegenheit, darauf zu antworten. Seianus trat vor und legte Melkinat die Hand auf die Schulter.

»Sie können auf uns zählen, Vorsitzender – wir geben Ihnen alles, was Sie benötigen. Von jetzt an wird kein M'Dok mehr die Oberfläche dieses Planeten betreten. Das verspreche ich Ihnen.«

»Danke, Captain«, erwiderte Melkinat.

Picard biß sich auf die Lippe. »Captain Seianus, Vorsitzender Melkinat ...«

Die beiden Männer drehten sich zu ihm um.

»Ich glaube, wir brauchen Zeit, um über die möglichen Konsequenzen dieser Angelegenheit nachzudenken, Captain«, sagte Picard. »Ich schlage vor, wir geben Quillens Bericht an Starfleet Command weiter und ...«

»Soll das heißen, daß Sie nicht bereit sind, uns die notwendigen Waffen zur Verfügung zu stellen?« fragte Melkinat.

»Ich bin für eine friedliche Lösung des Problems, Vorsitzender. Quillens Geschichte gibt uns einen wichtigen Hinweis. Vielleicht sind wir nun in der Lage, ein klares Bild von der Situation zu gewinnen.«

Seianus runzelte die Stirn. »Ich verstehe, was Sie meinen, Picard. Aber wir müssen Tenara auf das Schlimmste vorbereiten.«

Melkinat schüttelte traurig den Kopf. »Auf das Schlimmste? Was kann *noch* schlimmer sein?«

Picard antwortete nicht. Er bezweifelte, ob die Tenaraner alle Schrecken des Krieges kannten.

William Riker zwang seine Aufmerksamkeit von dem ausgestreckten Arm fort und sah in die Richtung, in die Gretnas Hand deutete. Die junge Frau hatte den Blick des Ersten Offiziers bemerkt und lächelte selbstzufrieden.

»Eindrucksvoll«, sagte Riker. »Ziemlich groß, selbst nach den Maßstäben anderer Welten.«

Gretna Melkinata lachte. »Sie lügen, um uns Tenaranern zu schmeicheln, Commander. Bestimmt wirkt dies hier klein und banal im Vergleich zu dem, was Sie auf den höher entwickelten Planeten der Föderation gesehen haben.«

»Will. So nennen mich meine Freunde.« Er lächelte, und Gretna errötete leicht, sah dann wieder ins Tal.

Es füllte sich langsam mit Wasser. Der Pegel stieg mit jedem Tag, Zentimeter um Zentimeter; Bäume, Büsche und Felsen verschwanden für immer. Rechts rauschte der Fluß durch eine schmale Schlucht ins Tal, ergoß sich über einen hohen Vorsprung hinweg und bildete einen langen Wasserfall. Auf der linken Seite erhob sich die weiße Barriere eines neu errichteten Staudamms.

Der See erstreckte sich noch nicht bis zur Überlaufrinne ganz oben am Damm. Wenn er sie erreichte, entstand eine zweite Kaskade, diesmal von Menschenhand geschaffen. Ein für Tenara enormes Projekt — der Damm würde schließlich mehr Elektrizität liefern als alle bisherigen tenaranischen Kraftwerke zusammen.

Riker und Gretna standen hoch am Hügelhang, aber der Erste Offizier spürte trotzdem die Gischt des Wasserfalls. Er atmete tief ein. »Was für ein wundervoller Ort! Hier ist es herrlich.«

Die junge Frau nickte. »Ich bin schon als kleines Kind hierhergekommen.« Traurig fügte sie hinzu: »Aber jetzt verändern wir alles.« Gretna streifte die Niedergeschlagenheit ab. »Kommen Sie, Will. Gehen wir etwas näher heran.« Sie wanderte den Hang hinab.

Riker beobachtete sie, bevor er ihr folgte. In der nördlichen gemäßigten Zone war es gerade Sommer, und die Starfleet-Uniform erschien ihm unangemessen. Er fühlte sich zu auffällig in ihr. Die Tenaraner verstanden sich darauf, mit ihrer Umgebung zu verschmelzen, und das bewunderte er. Außerdem liebten sie ihre Welt. Zwar befand er sich erst seit kurzer Zeit auf dem Planeten, doch er kannte die Denkweise der Tenaraner gut genug, um zu wissen, daß ihnen der Damm ein Dorn im Auge sein mußte, daß er für sie einem Schandfleck in der Landschaft gleichkam. Riker verdrängte diese Überlegungen und spürte sofort, wie Gretna erneut in den Fokus seiner Aufmerksamkeit geriet — er fühlte sich sehr zu ihr hingezogen.

Ein hochrangiger Starfleet-Offizier sollte sich vor derartigen Empfindungen hüten, dachte er. *Wahrscheinlich bin ich in einigen Tagen gar nicht mehr hier.* Er schüttelte den Kopf, verärgert über sich selbst, und ging im warmen Sonnenschein über den Hang.

Als er Gretna erreichte, nahm die junge Frau auf einem flachen Felsen Platz und betrachtete den See. Wieder streckte sie den Arm aus. »Dort gab es eine alte Steinbrükke, die über den Fluß führte. Als kleines Mädchen habe ich mich oft darunter versteckt.« Sie ließ den Arm sinken und lächelte.

»Ein ganz persönlicher Ort, wo mich niemand finden sollte. Nun, wahrscheinlich wußten meine Eltern darüber Bescheid, aber sie sprachen nie darüber und ließen mich in dem Glauben, eine geheime Zuflucht zu haben.«

Was für eine sanfte Welt, dachte Riker. »Mit dieser neuen Energiequelle ist Tenara stärker — und besser in der Lage, sich zu verteidigen, falls das notwendig wird.«

Gretna seufzte. »Ja, ich weiß.« Sie hob die Hände und strich das schulterlange blonde Haar zurück — eine nervöse Angewohnheit, die Riker reizend fand. »Aber was schützen wir, Will? Was passiert dadurch mit Tenara? Bleibt genug übrig, das es zu verteidigen lohnt?«

Riker verzog das Gesicht. »Müssen wir alles Gute in einer Gesellschaft zerstören, um es davor zu bewahren, Feinden zum Opfer zu fallen? Schon seit Jahrhunderten beschäftigen sich die Philosophen vieler Welten mit dieser Frage. Ich kann Ihnen leider keine Antwort anbieten.«

Gretna drehte den Kopf und musterte den Commander nachdenklich. »Also verdrängen Sie das Problem einfach und befolgen Ihre Befehle.«

»Natürlich nicht!« erwiderte Riker heftig und machte kein Hehl daraus, daß er sich beleidigt fühlte. »Ich habe geschworen, die Prinzipien der Föderation zu achten. Und ich führe keine Befehle aus, die jenen Grundsätzen widersprechen.«

Gretna nickte langsam. »Das Problem besteht nur darin,

daß die meisten Prinzipien dazu neigen, vage und allgemein zu sein, während Anweisungen genau sind und der unmittelbaren Gegenwart gelten.«

»Ja«, bestätigte Riker voller Unbehagen. »Verdammt, Gretna, Sie sollen eigentlich eine naive junge Frau von einem provinziellen Planeten sein.«

Sie lachte, war plötzlich wieder heiter und unbekümmert. »Warum erwarten Sie, daß mich der Mangel an hochentwickelter Technologie zu Naivität zwingt, Commander Riker? Hier werden Menschen geboren und sterben, wie auf jeder anderen Welt. Sie verlieben sich, sind glücklich und traurig. Mit anderen Worten: Wir führen ein völlig normales Leben. Halten Sie Ihre Mission auf Tenara wirklich für eintönig und langweilig, Commander?« Sie lächelte und fügte hinzu: »Will?«

Riker schmunzelte ebenfalls. »Dies ist eine der schönsten Welten, die ich kenne.«

»Und Sie haben nur einen kleinen Teil davon gesehen«, sagte Gretna und blickte ihn an.

Diesmal errötete der Erste Offizier.

Sein Kommunikator summte.

»Riker«, meldete er sich, stand auf und nahm unbewußt Haltung an.

»Hier ist Lieutenant Worf, Commander. Captain Picard und Captain Seianus sind von Tenara zurückgekehrt und haben in der *Zenturio* eine Sonderkonferenz für alle Stabsoffiziere anberaumt.«

»Verstanden«, erwiderte Riker. Er wandte sich an Gretna und zuckte mit den Schultern. »Ich muß gehen.«

Die junge Frau nickte. »Ich hoffe, Sie kommen bald wieder.«

»Selbstverständlich. Die Besichtigungstour ist doch noch nicht zu Ende, oder?«

»Nein«, entgegnete Gretna und erhob sich. »Ich warte auf Sie.«

»Beamen Sie mich direkt zur *Zenturio*, Lieutenant Worf«, sagte Riker.

Er bedachte die Tochter des Vorsitzenden mit einem kurzen Lächeln, bevor ihn der Transporterstrahl erfaßte.

Picard wiederholte Quillens Geschichte vor den versammelten Offizieren, und bedrücktes Schweigen folgte seinen Worten. Data beendete die Stille.

»Ich glaube, mit diesen neuen Informationen können wir auf die Motivationen der M'Dok schließen, Sir,« sagte er. »Es spricht eine hohe Wahrscheinlichkeit dafür, daß die von den M'Dok importierten Substanzen – die Wachstumshormone – dazu dienten, die Quantität des für Ernährungszwecke verwendeten tierischen Proteins zu erhöhen ...«

Jenny saß auf der anderen Seite des Tisches und schnitt eine Grimasse.

»Darüber hinaus nehme ich an, daß die entsprechenden Versuche fehlgeschlagen sind«, fuhr der Androide fort. »Deshalb halten die M'Dok woanders nach Nahrungsmitteln Ausschau.«

»Und Tenara befindet sich zufällig in unmittelbarer Nähe des Reiches«, fügte Riker hinzu.

»In der Geschichte aller zivilisierten Welten gibt es Dutzende von Beispielen für ein derartiges Verhalten«, sagte Data. »Die Vorfahren vieler Besatzungsmitglieder dieses Raumschiffs töteten einst Artgenossen, um ihr Fleisch zu verspeisen. Was Tenara betrifft, so haben wir es mit einer Nahrungsaufnahme zwischen zwei verschiedenen Spezies zu tun, und deshalb ist unsere emotionale Reaktion eigentlich nicht gerechtfertigt. Definitionsgemäß liegt kein Fall von Kannibalismus vor.«

»Die Tenaraner sind intelligente Wesen, ebenso wie die Angreifer, Commander«, erwiderte Picard scharf. »Wir sind zivilisiert genug, um die Ansicht zu vertreten, daß alle vernunftbegabten Humanoiden zum gleichen Volk gehören.«

Data wollte widersprechen, überlegte es sich jedoch anders und schwieg.

»Warum sollte es bei den M'Dok zu plötzlichen Ernährungsproblemen gekommen sein?« erkundigte sich Seianus.

»Dafür kommen mehrere Gründe in Frage«, antwortete der Androide. »Bevölkerungsexplosionen, planetare Katastrophen und dergleichen. Vielleicht starben viele Tiere, von denen die M'Dok Protein gewinnen, an einer epidemischen Krankheit.«

»Nun«, sagte Picard, »wenigstens wissen wir jetzt, worum es geht. Mr. Data, bereiten Sie einen Bericht für Starfleet Command vor. Schildern Sie die Situation und schlagen Sie vor, mit dem Reich Kontakt aufzunehmen und den M'Dok Hilfe anzubieten.«

»Und wenn sie keine Hilfe wollen?« warf Gaius Aldus ein, der neben Jenny Platz genommen hatte. »Ist es nicht unsere erste Pflicht, Tenara zu verteidigen — ohne Rücksicht auf die M'Dok?«

Picard runzelte mißbilligend die Stirn. »Ich hoffe, wir müssen keinen Krieg führen, um die Tenaraner zu schützen. Vor zweihundert Jahren war unsere Gesellschaft kriegerischer als heute. Die erste Konfrontation mit den M'Dok führte zu einer verheerenden Auseinandersetzung, die Hunderttausenden das Leben kostete, und ein zweiter Krieg könnte noch schlimmer werden. Die Verluste auf beiden Seiten wären entsetzlich. Nun, wir wissen jetzt, warum die M'Dok hierherkommen, und deshalb müssen wir ihnen helfen...«

»Helfen!« Marcus Volcinius schnaufte verächtlich. »Das kann doch nicht Ihr Ernst sein, Captain! Die verdammten Katzenwesen haben unschuldige Menschen umgebracht, sie wie Vieh geschlachtet — und Sie wollen ihnen helfen?«

Picard preßte kurz die Lippen zusammen. »Ja«, bestätigte er zornig. »Damit sich so etwas nicht wiederholt. Was schlagen Sie vor, Lieutenant? Sollen wir die M'Dok ›bestrafen‹, indem wir sie niedermetzeln?«

Seianus kam seinem Vetter zuvor, indem er die Hand hob. Er ergriff nun zum erstenmal das Wort.

»Bitte entschuldigen Sie, Captain. Niemand von uns möchte, daß Blut vergossen wird.«

»Natürlich nicht«, sagte Picard und lächelte dünn. »Aus diesem Grund müssen wir einen kühlen Kopf bewahren und dürfen nichts überstürzen. Wenn wir uns auf einen gewaltsamen Konflikt mit den M'Dok einlassen, beschreiten wir einen Weg, auf dem man nur schwer umkehren kann.«

»Trotzdem sollten wir sofort damit beginnen, Sicherheitspersonal und Waffen auf den Planeten zu beamen«, meinte Seianus. »Wenn die M'Dok noch einmal angreifen, dürfen sie keine Gelegenheit erhalten, andere Dörfer zu zerstören und ihre Bewohner umzubringen.«

Picard nickte kummervoll. »Ich pflichte Ihnen bei — leider sehe ich derzeit keine Alternative. Fähnrich de Luz fungiert als unsere Koordinatorin für alle Sicherheitsmaßnahmen auf Tenara.«

»Ich nehme die gleichen Aufgaben als Gesandter der *Zenturio* wahr«, sagte Gaius Aldus, blickte Jenny an und lächelte.

»Bevor wir die Besprechung beenden, möchte ich Sie noch auf etwas hinweisen — Sie alle.« Picard legte eine Kunstpause ein, und als er erneut sprach, gewann Jenny den Eindruck, daß seine Worte in erster Linie den Offizieren der *Zenturio* galten. »Ich bitte jeden von Ihnen, sich daran zu erinnern, weshalb wir hier sind. Tenara hat um Hilfe gegen die M'Dok gebeten, und mehr dürfen wir nicht gewähren. Weder Starfleet noch den Tenaranern liegt etwas an einer permanenten Starfleet-Präsenz auf dem Planeten. Unsere Absicht besteht einzig und allein darin, das tenaranische Volk zu schützen.

Wir sind nicht hier, um einen Krieg zu führen, sondern um ihn zu verhindern.«

KAPITEL 4

Am folgenden Morgen begann das Sicherheitspersonal beider Raumschiffe damit, Verteidigungsanlagen auf Tenara zu errichten.

Jenny de Luz beaufsichtigte das Team der *Enterprise.* Die Gruppe leistete tüchtige und kompetente Arbeit, schuf ein Basislager und installierte Warnsensoren. Sie brachte nur Phaser mit, um die Tenaraner zunächst mit dem modernen Gerät vertraut zu machen, bevor schwere Waffen in Stellung gebracht wurden.

Die Besatzungsmitglieder der *Zenturio* rematerialisierten einige hundert Meter entfernt, schwärmten sofort aus, hielten ihre Strahler bereit und sahen sich einige Minuten lang mißtrauisch um. Jenny hielt ihr aggressives Gebaren für übertrieben und beobachtete, wie sie sich auf irgendein Zeichen hin den Containern zuwandten und Waffen in erstaunlicher Quantität und Qualität auspackten: Phasergewehre, auf Dreibeinen montierte Strahlkanonen und andere Instrumente der Massenvernichtung, von denen Jenny bisher angenommen hatte, sie lagerten in alten Starfleet-Arsenalen – um nur im schlimmsten aller Fälle eingesetzt zu werden.

Ihre Miene erhellte sich wieder, als sie Gaius Aldus sah.

Er kam näher, und Jenny winkte ihm zu. Der Offizier erwiderte die Geste mit einem zackigen römischen Gruß.

»Ihre Maßnahmen überraschen mich ein wenig, Commander«, sagte Jenny neugierig und deutete auf die Magna Romaner. Sie arbeiteten in Zehnergruppen, und die junge Sicherheitsbeamtin glaubte, darin eine gewisse Bedeutung zu erkennen.

»Alles entspricht den Anweisungen unserer beiden Kommandanten«, erwiderte Gaius.

»Ja, in der Tat...« Jenny behielt die andere Gruppe im Auge. Die Crew der *Zenturio* zeigte jene Art von disziplinierter Tüchtigkeit, wie sie auch den römischen Legionären auf der Erde und den Soldaten von Gaius Aldus' Heimatplanet zu eigen gewesen war. *Wie leicht es mir fällt, in den Magna Romanern Soldaten zu sehen und nicht nur Angehörige von Starfleet,* dachte Jenny verblüfft. Die Männer schienen alles gründlich geplant zu haben und stellten die Waffen so auf, daß sie im Umkreis von mehreren Kilometern alles zerstören konnten.

»Magister«, wandte sich Jenny an Gaius, »wäre es nicht besser gewesen, die Ausrüstung nach und nach hierherzubringen, um den Tenaranern Gelegenheit zu geben, sich daran zu gewöhnen?«

»Und wenn der Verteidigungsfall eintritt? Wenn die M'Dok angreifen und trotz der beiden Raumschiffe im Orbit landen?« Gaius schüttelte den Kopf. »Wir Romaner legen großen Wert darauf, nicht wehrlos zu sein. Übrigens: Sprechen Sie mich ruhig mit meinem Namen an. Magna Romaner sind nicht immer förmlich.«

Jenny lächelte, gab jedoch keine Antwort. Auch weiterhin beobachtete sie die Gruppen von der *Enterprise* und *Zenturio* — und gleichzeitig musterte sie Aldus aus den Augenwinkeln.

Sie nahm keinen Anstoß daran, daß er einen erheblichen Reiz auf sie ausübte — immerhin war er ein sympathischer und sehr attraktiver Mann. Aber sie spürte auch noch etwas, das sie mit Unbehagen erfüllte: eine seltsame Verwandtschaft, wie zwischen zwei Kämpfern.

Meramar ist eine kriegerische Welt, überlegte sie. *Ich bin dort geboren und aufgewachsen. Man drückte mir ein Messer in die Hand, als ich alt genug war, um es zu halten. Aber all das habe ich zugunsten der Föderation aufgegeben, Tod durch Leben ersetzt... Das stimmt doch, oder?*

Jenny verdrängte diesen unangenehmen Gedanken. »Wie ich sehe, halten sich Ihre Leute nicht unbedingt an das gewöhnliche Einsatzmuster Starfleets.«

Gaius' Lächeln brachte Wärme und Charme in ein sonst sehr ernstes Gesicht.

»Oh, Sie meinen die Zehnergruppen«, erwiderte er. »Bisher haben uns die Bräuche meiner Heimat einen guten Dienst erwiesen.« *Sie gaben uns die Herrschaft über ganz Magna Roma.* »Wir sind gleich in mehrfacher Hinsicht Traditionalisten. Das gilt auch für die Kriegskunst.«

»Aber Starfleet verlangt eine standardisierte Ausbildung«, sagte Jenny.

»Wir achten diesen Grundsatz«, entgegnete Gaius sofort und lächelte erneut. »Wir Romaner haben auch die Angewohnheit, uns ganz genau an die Vorschriften zu halten. Unsere Leute werden sowohl nach den Starfleet-Regeln *als auch* auf der Grundlage unserer eigenen Vorstellungen von militärischer Organisation ausgebildet.«

»Wenn's funktioniert, kann man wohl kaum Einwände dagegen erheben«, sagte Jenny skeptisch.

»Oh, und ob es funktioniert! Möchten Sie sich davon überzeugen?«

»Wie meinen Sie das?«

»Auf unserem Holodeck finden häufig Trainingsmissionen statt, die von mir geleitet werden. Ich würde mich freuen, wenn Sie dabei zusehen — oder sogar aktiv daran teilnehmen.«

Diese Vorstellung erinnerte Jenny an ihre Kindheit und Jugend, weckte deshalb nicht nur Faszination in ihr, sondern auch Abscheu. Gaius bot ihr mit dem Vorschlag seine Freundschaft und eine Nähe an, für die sie noch nicht bereit war. »Wenn ich Ihre Einladung irgendwann annehme«, erwiderte sie ausweichend, »bin ich mehr an einer Teilnahme interessiert.«

Gaius runzelte unsicher die Stirn. »Es ist zu schwierig für jemanden, der nicht von Magna Roma stammt«, murmelte er. Er musterte Jenny von Kopf bis Fuß, maß sie mit einem analytischen Blick, in dem es keine sexuellen Aspekte gab. »Nun, vielleicht ... Ja, ich glaube schon ...« Er unterbrach sich verlegen. »Verzeihen Sie. Ich habe laut gedacht. Sie sind willkommen. Mehr noch: Es wäre mir sogar eine Ehre, wenn Sie mich bei einem unserer Übungseinsätze begleiten.«

Damit lag die Entscheidung ganz allein bei Jenny. *Es geht zu schnell!* dachte sie und spürte, wie sich Panik in ihr regte. Auf Freundschaftsangebote oder andere Annäherungsversuche reagierte sie immer mit einem emotionalen Rückzug, und das war auch diesmal der Fall. »Ich gebe Ihnen Bescheid«, sagte sie abrupt.

Die junge Frau drehte sich um und ging mit langen Schritten zu den Leuten von der *Enterprise.* Gaius Aldus blieb stehen und sah ihr erstaunt nach.

Weit von der tenaranischen Hauptstadt entfernt fand eine ganz andere Art von Invasion statt.

Marcus Julius Volcinius verharrte am Hügelhang, um zu verschnaufen, und sein Blick fiel in ein schüsselförmiges Tal. Felder und Äcker zeigten sich an den Seiten, und in der Mitte glitzerte das silberne Band eines Flusses. Marcus war kein landwirtschaftlicher Fachmann, aber seiner Ansicht nach sah das Korn auf den Feldern wie etwas aus, das die Magna Romaner *Frumentum* nannten. Die Getreidehalme hatten eine Länge von anderthalb Metern erreicht und schienen geerntet werden zu können. Doch vielleicht handelte es sich um eine ganz andere Pflanzenart, die zur tenaranischen Flora gehörte; vielleicht mußte sie noch einige Wochen oder gar Monate wachsen. Nun, solche Angelegenheiten fielen in den Zuständigkeitsbereich der Bauern; Patrizier kümmerten sich um wichtigere Dinge.

Trotzdem wäre es von Vorteil, Bescheid zu wissen, dachte Marcus. *Dann fiele es mir sicher leichter, ein freundschaftliches Gespräch mit den hiesigen Tenaranern zu beginnen.*

Stiefel wären in dem unebenen Gelände unpraktisch gewesen, und angesichts des warmen Sonnenscheins kam eine Rüstung nicht in Frage. Marcus gratulierte sich dazu, Sandalen und eine einfache Tunika gewählt zu haben. In dieser Kleidung fühlte er sich wohl, und wie immer war er sehr zufrieden mit sich.

Er beobachtete das Dorf auf der anderen Seite des Tals.

Die kleinen Häuser standen am Hang eines Hügels, hoch über den Feldern. Sie waren dicht nebeneinander errichtet worden, um so wenig bestellbares Land wie möglich zu beanspruchen. Marcus nickte anerkennend – offenbar wußten die Bewohner des Planeten, was Effizienz bedeutete. Der Ort stellte sein Ziel dar. Der Retransfer hatte nicht im Dorf stattgefunden, weil er sich zunächst einen Eindruck verschaffen wollte.

Der Magna Romaner setzte sich in Bewegung und beschritt einen Pfad, der am Rande des Tals entlangführte. Er hätte viel Zeit sparen können, indem er eine Abkürzung nahm und die Felder überquerte, entschied sich jedoch dagegen. Die tenaranischen Bauern mochten es sicher nicht, wenn er geradewegs durch ihre Anpflanzungen marschierte.

Während Marcus einen Fuß vor den anderen setzte, dachte er an Magna Roma. Unmittelbar nach dem ersten Kontakt mit der Föderation vor fast achtzig Jahren leitete die alte imperiale Regierung einen plötzlichen und doch überraschend friedlichen Übergang zur Republik ein. Als Marcus Volcinius geboren wurde, begann eine umfassende Landreform. Die *Latifundia* – die Großgrundbesitze aus der kaiserlichen Epoche – wurden aufgeteilt und Familien übergeben, deren Vorfahren als Leibeigene auf den Anwesen gearbeitet hatten. Die Nachkommen jener Leibeigenen bestellten nun ihr eigenes Land und duldeten dort keine Patrizier wie Marcus. Die Mitgliedschaft in der Volcinii-*Gens* oder einem der anderen großen Clans hatte einst den Gehorsam des einfachen Volkes gewährleistet, doch jetzt führte sie nur zu Haß.

Dutzende von Menschen wanderten im Tal an den Getreidefeldern entlang und bückten sich dann und wann, um Unkraut zu jäten. Ein Mann bemerkte Marcus und rief etwas. Daraufhin richteten sich die anderen auf und beobachteten den Fremden. Volcinius' Gedanken galten noch immer der aktuellen Situation auf Magna Roma, und er versteifte sich in einem Anflug von Furcht, als er die Aufmerksamkeit der Bauern spürte.

Dann stellte er fest, daß sie ihm freundlich zuwinkten. Er lächelte, erwiderte den Gruß und ging zum Dorf.

Er begegnete niemandem, den er nach dem Weg fragen konnte, aber trotzdem fiel es ihm nicht schwer, die Schule zu finden. Die Häuser bildeten einen Kreis, in dessen Zentrum ein größeres Gebäude stand, und Marcus wußte, welchen Zwecken es diente. Es handelte sich um eine Kombination aus Gemeinschaftshaus für die Dorfbewohner, Beratungssaal für die örtliche *Saavta* — und Schule.

Die anderen Bauwerke waren einstöckig, und ihre runden Dächer bestanden aus getrocknetem und miteinander verflochtenem Gras. Marcus hielt sie für primitiv, aber er mußte zugeben, daß solche Unterkünfte im milden Klima dieser Region vollkommen genügten.

Doch das zentrale Gebäude war zwei Stockwerke hoch und verfügte außerdem über eine weite Veranda. Marcus blickte nach oben und betrachtete einzelne Bretter, die man sorgfältig gewölbt hatte, so daß sie sich fast fugenlos aneinanderfügten und die Dachkuppel bildeten. *Hier haben sich die Tenaraner viel Mühe gegeben,* dachte er. *Ein deutlicher Hinweis darauf, wie wichtig dieses Bauwerk ist.* Marcus lächelte und glaubte sich auf vertrautem Terrain. Der Senat von Magna Roma versammelte sich noch immer in dem alten Steinhaus in Rom, das die alten Romaner vor der Eroberung des ganzen Planeten benutzt hatten. Ihm kam eine fast religiöse Bedeutung für die Magna Romaner zu, und in diesem *Saavta*-Gebäude eines namenlosen Dorfes erkannte Marcus den gleichen mystischen Respekt. Er nickte zufrieden und trat auf die Veranda.

Das Erdgeschoß bestand aus einem großen und leeren Raum. *Ebenso leer wie das Dorf,* fuhr es Marcus durch den Sinn. Wahrscheinlich befanden sich alle Bewohner im Tal und kümmerten sich um das Getreide. Dann hörte er Stimmen und drehte den Kopf. Rechts führte eine Treppe nach oben. Er ging in die zweite Etage und zögerte auf der obersten Stufe, unsicher darüber, welchen Empfang man ihm bereiten mochte.

Oben gab es vier Zimmer, und in einem davon saßen Kinder auf dem Boden oder auf Stühlen. Mit unterschiedlichem Interesse hörten sie einer älteren Frau zu, die in der Mitte des Raums stand.

Marcus verharrte in der Tür und lauschte eine Zeitlang. Die Frau nannte mehrere Namen und sprach dabei in einer Art Singsang.

Namen, die es auswendig zu lernen gilt, dachte Marcus verächtlich. *Bauernüberlieferungen, von einer Generation an die nächste weitergegeben.*

Er trat vor und räusperte sich demonstrativ.

Die Lehrerin unterbrach sich mitten in einem Wort und musterte den Fremden verwirrt. »Ja? Wer...«

Aber die Kinder wußten sofort Bescheid. Vermutlich hatten sie Gerüchte von den Außenweltbesuchern gehört. »Er kommt von Starfleet!« rief ein Junge. Die Schüler liefen Marcus entgegen und sahen erwartungsvoll zu ihm hoch.

Einige Sekunden lang erfaßte ihn Besorgnis, und er widerstand dem Reflex, sofort zurückzuweichen. So ruhig wie möglich blieb er stehen und lächelte ebenfalls.

Die Kinder umringten ihn, betasteten voller Ehrfurcht das synthetische Material der Tunika und bestürmten den Mann mit Fragen. Es herrschte ein derartiges Durcheinander, daß Marcus kaum etwas verstand.

»Immer der Reihe nach«, sagte er und lachte. »Bitte!«

Die Lehrerin übertönte den Lärm. »Kinder! Habt ihr denn überhaupt keine Manieren?« Als es still wurde, wandte sie sich an Marcus. »Haben Sie sich verirrt, Sir? Können wir Ihnen irgendwie helfen?«

Marcus lächelte glücklich. *Es ist so einfach!* »Nein, ich habe mein Ziel erreicht. Ich bin hierhergekommen, um zu unterrichten.«

»Um zu unterrichten?« wiederholte die Frau verwundert.

»Ja.« Der Magna Romaner hob den kleinen Computer, den er von der *Zenturio* mitgebracht hatte. »Wenn Sie gestatten... Ich möchte Ihren Schülern von der romanischen Geschichte berichten.«

Die verwirrten Einwände der Lehrerin verloren sich in den erfreuten Rufen der Kinder. Marcus achtete nicht mehr auf die ältere Frau und begann mit der ersten Lektion. Tenara hatte noch einen langen Weg vor sich, und Marcus Julius Volcinius wollte dafür sorgen, daß die Entwicklung nicht in die falsche Richtung führte.

Ein arbeitsreicher Tag ging zu Ende; Jenny seufzte erleichtert, als die letzten Ausrüstungsgegenstände eintrafen und provisorische Quartiere für das Sicherheitspersonal der *Enterprise* errichtet waren.

Auch in dieser Hinsicht gab es erhebliche Unterschiede zur Crew der *Zenturio.* Die Magna Romaner verwendeten vorgefertigte Segmente und bauten daraus Baracken, die wie eine Festung auf Jenny wirkten. Den schockierten Mienen der Tenaraner entnahm die junge Frau, daß sie einen ähnlichen Eindruck gewannen.

Die letzten Pflichten des Tages erwiesen sich als noch anstrengender für Jenny und erforderten in erster Linie geistige Kraft. Sie zeigte dem Vorsitzenden Melkinat und einigen anderen Mitgliedern der Großen *Saavta* die Verteidigungsanlagen der Magna Romaner. Ihr Gefolge bestand aus etwa dreißig Tenaranern, und während sie alle Einzelheiten der Waffen erklärte, spürte sie immer deutlicher den Abscheu der Einheimischen. Melkinat und seine Begleiter wichen häufig vor den Maschinen und Apparaten zurück.

Commander Riker hat recht, dachte Jenny. *Ich glaube, die Tenaraner sind nicht auf so etwas vorbereitet.*

Sie drehte sich um und ließ ihren Blick über die *Saavta*-Repräsentanten schweifen. »Hören Sie, ich weiß, daß Sie von diesen Dingen nichts halten, aber es geht uns nur darum, Sie vor weiteren M'Dok-Angriffen zu schützen.« Jenny deutete auf die Phaserkanonen und Magna Romaner. »Wenn Sie das hier nicht wollen... Ein Wort von Ihnen genügt, und wir schicken alles zu den Raumschiffen im Orbit zurück. Dies ist Ihre Welt, und wir sind nur gekommen, weil Sie uns um Hilfe gebeten haben.«

Vielleicht hatte sie zu offen und direkt gesprochen: Die Tenaraner vernahmen den Ärger in ihrer Stimme und sahen betreten zu Boden.

Melkinat trat vor. »Verzeihen Sie bitte, Fähnrich de Luz«, sagte er sanft. »Wir verstehen die Notwendigkeit dieser Waffen und schätzen Ihre Bemühungen, uns zu helfen.« Er wandte sich den anderen Tenaranern zu, die daraufhin zustimmend murmelten.

»Bitte sehen Sie keine Mißbilligung in unserer Abneigung den Waffen gegenüber, Fähnrich«, fuhr der Vorsitzende fort. »Es ist nur... schwer für uns.«

Er holte tief Luft und deutete auf eins der großen Geschütze, das die Magna Romaner in Stellung gebracht hatten. »Diese Vorrichtungen haben ein enormes Vernichtungspotential. Angeblich können Sie selbst von hier aus Raumschiffe orten, die sich Tenara nähern – und sie zerstören, noch während sie sich im All befinden. Wenn das stimmt... Wozu brauchen Sie die übrigen Apparate? Soweit ich weiß, planen Sie ähnliche Installationen auch in anderen Regionen.«

»Das ist aufgrund der toten Winkel nötig«, erwiderte Jenny und bemerkte die Verwirrung der Tenaraner. »Wissen Sie, keine dieser Waffen kann durch einen Planeten feuern. Denken Sie an einen Feind – ein M'Dok-Schiff –, das sich im ›Schatten‹ Tenaras nähert, so daß ihn Ihre Welt von unseren Waffen abschirmt. Wir planen zwar ein Satellitennetz, das sofort Alarm gibt, aber was nützt es uns, wenn der Angreifer trotzdem in der Lage ist, Landetruppen abzusetzen? Aus diesem Grund wollen wir – Ihre Erlaubnis vorausgesetzt – weitere Verteidigungsstellungen errichten, selbst mit Hilfe von Flößen auf dem Meer. Dann spielt es keine Rolle mehr, aus welcher Richtung die M'Dok Tenara anfliegen: Wir wären in jedem Fall imstande, einen Angriff abzuwehren.«

»Waffen überall auf dem Planeten?« fragte eine alte

Frau mit schneeweißem Haar. Jenny erinnerte sich an ihren Namen: Anka. »Ich hatte gehofft, den Kontakt unserer Bürger mit diesen Vernichtungsmaschinen auf ein Minimum zu beschränken, aber wie soll das möglich sein, wenn sie auch in anderen Regionen präsent sind?«

»Ich schätze, das ist der Preis, den wir für die Sicherheit unserer Heimat bezahlen müssen«, sagte Melkinat traurig und niedergeschlagen.

»Ein *zu hoher* Preis, Vorsitzender.«

Mehrere Tenaraner brummten und gaben damit zu verstehen, daß sie Ankas Meinung teilten.

»Darüber haben wir bereits gesprochen«, sagte Melkinat. »Die Entscheidung lautete, unsere Welt zu verteidigen und nicht wie Vieh zu sterben.«

Anka starrte ihn an. »Ich verlange eine neue Abstimmung.«

Jenny beobachtete, wie unter den Tenaranern zwei Fraktionen entstanden und die entsprechenden Personen voneinander fortwichen. Die kleinere Gruppe bestand aus Melkinat und den übrigen Mitgliedern des Zentralen Konzils. Zu der größeren – sie umfaßte etwa zwei Dutzend Männer und Frauen – gehörten Anka und einige Repräsentanten der Großen *Saavta*, die keinen Sitz im Zentralen Konzil hatten.

»Die hiesige Präsenz Starfleets dient nur zur Abschrekkung«, sagte Jenny in einem beschwichtigenden Tonfall. »Wir hoffen, daß sie schon bald nicht mehr nötig ist. Wenn es uns gelingt, die M'Dok von der Sinnlosigkeit weiterer Angriffe zu überzeugen...«

»Und wenn nicht?« fragte jemand aus Ankas Fraktion, ein schlanker und bärtiger Mann mit überraschend tiefer Stimme. Er trat aus der Gruppe und blieb einige Schritte vor Jenny stehen. »Was dann?«

»Sicher können wir Tenara bald verlassen, ohne daß Ihnen Gefahr droht«, entgegnete die junge Sicherheitsbeamtin und bemühte sich, überzeugend zu klingen. Trotzdem vibrierte Zweifel in ihrer Stimme.

»Ich möchte noch etwas anderes wissen, Melkinat«, sagte Anka. »Was passiert, wenn die Gesandten der Föderation ins All zurückkehren? Wer kümmert sich dann um die hier stationierten Waffen?«

Das Murmeln und Brummen hinter der alten Frau wurde noch etwas lauter.

Melkinat näherte sich Anka und maß sie mit einem durchdringenden Blick. Er versuchte nicht, der Frage auszuweichen. »Wenn uns die Föderation verläßt, müssen *wir* fähig sein, mit den Waffen umzugehen.«

»Niemals!« entfuhr es Anka.

»Andernfalls fordern wir einen schrecklichen Tod heraus«, fügte Melkinat hinzu.

»Es ist besser, mit unseren Prinzipien zu sterben, als ebenfalls Mörder zu werden«, sagte die alte Frau.

»Sie hat recht!« rief jemand aus Ankas Gruppe. »Die Waffen dürfen auf keinen Fall hierbleiben!«

Jenny trachtete danach, die Tenaraner zu beruhigen, aber sie konnte den plötzlichen Lärm nicht übertönen. Nur einige wenige Einheimische wandten sich ihr zu und hoben die Fäuste. Rote Zornesflecken glühten auf ihren Wangen.

Jenny begriff plötzlich, daß dieses friedliche Volk ebenfalls imstande war, Gewalt anzuwenden. Man brauchte nur den richtigen Auslöser zu finden, um die tenaranische Aggressivität zu wecken – *und ich habe ihn gerade entdeckt,* fügte die Sicherheitsbeamtin in Gedanken hinzu.

Äußerlich blieb Jenny völlig gelassen, als sie langsam nach dem Insignienkommunikator tastete. Doch dann zögerte sie. Die Tenaraner starrten sich gegenseitig an und sammelten Mut für den entscheidenden Schritt. Die Spannung nahm immer mehr zu, wurde fast greifbar. Jenny fürchtete, daß sie die metaphorische Lunte entzündete, wenn sie jetzt der *Enterprise* eine Nachricht übermittelte. Und die Konsequenzen... Vielleicht wurde sie bei der Auseinandersetzung verletzt. Oder sie verlor die Beherrschung und verwundete den einen oder anderen Tenaraner.

Dann hörte sie das vertraute Sirren des Transporters. Gestalten in goldfarbenen Uniformpullis rematerialisierten in unmittelbarer Nähe – Angehörige der Sicherheitsabteilung. Die Tenaraner wichen zurück.

Jenny seufzte erleichtert. *Woher wußte die* Enterprise, *daß ich Hilfe brauche?*

Einige Sekunden später fiel ihr etwas Seltsames auf. Jeder Mann trug nicht nur die normale Ausrüstung, sondern auch ein Kurzschwert. *Es sind Magna Romaner! Sie kommen nicht von der* Enterprise, *sondern von der* Zenturio.

Ein untersetzter Romaner trat an dem Sicherheitskordon vorbei. »Alles in Ordnung, Jenny?«

Sie lachte. »Ja, Gaius. Die römische Kavallerie ist rechtzeitig eingetroffen.«

Gaius Aldus lächelte. »Pünktlichkeit gilt auf meiner Heimatwelt als Tugend.«

Während Gaius und Jenny miteinander sprachen, zogen sich die Tenaraner noch weiter zurück. Sie standen nun abseits, wirkten wie schuldbewußte Kinder. Melkinat gab sich einen inneren Ruck und trat den Magna Romanern vorsichtig entgegen.

»Schon gut.« Jenny winkte ihren Kollegen von der *Zenturio* zu. »Lassen Sie ihn passieren.«

Die Männer formten eine Gasse, und der Vorsitzende des Zentralen Konzils ging weiter, blickte dabei nervös nach rechts und links. Jenny wartete mit ausdruckslosem Gesicht.

Melkinat befeuchtete sich die Lippen. »Ich bedaure sehr, was eben passiert ist, Fähnrich.«

»Ich weiß«, erwiderte Jenny. »Sie und Ihre Begleiter sollten jetzt nach Zhelnogra zurückkehren. Captain Picard setzt sich bestimmt mit Ihnen in Verbindung.«

Gaius Aldus winkte, und daraufhin entstand eine neuerliche Lücke in der Barriere aus Magna Romanern.

Jenny beobachtete, wie Melkinat ernste Worte an die anderen Tenaraner richtete. Einige von ihnen deuteten auf die Sicherheitsgruppe, bevor sie sich umdrehten und zu den altertümlichen Bodenfahrzeugen schritten, die sie aus der Hauptstadt Zhelnogra hierher gebracht hatten. Sie nahmen darin Platz und begannen die Heimreise.

Jenny schlug Gaius einen kurzen Spaziergang vor. »Wissen Sie, was mir heute ein Tenaraner gesagt hat?« fragte die junge Frau, als sie außer Hörweite der anderen Magna Romaner waren.

Gaius schüttelte den Kopf.

»Seit dreihundert Jahren gibt es auf diesem Planeten keine Kriminalität mehr. Weder Morde noch Überfälle oder irgendwelche Krawalle. Aber eben wäre es fast zu einer gewaltsamen Auseinandersetzung gekommen.«

Gaius Aldus zuckte mit den Schultern. »Tenara hatte Glück. Bisher war diese Welt vom Rest der Galaxis und daher von der Realität isoliert. Die Vorfahren der hier lebenden Menschen wurden auf der Erde geboren, ebenso wie Ihre Ahnen. In genetischer Hinsicht unterscheiden sie sich nicht von Ihnen – sie stellen also keine überlegene Lebensform dar. Jetzt sehen sich die Tenaraner plötzlich mit der Realität konfrontiert und reagieren wie ganz gewöhnliche Menschen darauf.«

Jenny schüttelte den Kopf. »Das meine ich nicht. Sie haben recht: Die Isolation der Tenaraner ist vorbei, und dafür müssen sie einen Preis zahlen. Aber aus Kontakten mit anderen Welten ergibt sich nicht notwendigerweise Gewalt. Viele Planeten wurden ohne Konflikte Mitglied der galaktischen Völkergemeinschaft!«

Gaius hob die Brauen. »Vielleicht sind die Tenaraner Aggressivität gegenüber besonders sensibel, weil sie bisher nicht zu ihrem Leben gehörte.«

Erneut schüttelte Jenny den Kopf. »Nein! Es ist eher so, als hätten wir die tenaranische Kultur mit einem Virus infiziert.«

»Sie irren sich«, widersprach Gaius. Er musterte Jenny und sah die Erschöpfung in ihrem Gesicht. »Sie sind müde«, sagte er sanft. »Sie haben den ganzen Tag über gearbeitet, ohne eine Pause einzulegen. Jetzt brauchen Sie Ruhe.«

Jenny rang sich ein Lächeln ab. »Ja, das stimmt.«

Eine Zeitlang schwiegen sie.

Jenny spürte plötzlich die Nähe zu Gaius, wandte den Blick von ihm ab und beobachtete, wie sich die Sonne den Hügeln jenseits des Tals entgegenneigte. Die Sonnenuntergänge auf Meramar waren nicht besonders spektakulär. Der ständig bedeckte Himmel wurde praktisch übergangslos dunkel — so als schalte jemand das Licht aus.

Doch auf Tenara wich der Tag nur widerstrebend der Nacht, hüllte den Horizont in einen blauen und purpurnen Schein. Jenny erfreute sich an dem Anblick des roten und goldenen Glühens, spürte dabei, wie die Belastungen der vergangenen Stunden allmählich von ihr wichen. Eine willkommene Ruhe entstand in ihr, als die letzten Strahlen der Sonne über die Bäume im Tal strichen.

Hier ist es wie im Paradies, dachte sie. *Aber unsere Waffen öffnen das Tor zur Hölle.*

Gaius schien ihre Gedanken zu erraten. »Eine wundervolle Welt. Warum nehmen Sie sich nicht die Zeit, sie zu genießen?«

»Das würde ich gern«, erwiderte Jenny.

Und tief in ihr flüsterte es: *Bevor wir sie für immer verändern.*

KAPITEL 5

Captain Jean-Luc Picard sah auf den Bildschirm und betrachtete die Darstellung des Überwachungsnetzes. Die im Verlauf der letzten Woche von den beiden Raumschiffen ausgeschleusten Satelliten bildeten ein Muster, das dem Starfleet-Reglement entsprach, und die Computeranalyse hatte die Wirksamkeit des Verteidigungssystems bestätigt.

Warum fühle ich mich trotzdem so, als hätten wir einen wichtigen Punkt übersehen?

Picard prüfte die einzelnen Orbitaldaten, las die Codebezeichnungen für die Trägerwellen der Sensoren und vergewisserte sich, daß die errechneten Belastungsgrenzen der Duraplast-Schalen allen Anforderungen genügten. Er kannte die Daten bereits, und es gab nichts an ihnen auszusetzen.

Einmal mehr bedauerte er, daß ausgerechnet Commander Riker die Landegruppe auf Tenara leitete. Er schätzte alle Stabsoffiziere der *Enterprise*, doch gerade jetzt vermißte er den Rat seines Ersten Offiziers. *Warum bleibt die Unruhe in mir? Warum habe ich dauernd das Gefühl, irgend etwas ginge nicht mit rechten Dingen zu?*

Hinter Picard summte es.

»Eine Nachricht von der *Zenturio*, Sir«, sagte Worf.

»Auf den Wandschirm.«

Das Abbild der *Zenturio*, die hundert Kilometer vor der *Enterprise* über Tenara schwebte, verschwand aus dem Projektionsfeld und wich Captain Seianus' ernsten Zügen.

»Ich habe meine Zustimmung zum Satellitennetz ins Logbuch eingetragen«, sagte Seianus. »Wenn Sie jetzt ebenfalls grünes Licht geben, können unsere Techniker das System mit Energie beschicken.«

»Vorher möchte ich noch einen weiteren Sicherheitstest von meinem Chefingenieur durchführen lassen, Captain«, erwiderte Picard. »Wenn er meint, es sei alles in Ordnung, können wir die Satelliten in Betrieb nehmen.«

Seianus runzelte die Stirn.

»Soweit ich weiß, sind sie bereits mehrfach überprüft worden«, entgegnete der Kommandant der *Zenturio*. Seine Stimme klang ungeduldig. »Wir brauchen das System so bald wie möglich.«

»Aber es muß *zuverlässig* funktionieren, Captain«, sagte Picard. »Noch ein letzter Test.«

»Ihre Vorsicht ist lobenswert«, gab Seianus zurück, obgleich er alles andere als zufrieden wirkte. »Ich überlasse es Ihnen, die Satelliten zu aktivieren. *Zenturio* Ende.«

Picard öffnete einen Kom-Kanal zum Maschinenraum. »Wie steht's, Mr. LaForge?«

»Hier bei uns ist alles klar. Wir warten nur auf Ihren Befehl.«

»Lieutenant Worf?« fragte Picard und drehte den Kommandosessel herum.

Der Klingone sah auf seine Konsole. »Die Anzeigen deuten nicht auf mögliche Fehlfunktionen hin. Es scheint alles in bester Ordnung zu sein.«

»Natürlich«, bestätigte Geordi amüsiert. »Haben Sie etwas anderes erwartet?«

»Ausgezeichnete Arbeit, Mr. LaForge«, sagte Picard.

»Ich bin nicht allein dafür verantwortlich, Sir. Die Techniker der *Zenturio* haben die Grundlagen des Systems entwickelt.«

»Ja.« Picard nickte. Während der vergangenen Tage hatten einige Ingenieure von der *Zenturio* mit Geordis Spezialisten zusammengearbeitet und alle Einzelheiten des Überwachungssystems geplant. *Vielleicht liegt das Problem genau darin,* dachte Jean-Luc. *Vielleicht kann ich mich einfach nicht dazu durchringen, den Technikern der* Zenturio *zu vertrauen.*

Was für eine lächerliche Vorstellung! *Ob ich Seianus sympathisch finde oder nicht, spielt keine Rolle,* überlegte Picard. *Ich muß in erster Linie meine Pflichten wahrnehmen. Alles andere ist von untergeordneter Bedeutung.*

»Richten Sie ihnen meine Anerkennung aus, Lieutenant«, sagte er laut. »Und beginnen Sie jetzt mit der Aktivierung des Systems.«

»Aye, Sir.« Geordi zögerte kurz. »Was ist mit dem Austausch des technischen Personals, Captain?«

Picard runzelte die Stirn. Vor einigen Tagen hatte LaForge berichtet, Brutus Nothus, Chefingenieur der *Zenturio,* habe ihm vorgeschlagen, die Techniker der beiden Raumschiffe auszutauschen. Angeblich ging es darum, die Arbeit an dem Satellitennetz zu erleichtern.

»Halten Sie eine solche Maßnahme noch immer für notwendig?« erkundigte sich der Captain.

»Nach der hier geleisteten Arbeit?« Picards Frage schien Geordi zu überraschen. »Um ganz ehrlich zu sein, Sir: Die Magna Romaner haben das System mit Sicherheitskomponenten ausgestattet, die weit über unsere Möglichkeiten hinausgehen. Und das ist noch nicht alles. Die Phaser der einzelnen Satelliten sind so miteinander verbunden, daß sich die beste mir bekannte Energienutzungskurve ergibt. Ich würde gern herausfinden, wie Seianus' Techniker das fertiggebracht haben.«

Natürlich, dachte Picard. *Besondere Sicherheitsvorrichtungen und ausgesprochen wirkungsvolle Waffensysteme – typisch für die Magna Romaner.*

»Ein derartiger Personalaustausch ist völlig normal, Sir«, ließ sich Worf vernehmen. »Die Starfleet-Vorschriften...«

»Ich kenne die Vorschriften, Lieutenant«, sagte Picard verärgert und schüttelte den Kopf. *Sei vernünftig, Jean-Luc! Reiß dich zusammen! Kaum ist ein bißchen Antipathie im Spiel, und schon verhältst du dich wie ein Narr!* Er glaubte fast, die Stimme Monsieur du Plessis' zu hören, der so gern Maximen verkündet hatte: *Neid ist unversöhnlicher als Haß.*

Picard nickte. »Na schön. Mr. LaForge, nehmen Sie

Kontakt mit Brutus Nothus auf und laden Sie einige seiner Leute dazu ein, in Ihrer Abteilung zu arbeiten.«

»Soll ich auch einige meiner Ingenieure zur *Zenturio* schicken, Sir?«

Der Captain überlegte kurz. »Nein, noch nicht.« Er schloß den Kom-Kanal, bevor ihn Geordi nach den Gründen fragen konnte.

Tut mir leid, Monsieur, dachte Picard. *Zu weiteren Kompromissen bin ich derzeit nicht imstande.*

»Meine Güte, ich bin völlig erledigt«, sagte Riker. Er ließ sich auf einen Felsen sinken und nahm den Rucksack ab.

Gretna schüttelte den Kopf und beobachtete das Tal.

»In einer halben Stunde sind wir da, Will«, erwiderte sie.

»Das haben Sie schon *vor* einer halben Stunde gesagt.« Riker wischte sich den Schweiß von der Stirn, löste die Feldflasche vom Gürtel und trank. Es war heiß, und zum Glück trug er keine Starfleet-Uniform, sondern tenaranische Kleidung: kurze Hose, ein weites Baumwollhemd und Mokassins. *Andernfalls wäre die Flasche längst leer.*

Gretna nahm neben ihm Platz und holte eine grob gezeichnete Karte hervor. »Das Dorf müßte sich auf der anderen Seite des Flusses befinden.« Sie deutete auf ein etwa anderthalb Kilometer entferntes silbriges Band. »Während der letzten Jahre hat sich hier viel geändert — deshalb habe ich die Orientierung verloren.«

Riker wußte, was sie meinte. Auf ihrem langen Weg hatten sie immer wieder Spuren von Überfällen der M'Dok gefunden: verkohlte Baumstämme im Wald, die Reste niedergebrannter Siedlungen. Doch die übrigen Bereiche zeichneten sich durch eine geradezu berauschende Schönheit aus. Sie wanderten durch die Kornkammer Tenaras, ein Tal, das fast sechshundert Kilometer von Zhelnogra entfernt war. Riker wollte einen unmittelbaren Eindruck von dieser Region gewinnen, um einschätzen zu können, welche Hilfe Tenara für die Stabilisierung der landwirtschaftlichen Basis benötigte. Soweit er das bisher feststellen konnte, waren die von den M'Dok angerichteten Verheerungen kaum ein großes Problem – die Natur heilte ihre Wunden von ganz allein.

»Eine herrliche Landschaft«, sagte der Erste Offizier leise. »Sie ist noch viel schöner als die besten Holodeck-Simulationen.«

»Als was?« fragte Gretna.

»Schon gut«, erwiderte Riker und winkte ab. Es hätte zuviel Zeit in Anspruch genommen, die Funktionsweise des Holodecks zu erklären. Er schwieg eine Zeitlang und stand dann wieder auf. »Eine halbe Stunde, mehr nicht. Und ich hoffe, das versprochene Steak ist wirklich so lekker, wie Sie behauptet haben. Wenn ich nicht bald was in den Magen bekomme...«

»Sie verhungern schon nicht«, sagte Gretna und lächelte. »Wenn wir Carda erreichen, bekommen Sie die beste Mahlzeit, die Tenara anzubieten hat – Ehrenwort.«

Gretna hatte einige Jahre lang in diesem Tal gelebt, bevor sie in die Hauptstadt zurückkehrte, wo sie geboren war. Seit einigen Tagen wußte Riker wesentlich mehr über die Tochter des Vorsitzenden, und dadurch übte sie einen noch stärkeren Reiz auf ihn aus.

»Sehen Sie?« Er deutete auf eine dünne Rauchfahne jenseits des Flusses.

»Das ist Carda«, sagte Gretna. »Kommen Sie.«

Zwanzig Minuten später erreichten sie eine Lichtung, auf der ungefähr zehn Häuser standen.

Offenbar hatten die M'Dok auch dieses Dorf angegriffen. Von Carda waren nur schwelende Ruinen übriggeblieben.

»O nein!« stöhnte Gretna.

Acht Tenaraner standen vor dem größten Gebäude und sprachen miteinander. Sie verstummten nacheinander, als sich Gretna und Riker näherten.

Ein kleiner und fast kahlköpfiger Mann löste sich aus der Gruppe und trat ihnen entgegen.

»Larten«, flüsterte Gretna ihrem Begleiter zu. »Das Oberhaupt der hiesigen *Saavta.*«

Als der Mann näher kam, sah Riker, daß er hinkte. Am Hals zeigte sich eine lange, immer noch blutige Narbe, und die Augen lagen tief in den Höhlen. Larten wirkte erschöpft und ausgemergelt, schien seit Tagen nicht mehr geschlafen zu haben.

»Was willst du hier, Gretna?« fragte er schlicht.

Die junge Frau blieb abrupt stehen.

»Was ich hier will? Ich bin gekommen, um euch zu besuchen und zu helfen.«

Der Mann wich zurück und musterte Riker mit einer Mischung aus Argwohn und Verachtung. Sein Blick verweilte für einige Sekunden auf dem Tricorder des Ersten Offiziers.

»Und was macht er hier?« knurrte der Tenaraner.

»Was ist los mit dir, Larten?« fragte Gretna verblüfft. »Begrüßt du Besucher jetzt auf diese Weise? Weißt du nicht mehr, was Gastfreundschaft bedeutet?«

»Wir wollen weder ihn noch seine Waffen«, erwiderte der Mann kühl. »Und wenn er dein Freund ist, wollen wir auch dich nicht.«

»Was ist geschehen? Ich...«

»Sari wurde von Außenweltlern umgebracht!« entfuhr es Larten. Er lief rot an. »Unsere Häuser sind zerstört... Und du erwartest, daß wir einen Fremden willkommen heißen?«

»Er gehört nicht zu den Angreifern, die euer Dorf zerstörten«, erwiderte Gretna.

»Aber er hat ähnliche Waffen!« beharrte Larten. »Geht jetzt!«

Die übrigen Männer kamen ebenfalls näher und nahmen eine drohende Haltung ein.

»Ich glaube, wir sollten besser von hier verschwinden«, sagte Riker leise. »Kommen Sie.«

Gretna ließ sich sprachlos von ihm fortführen.

»Was ist nur mit Larten und den anderen los?« brachte die junge Frau schließlich hervor.

»Sie trauern und sind zornig. Eine durchaus verständliche Reaktion nach dem, was in ihrem Dorf geschah.«

»Sie verhalten sich wie Kinder!« platzte es aus Gretna heraus. »Der Föderation die Schuld zu geben...«

Riker schüttelte den Kopf. »Bei der Einsatzbesprechung habe ich gehört, daß sich auch eine gewisse Gretna Melkinata gegen die Präsenz der Föderation auf diesem Planeten aussprach.«

»Ich habe meine Meinung geändert.«

»Das freut mich«, sagte der Erste Offizier. »Sonst müßte ich vermuten, daß Sie sich auf dem Weg hierher *absichtlich* im Wald verirrt haben.«

»Bitte scherzen Sie nicht darüber, Will«, entgegnete Gretna betroffen. »Larten und die anderen... Sie waren meine Freunde, und ich vertrat den gleichen Standpunkt wie sie — vor den Angriffen, bevor ich sah, was uns die Föderation anzubieten hat.« Sie schwieg einige Sekunden lang, und als sie aufsah, schimmerten Tränen in ihren Augen. »Bevor ich Sie kennenlernte.«

Will Riker wußte nicht, was er darauf erwidern sollte. Statt dessen entschloß er sich zum Handeln.

Er setzte den Rucksack ab, umarmte Gretna und küßte sie.

Eigentlich blieb Jenny gar nichts anderes übrig, als Gaius' Einladung anzunehmen.

Zusammen mit ihr standen zehn Personen vor dem Zugang des Holodecks, und Gaius Aldus führte die Gruppe an. *Er fungiert als Dekurio,* dachte Jenny und fragte sich, ob dieser Begriff aus einem Kurs in römischer Geschichte stammte. *Vielleicht ist es ein Rang, den meine Phantasie geschaffen hat,* fügte sie in Gedanken hinzu.

Sie begriff plötzlich, die einzige Frau in der Gruppe zu sein. Begegneten ihr die Magna Romaner deshalb mit Ablehnung? Sahen sie in ihr vielleicht einen Störfaktor für die brüderliche Gemeinschaft? Was auch immer der Fall sein mochte: Gaius ließ sich nichts anmerken.

Im Verlauf der letzten Tage hatte sich Jenny endlich daran gewöhnt, ihn mit dem Vornamen anzusprechen. Und jetzt stand ihre Teilnahme an einem romanischen Trainingseinsatz bevor.

Gaius wandte sich an die Dekurie. »Wir üben das Szenario Alpha sieben drei.« Die Männer nickten und wußten offenbar ganz genau, was gemeint war.

»Die Waffen warten wie üblich dort drin auf uns«, fuhr Gaius fort. »Wir bilden zwei Finger-Fünf. *Felicitas.*« Er drehte sich zur Tür um. »Holodeckeingang auf.«

Die beiden Schotthälften glitten auseinander und gaben den Blick in einen dichten Wald frei. Die Genauigkeit der holographischen Simulation erstaunte Jenny: Sie roch die Blätter, und in schattiger Ferne lief ein Hirsch durchs Unterholz. Sie trat ein und sah sich neugierig um.

»Holodeckeingang zu«, sagte Gaius, und daraufhin schien sich das Schott einfach in Luft aufzulösen. Ein scheinbar endloser Wald erstreckte sich in alle Richtungen.

Die Magna Romaner bückten sich, hoben verschiedene Objekte auf und nickten zufrieden. Jenny senkte den Kopf und stellte fest, daß ein Gladius – ein römisches Kurzschwert – vor ihr lag. Daneben bemerkte sie mehrere Speere. Hinzu kamen ein kleiner Schild und Schutzkleidung aus dickem Leder mit aufgenieteten Metallscheiben – sie war leichter und machte nicht soviel Lärm wie jene Rüstungen, die Seianus und Gaius beim Empfang der *Enterprise*-Offiziere getragen hatten.

Jenny betrachtete die Ausrüstung einige Sekunden lang und griff dann danach. *Früher bin ich mit solchen Dingen bestens vertraut gewesen,* dachte sie. Das Schwert war kleiner und breiter als meramarische Modelle, und die Form des Schildes empfand sie als ungewohnt. Doch es handelte sich nur um geringfügige Unterschiede, die eigentlich keine Rolle spielten. Jenny blickte sich mit neuem Selbstbewußtsein um, und ihre rechte Hand ruhte auf dem Schwertheft, so wie damals, als der Umgang mit derartigen Waffen ebenso selbstverständlich gewesen war wie das Atmen.

Die Magna Romaner bezogen Aufstellung, bildeten jedoch keine geschlossene Formation. Gaius Aldus stand neben der jungen Frau. »Sie gehören zu meiner Gruppe«, sagte er leise. »Kennen Sie die Finger-Fünf?«

»Ja, allerdings nur als Taktik für Raumschiffe, nicht als Einsatz auf einem Planeten«, erwiderte Jenny mit gedämpfter Stimme. »Aber seien Sie unbesorgt. Ich komme zurecht.«

Gaius lächelte und wechselte einige Worte mit den anderen Mitgliedern der Gruppe. Zwei Minuten später nahm er seinen Platz an der Spitze ein, winkte und setzte sich in Bewegung.

Als sich Jennys Augen an das Zwielicht im Wald gewöhnt hatten, sah sie, daß der erste Eindruck täuschte. Zunächst hatte sie vergeblich nach irgendwelchen Wegen Ausschau gehalten; doch nun bemerkte sie schmale Pfade mit nur schwer erkennbaren Spuren, manche von Tieren, andere von Menschen. Die Sicherheitsbeamtin wußte nicht, wohin sie unterwegs waren, aber Gaius ging mit sicheren Schritten voraus. Jenny paßte sich der Formation an, besann sich auf ihre alten Kenntnisse und achtete darauf, so wenige Geräusche wie möglich zu verursachen.

Was geschieht jetzt? dachte sie. *Dies ist wahrscheinlich ein historisches militärisches Szenario, aber wo und wann findet es statt? Worin besteht unsere Mission?*

Kurze Zeit später erreichten sie eine Stelle, an der sich der Pfad gabelte, und dort gab Gaius ein sonderbares Zeichen, das gewiß nicht den Starfleet-Vorschriften entsprach. Die Gruppe hinter ihm verharrte sofort. Noch ein Wink, und daraufhin nahm die zweite Finger-Fünf den anderen Weg und eilte davon. Gaius' Gruppe verließ den Pfad und duckte sich hinter einige Büsche.

»Was jetzt?« flüsterte Jenny.

»Wir warten.«

Nach einigen Minuten hörte die junge Frau, daß sich ihnen jemand näherte. Tiefe Stimmen – Männer. Sie unterhielten sich in einer Sprache, die Jenny nicht kannte. Es klang wie das moderne Deutsch auf der Erde, doch die Worte ergaben überhaupt keinen Sinn für sie.

Bevor die Fremden in Sicht kamen, bewegte sich etwas im Bereich des zweiten Weges, und aus dem grölenden Lachen wurden plötzlich kehlige Schreie.

Metall klirrte auf Metall, und einige Sekunden später sah Jenny mehrere Gestalten, die zu fliehen versuchten. Die anderen Magna Romaner warfen Speere nach ihnen, stellten den einen oder anderen Gegner zum Kampf und stießen mit ihren Schwertern zu.

Es mochten ungefähr zwanzig sein: hochgewachsene, kräftig gebaute Männer, die Felle trugen und lange Bronzeklingen in prankenartigen Händen hielten. Zwei von ihnen schleppten einen erlegten Hirsch, und Jenny sah, wie sie das Tier fallenließen und ebenfalls ihre Schwerter zogen.

Zwar waren die Magna Romaner zahlenmäßig weit unterlegen, aber sie kämpften als disziplinierte Gruppe und schützten sich gegenseitig, während ihren Widersachern jede Organisation fehlte. Mehrere Barbaren versuchten, die Angreifer in Einzelkämpfe zu verwickeln, doch diese Taktik blieb ohne Erfolg.

Jenny wollte aufstehen, aber Gaius schloß die Hand schmerzhaft fest um ihren Arm. »Warten Sie!« zischte er, kroch zu einem anderen Strauch und beobachtete das Geschehen.

Die anderen Magna Romaner trieben die Fremden der ersten Gruppe entgegen. Gaius wartete, bis die Gegner nur noch sechs Meter von den verborgenen Stellungen seiner Finger-Fünf entfernt waren, richtete sich dann jäh auf und rief. »Werfen!«

Fast gleichzeitig schleuderten die Romaner ihre Speere auf die völlig überraschten Fremden. Auch Jenny holte aus, aber tief in ihr krampfte sich etwas zusammen: Die Feinde waren natürlich nur Holodeck-Simulationen, doch ihr rotes Blut sah nicht nur verblüffend echt aus, sondern hatte auch genau den richtigen Geruch. Die Schreie der Verwundeten klangen schmerzhaft real.

Ein Adrenalinschub verdrängte diese Gedanken aus Jenny, und sie ließ sich nur noch von ihren Reflexen leiten. Die Barbaren waren undiszipliniert, aber sehr tapfer, und Fähnrich de Luz sah sich plötzlich einem hünenhaften Mann mit zotteligem blonden Bart gegenüber, der sein Bronzeschwert zu einem wuchtigen Schlag hob.

Jenny wehrte den Hieb mühelos mit ihrem Schild ab und stieß nach dem Gesicht des Mannes. Er sprang zurück und musterte die junge Frau mit neuem Respekt.

Der nächste Angriff war geschickter: Zuerst zielte Jennys Gegner auf den Bauch und drehte dann die Klinge, um ihr die Kehle aufzuschlitzen. Die Sicherheitsbeamtin parierte und spürte die längst vergessen und überwunden geglaubte Aufregung des Zweikampfs. Rasch winkelte sie das Kurzschwert an, benutzte es wie eine Verlängerung ihres Arms und trat vor.

Der Mann konnte nicht mehr zurückweichen und hielt seine Waffe zu hoch, um Jennys Schwert zu blockieren. Sie rammte den scharfen Stahl in den Leib des Barbaren, der wie in Zeitlupe auf die Knie sank, röchelte und zur Seite kippte. Blut strömte aus dem Mund des Sterbenden.

Jenny zog die Klinge aus der klaffenden Wunde und sah sich um, aber es bestand keine Gefahr mehr. Die Gegner lagen ›tot‹ auf dem Boden und lösten sich mit einem matten Glühen auf, als das Holodeck die ›Leichen‹ verschwinden ließ.

Ein Magna Romaner war neben dem Pfad ins Gras gesunken und rührte sich nicht. Ein zweiter krümmte sich blaß und schmerzerfüllt zusammen, beide Hände um einen sehr echt wirkenden Speer geschlossen, der ihm aus dem Bauch ragte. Er gurgelte, schien schreien zu wollen — aber die Stimmbänder gehorchten ihm nicht.

»Holodeckzugang auf!« rief Gaius, bevor Jenny reagieren konnte. »Simulation Ende.«

Das Schott öffnete sich, und der Wald verflüchtigte sich zusammen mit den archaischen Waffen und der Ausrüstung. Die Magna Romaner und ihre Begleiterin von der

Enterprise standen nun auf einem nackten Stahldeck, doch die beiden Verwundeten erhoben sich nicht. Lachen aus echtem Blut bildeten sich unter ihnen.

Gaius eilte durch den Korridor und betätigte die Taste eines Interkom-Anschlusses. »Medizinisches Personal zum Holodeck«, sagte er. »Zwei kritische Fälle.«

»Wir sind unterwegs«, antwortete eine Stimme aus dem Lautsprecher. Schweigen folgte, und in der Stille klang das mühsame Keuchen des Mannes mit der Bauchwunde besonders laut.

Einige Sekunden später trafen die Ärzte ein, hoben die Verletzten auf Grav-Bahren und brachten sie zum Turbolift. Jenny lehnte sich an die Wand und schnappte nach Luft. »Jene Männer...«, begann sie.

Gaius klopfte ihr kurz auf die Schulter. »Marius erholt sich bestimmt. Julius...« Er zuckte mit den Achseln.

Die junge Frau starrte ihn an, schluckte krampfhaft und versuchte zu verstehen. Ein Kloß schien sich in ihrem Hals gebildet zu haben. »Die Sicherheitsschaltungen dürfen so etwas eigentlich nicht zulassen!«

Gaius schüttelte den Kopf. »Die entsprechenden Kontrollmodule sind aus dem Programm entfernt worden. Es ist durchaus möglich, auf unserem Holodeck zu sterben.«

»Das sagen Sie mir jetzt...«, hauchte Jenny und wandte sich von dem Magna Romaner ab. Zuerst taumelte sie durch den Gang, doch dann begann sie zu laufen, um so schnell wie möglich den Transporter zu erreichen. Gemischte Gefühle regten sich in ihr. Einerseits war sie entsetzt von dem, was sie gerade erlebt hatte, doch gleichzeitig erfüllte es sie mit einer seltsamen Art von Stolz, an Gaius Aldus' Seite gekämpft zu haben.

Nur in einem Punkt herrschte Gewißheit: Jenny wollte zur *Enterprise* zurückkehren, um dort mit sich selbst ins reine zu kommen.

KAPITEL 6

Doch Jenny fand keinen Frieden an Bord der *Enterprise.*

Als die Unruhe nicht aus ihr wich, beschloß sie, sich an Counselor Deanna Troi zu wenden.

Deanna hörte sich Jennys Geschichte an, und es fiel ihr schwer, ernst zu bleiben. Als die Sicherheitsbeamtin alles geschildert hatte, fragte Troi: »Sind Sie schon einmal verliebt gewesen, Jenny?«

»Nein, eigentlich nicht. Äh, *schon einmal?* Was meinen Sie damit?«

»Daß Sie verliebt sind.«

»Ich bitte Sie, Counselor – wie ist das möglich? Es ergibt doch gar keinen Sinn!«

»Oft nicht, aber in diesem Fall schon«, erwiderte Troi. »Sie und Gaius Aldus haben viel gemeinsam: Herkunft, Ausbildung, Interessen. Sie sind eine sehr attraktive Frau.«

»Bin ich das?« fragte Jenny verblüfft.

Deanna lachte. »Ja. Und Gaius ist ein sehr attraktiver Mann.«

»Oh, ja, das stimmt!« bestätigte Jenny sofort. »Er ist nicht nur ein ausgezeichneter Soldat, sondern auch kultiviert und ... und ...«

»Da haben Sie gewiß recht«, meinte Deanna trocken. »Wie ich eben schon sagte: Es gibt viele Gemeinsamkeiten zwischen Ihnen. Als Sie und ich an dem Bankett in der *Zenturio* teilnahmen, konnte ich spüren, daß Sie sich beide zueinander hingezogen fühlten.«

Jenny errötete. »Ja«, murmelte sie. »So etwas habe ich noch nie zuvor empfunden.«

»Seit dem Empfang sind Sie aufgrund Ihrer Arbeit oft mit Gaius zusammen gewesen«, fuhr die Counselor fort. »Ich wäre überrascht, wenn das ohne Konsequenzen bliebe.«

Jenny musterte Deanna. »Dann ist also alles in Ordnung?« fragte sie unsicher.

Troi lachte. »*Völlig* in Ordnung«, bekräftigte sie. »Ich weiß nicht, warum Sie glauben, meinen Segen zu brauchen, aber Sie bekommen ihn hiermit.«

Die junge Sicherheitsbeamtin ging mit einem glücklichen Lächeln, und Deanna lehnte sich zurück, dachte über praktischere Angelegenheiten nach, die Jenny nicht angesprochen hatte. Was mochte geschehen, wenn sich die Romanze weiterentwickelte, wenn Jenny und der Magna Romaner heirateten? Normalerweise brachte Starfleet verheiratete Paare an Bord des gleichen Raumschiffs unter, aber welches Schiff kam hier in Frage? War Gaius Aldus bereit, seinen Captain und Freund zu verlassen? Andererseits: Konnte sich Jenny daran gewöhnen, unter dem Kommando von Captain Seianus zu arbeiten, an Bord eines Starfleet-Kreuzers, dessen Besatzung ausschließlich aus Magna Romanern bestand?

Picard hatte sich gerade hingelegt, als der Kommunikator in seiner Kabine summte. *Warum versuche ich überhaupt noch, ein wenig zu schlafen?* dachte er, seufzte und stand auf. »Hier Picard.«

»Lieutenant Worf, Captain. Ich würde gern mit Ihnen sprechen.«

»Gut. Ich komme zur Brücke.«

»Nein, Sir«, erwiderte der Sicherheitsoffizier rasch. »Ich bin nicht im Kontrollraum. Wenn Sie nichts dagegen haben, besuche ich Sie in Ihrem Quartier.«

Persönliche Probleme des Klingonen? Warum wird das Leben nie einfacher? »Selbstverständlich, Mr. Worf. Ich erwarte Sie.«

Wie sich herausstellte, ging es Worf gar nicht um die Erörterung persönlicher Probleme.

Als er einige Minuten später eintraf, blieb er scheu in der Tür stehen und wirkte nervös.

»Treten Sie ein, Mr. Worf«, sagte Picard mit einem Hauch Ungeduld in der Stimme. »Blockieren Sie nicht das arme Schott.«

»Sir.« Der Klingone kam der Aufforderung des Captains nach, und hinter ihm schloß sich die Tür mit einem leisen Zischen. »Ich bitte darum, nach Tenara versetzt zu werden, Sir.«

Picard war nicht sehr überrascht, gab sich jedoch erstaunt und deutete auf einen der beiden gepolsterten Sessel. »Sie sind hier an Bord unersetzlich, Lieutenant«, sagte er, als Worf Platz genommen hatte. Der Klingone schüttelte den Kopf. »Das glaube ich nicht, Sir. Einige Männer und Frauen der Sicherheitsabteilung sind durchaus imstande, mich auch für längere Zeit zu vertreten. Ich glaube, ich werde auf dem Planeten gebraucht.«

»Vermuten Sie, daß Fähnrich de Luz nicht in der Lage ist, den ihr zugewiesenen Pflichten gerecht zu werden? Auf Ihre Empfehlung hin traf ich die Entscheidung, sie als Koordinatorin einzusetzen.«

»Ich habe ihre Fähigkeiten nicht überschätzt, Captain«, entgegnete Worf mit offensichtlichem Stolz auf die junge Sicherheitsbeamtin. »Aber vielleicht haben wir die Problematik der Mission *unter*schätzt.«

»Nach Fähnrich de Luz' Berichten sind alle Verteidigungsanlagen installiert und bemannt. Commander Riker beaufsichtigt andere Gruppen von der *Enterprise* und *Zenturio.* Außerdem hilft er den Tenaranern bei Verbesserungen der Landwirtschaft, des Transport- und Bildungswesens sowie der Kommunikation. Um ganz ehrlich zu sein, Lieutenant: Ich verstehe nicht, warum Sie sich verpflichtet fühlen, einen eigenen Beitrag zu leisten. Man kümmert sich bereits um alles. Darüber hinaus: Wer weiß, wie die Tenaraner auf Sie reagieren? Es handelt sich nicht gerade um ein kosmopolitisches Volk, das große Erfahrungen mit fremden Kulturen und ihren Repräsentanten gesammelt hat.«

Worf lächelte fast. »Sie fürchten, ich könnte die Bewohner des Planeten erschrecken?«

Picard schmunzelte. »Wenn Sie es so ausdrücken... Ja.«

»Nun, genau darum geht es mir, Captain. Ich möchte eine Aufgabe wahrnehmen, für die Jenny de Luz und die anderen keine Zeit haben. Ich kann den Tenaranern zeigen, wie man individuelle M'Dok-Angriffe abwehrt – damit meine ich jene Überfälle, von denen Quillen erzählte. Die meisten Tenaraner sind viel zu pazifistisch, um sich zu verteidigen, aber einige von ihnen reagieren anders. Denken Sie nur an die Leute, die Jenny bedrohten. Sie haben die Fähigkeit, aggressiv zu werden und zu kämpfen. Mein äußeres Erscheinungsbild erschreckt sie bestimmt«, fuhr der Klingone fort. »Ich bringe ihnen bei, sich zur Wehr zu setzen – indem ich den Anschein erwekke, sie anzugreifen. Wenn es ihnen gelungen ist, den inneren Widerstand zu überwinden, sind sie den M'Dok nicht mehr hilflos ausgeliefert. Die von mir ausgebildeten Tenaraner sollen anschließend andere Dörfer und Städte aufsuchen, um ihre Mitbürger zu unterweisen.«

Picard seufzte schwer. *Eine Armee, von einem Klingonen im Nahkampf ausgebildet und über den ganzen Planeten verteilt,* dachte er. *Welche Folgen ergeben sich daraus für die friedliche Natur der tenaranischen Gesellschaft?*

Vor Jahrhunderten hatte ein Soldat auf der Erde seinem Vorgesetzten berichtet: »Wir mußten den Ort zerstören, um ihn zu verteidigen.« Diese Episode galt seitdem als Symbol für den Wahnsinn, zu dem militärische Organisationen fähig waren. Würden zukünftige Generationen davon lesen, daß Captain Jean-Luc Picard eine pazifistische Kultur zerstört hatte, um sie zu retten? Würde man sich nicht nur aufgrund eines solchen Irrsinns an Picard erinnern, sondern auch deshalb, weil er die Friedensideale Starfleets verraten hatte?

Der Captain musterte Worf. »Ihre Argumente klingen plausibel«, sagte er. »Doch derzeit sehe ich mich außerstande, den Versetzungsantrag zu befürworten...«

»Brücke an Captain Picard«, ertönte Datas Stimme aus dem Interkom-Lautsprecher.

»Was ist los, Lieutenant?«

»Wir haben zwei M'Dok-Schiffe geortet, die sich Tenara nähern.«

»Der Computer bestätigt, daß es sich um offensive Einheiten handelt«, sagte Worf. »Direkter Anflugvektor um Planeten.«

»Schilde hoch!« befahl Picard. »Alarmstufe Rot. Geben Sie Seianus Bescheid, falls er...«

»Die *Zenturio* hat sich gerade mit uns in Verbindung gesetzt«, meldete der Klingone. »Und ihre Deflektoren sind ebenfalls stabil.«

Ein dünnes Lächeln umspielte Picards Lippen. »Seien Sie bereit, das Feuer zu eröffnen, sobald die M'Dok-Schiffe auf Phaserreichweite heran sind — aber nur mit geringer Energiestärke. Es liegt mir nichts daran, sie zu vernichten; vielleicht genügt eine Warnung.«

Worfs Gesicht blieb ausdruckslos, als er mehrere Sensorflächen der taktischen Konsole berührte. »Ja, Sir.«

Die beiden Raumschiffe kamen schnell näher. Picard stand auf und trat dem großen Wandschirm entgegen — als könne er auf diese Weise die Distanz zu den M'Dok verringern.

»Öffnen Sie einen Kom-Kanal«, sagte er.

»Kanal geöffnet, Sir.« Die Bestätigung stammte nicht etwa von Worf, sondern von Data. Der Androide hatte die Kommunikationskontrolle übernommen, um dem Klingonen Gelegenheit zu geben, sich ganz auf die Verteidigungsmaßnahmen zu konzentrieren.

»Hier spricht Jean-Luc Picard, Captain der USS *Enterprise.* Sie fliegen einen Bereich an, der von uns als sicherheitskritische Zone definiert wurde. Bitte nennen Sie Ihre Absichten.«

Sekunden verstrichen, ohne daß eine Antwort eintraf. Das Projektionsfeld zeigte deutlich die beiden spinnenartigen M'Dok-Schiffe.

»Sie sind jetzt in Phaserreichweite, Sir«, sagte Worf. »Und sie haben ihre Deflektoren aktiviert.«

»Keine Kursänderung?«

»Nein, Sir«, erwiderte ein Andorianer namens Hjalmar Foch, der am Navigationspult saß. »Es deutet alles darauf hin, daß die beiden Schiffe in die Atmosphäre des Planeten vorstoßen wollen. Wir sollten möglichst bald von den Phasern Gebrauch machen.«

»Captain Picard an die M'Dok. Wenn Sie sich weiterhin nähern, müssen wir Sie als Feinde einstufen. Verlassen Sie sofort die Sicherheitszone. Starfleet Command hat mich ermächtigt, alle notwendigen Entscheidungen zu treffen, um Tenara zu schützen.«

Picard wartete eine Zeitlang, aber die M'Dok reagierten nicht. »Wenn Sie sich nicht unverzüglich zurückziehen, sind wir gezwungen, das Feuer zu eröffnen.« Er wandte sich an Foch. »Phaser auf geringste Energiestärke. Zwei Entladungen, jeweils eine Sekunde lang. Warten Sie auf meine Anweisung.«

»Aye, Sir«, erwiderte der junge Andorianer mit einem Eifer, der dem Captain Unbehagen bereitete.

»Die M'Dok-Schiffe drehen nicht ab«, sagte Worf.

»Phaser Feuer«, knurrte Picard. »Warum?« murmelte er. »Sie wissen doch, daß wir sie zerstören können, wenn wir wollen.«

Er überhörte das leise Zischen, mit dem sich der Turbolift öffnete. Counselor Deanna Troi betrat die Brücke und ging zu ihrem üblichen Platz.

Auf dem Wandschirm waren zwei Strahlen zu sehen, die durchs schwarze All rasten. Sterne verblaßten, als der Computer automatisch die Helligkeit reduzierte. Die beiden Blitze bildeten ein langgestrecktes V und schienen im leeren Weltraum zu verschwinden.

»Zwei direkte Treffer«, meldete der Klingone ruhig. »Keine Schäden an Bord.«

»Beide Schiffe ändern den Kurs«, fügte Foch hinzu. Angespanntes Schweigen herrschte auf der Brücke, während der Computer eine Sensorerfassung vornahm. »Die Anflugvektoren lassen jetzt darauf schließen, daß die M'Dok einen geosynchronen Orbit ansteuern«, erklärte der Andorianer.

Picard schürzte die Lippen. »Interessant. Bringen Sie uns ebenfalls in eine stationäre Umlaufbahn, Fähnrich. Wir behalten die fremden Schiffe im Auge. Mr. Data, versuchen Sie weiterhin, einen Kontakt herzustellen.«

»Ja, Sir. Captain Seianus bittet um ein Gespräch mit Ihnen. Sobald Sie Zeit haben, meinte er.«

»Stellen Sie die Verbindung her, Data.«

»Ja, Sir.«

Die beiden M'Dok-Schiffe auf dem Wandschirm wichen der Darstellung des romanischen Kommandanten. »Gut gemacht, Captain. Aber warum setzen Sie Phaser ein, ohne das Ziel zu beschädigen oder zu vernichten?«

Picard trat noch etwas näher ans Projektionsfeld heran. Im Vergleich zu dem großen Gesicht des Magna Romaners wirkte er wie ein Zwerg. Seianus sah zwar wie ein Riese aus, der auf den Winzling namens Jean-Luc herabstarrte, aber der terranische Captain hielt seinem Blick stand und war ihm ebenbürtig.

Troi beobachtete die beiden Männer. Ganz gleich, auf welche Weise sie sich begegneten, ob persönlich oder mit Hilfe elektronischer Bildübermittlung — immer gab es ein deutlich spürbares Element der Konfrontation. *Sie sind sich zu ähnlich,* dachte die Counselor. *Und gleichzeitig unterscheiden sie sich voneinander. Einerseits fehlt nie gegenseitiger Respekt, doch andererseits treten sie mit ihrer Willenskraft gegeneinander an — Brüder und Rivalen.*

»Ich hielt es für besser, an die Intelligenz und Vernunft der M'Dok zu appellieren«, sagte Picard. »Wenn sie versuchen, Tenara anzugreifen, so befindet sich die *Enterprise* in Phaserreichweite. Sie sind gezwungen, die ganze Zeit über ihre Schilde stabil zu halten, können also weder ein Shuttle ausschleusen noch Landetruppen auf den Planeten beamen.«

»Ein Patt«, kommentierte Seianus.

Picard nickte. »Und das reicht völlig aus, Captain. Die

M'Dok werden begreifen, daß es sinnlos ist, hierzubleiben und zu hoffen, unserer Aufmerksamkeit zu entgehen. Irgendwann kehren sie zurück und nehmen unsere Botschaft mit.«

»Ein guter Plan«, erwiderte Seianus. »*Te saluto*.«* Mein Kompliment. »Magna Romaner würden anders vorgehen, aber ich glaube, Ihre Strategie ist zumindest einen Versuch wert.«

Das gewaltige Gesicht auf dem Schirm löste sich auf, und die Brückenoffiziere sahen wieder das All mit schimmernden Sternen.

Picard atmete tief durch und spürte erst jetzt, wie angespannt er gewesen war. »Vergrößerung«, sagte er. »Sehen wir uns die M'Dok an.«

Das Bild zitterte kurz, und dann erschienen beide Raumschiffe im Projektionsfeld. Aktivierte Deflektoren verwischten ihre Konturen.

Picard nickte zufrieden. »Sie gehen kein Risiko ein. Nun, damit werden sie unseren Erwartungen gerecht. Wie ist unser relativer Kurs zu den M'Dok?«

»Der Transfer in den geosynchronen Orbit erfolgt jetzt, Sir«, entgegnete Foch.

»Mr. Worf, überwachen Sie die Schiffe. Ich möchte keine Überraschung erleben.«

»Ja, Captain.« Der Klingone zögerte kurz und beschloß dann, ein Problem zur Sprache zu bringen, das ihn belastete. »Darf ich Sie etwas fragen, Sir?«

»Natürlich, Lieutenant.«

»Captain Seianus scheint einen direkten Angriff auf die beiden M'Dok-Einheiten für richtig zu halten. Es wäre möglich, derartige offensive Maßnahmen einzuleiten, ohne die entsprechenden Besatzungen in Gefahr zu bringen. Eine leichte Beschädigung der Schiffe würde vielleicht dafür sorgen, daß sich die M'Dok von Tenara zurückzie-

---

* Te saluto: Ich grüße dich. Hier ist jedoch kein Gruß gemeint, sondern Anerkennung. – Anmerkung des Übersetzers.

hen. Durch Ihre Entscheidung wird ein großer Teil unseres Potentials blockiert, weil wir den Gegner ständig beobachten müssen.«

»Ihre *Frage*, Lieutenant«, sagte Picard ungeduldig.

»Warum greifen wir die M'Dok nicht an, Sir?«

»Weil wir unsere Prinzipien achten, Lieutenant.« Diese Antwort stellte den Klingonen sicher nicht zufrieden, aber Picard verzichtete darauf, eine Erklärung hinzuzufügen, wandte sich statt dessen an Deanna Troi. »Würden Sie mich bitte in den Bereitschaftsraum begleiten, Counselor?«

»Selbstverständlich, Captain.« Die Betazoidin folgte Picard. Als sich die Tür hinter ihnen schloß, sagte sie: »Offenbar bereiten Ihnen nicht nur die M'Dok Sorgen, sondern auch Captain Seianus.«

»Ich habe Sie hierher gebeten, um Ihre Meinung zu hören, Counselor!« brummte Picard verärgert. »An einer Psychoanalyse bin ich nicht interessiert.«

Unmittelbar darauf entschuldigte er sich. »Tut mir leid. Sie haben natürlich recht.«

Er trat hinter den Schreibtisch, nahm im Sessel Platz und deutete auf einen Stuhl. Deanna setzte sich ebenfalls. Sie bewegte sich weitaus anmutiger als der Captain, aber ihre Anspannung nahm immer mehr zu. Es lag an den starken negativen Empfindungen, die Picard ausstrahlte.

»Ich möchte sicher sein, daß ich mich für die richtige Taktik entschieden habe«, sagte er.

Deanna winkte hilflos. »In dieser Hinsicht kann ich Ihnen keinen Rat anbieten, Captain.«

»Nein, natürlich nicht«, erwiderte er rasch. »Das verlange ich auch gar nicht von Ihnen. Vor langer Zeit hat jemand gesagt: Wenn ein Captain befehlen muß, das Feuer auf ein anderes Raumschiff zu eröffnen, so hat er in seiner Mission versagt. Nun, ich schätze, das ist nur eine Verallgemeinerung, und Sie wissen ja, wie es mit solchen Dingen steht.«

»Nein, Captain, das weiß ich leider nicht. Was hat es damit auf sich?«

Picard lächelte plötzlich. »Keine Verallgemeinerung taugt etwas, und das gilt auch für diese.« Er wurde wieder ernst. »Die Entscheidung, einen Feind nicht anzugreifen, kann ebenso fatal sein wie der Befehl, die Phaser oder Photonentorpedos einzusetzen. In beiden Fällen sind die möglichen Folgen Krieg und Zerstörung einer Zivilisation. Es ist keine moralisch einfache Frage.«

»Es gibt nur wenige moralisch einfache Fragen«, warf Deanna ein.

»Mag sein«, murmelte Picard. Und dann: »Ich bin mit Katzen aufgewachsen.«

Für jemand anders wäre diese Bemerkung völlig belanglos gewesen, aber Troi spürte ihre Bedeutung und wartete geduldig.

»In diesem Zusammenhang waren meine Eltern recht ungewöhnlich.« Picard lächelte, als er sich erinnerte. »Die Nachbarn hielten sie sogar für exzentrisch. Nun, sie mochten sowohl Katzen als auch Hunde, aber ihre besondere Vorliebe galt Katzen. Ich fand ebenfalls Gefallen an den Tieren, obwohl sie häufig meine Sachen beschädigten.« Ruckartig hob er den Kopf. »Glauben Sie jetzt nicht, daß ich die M'Dok mit den Katzen aus meiner Kindheit verwechsle.«

»Ich verstehe, was Sie meinen, Captain. Bitte fahren Sie fort.«

»Damals fiel mir auf, daß mich die Katzen oft anstarrten, um festzustellen, ob ich auf sie achtete«, sagte Picard. »Solange sie meine Aufmerksamkeit spürten, blieben sie brav. Aber wenn sie sich unbeobachtet glaubten, liefen sie in mein Zimmer und begannen damit, irgendwelche Gegenstände zu zerkratzen. Die M'Dok verhalten sich ähnlich. Es ist eine Eigenschaft, die man nicht unbedingt als Verschlagenheit bezeichnen kann – sie warten nur auf eine günstige Gelegenheit. Deshalb möchte ich ihnen zu verstehen geben, daß wir sie die ganze Zeit über im Auge behalten.«

»Aber Sie überlassen Captain Seianus nicht gern sich selbst«, erriet Troi.

Picard nickte. Die Intuition der Counselor überraschte ihn ein wenig. »Eine solche Einstellung ist natürlich absurd! Seianus genießt einen ausgezeichneten Ruf als Starfleet-Captain und kommandiert ein Starfleet-Raumschiff. Trotzdem reagiere ich so auf ihn, als sei er ein potentieller Gegner.«

»Ihnen ist natürlich klar, daß ich nicht imstande bin, Gedanken zu lesen, Captain.« Deanna wählte ihre Worte mit großer Sorgfalt. »Seianus' Absichten bleiben mir verborgen. Ich spüre nur Gefühle und emotionale Emanationen – deshalb kann ich Ihnen leider nicht mehr sagen, als Sie schon wissen.«

Picard nickte stumm.

»In kritischen Situationen ist es psychologisch wichtig, daß zwei Starfleet-Schiffe in Sichtweite bleiben«, murmelte er nach einer Weile. »Das weiß jeder Captain. Die *Enterprise* befindet sich jetzt in einer geosynchronen Umlaufbahn und die *Zenturio* im Standardorbit. Anders ausgedrückt: Von uns aus gesehen wird Seianus' Schiff häufig hinter dem Planeten verschwinden.« Picard schwieg wieder, und Deanna spürte seine kummervolle Besorgnis.

»Eins wundert mich, Sir«, sagte sie. »Nach dem ersten Angriff, der mit der Zerstörung des Schlachtschiffs endete... Warum fliegen die M'Dok erneut Tenara an, obwohl sie eine schwere Niederlage hinnehmen mußten? Weitere Überfälle sind doch völlig sinnlos.«

»Sie sind sinnlos, wenn man die Sache aus unserer Perspektive betrachtet«, erwiderte Picard. Er stand auf, lehnte sich an den Schreibtisch und blickte an die Wand. Dort hing ein Foto, das Mont St. Michel bei Flut zeigte, umhüllt von hellem Sonnenschein. Als Kind hatte Picard das Kloster oft besucht, zusammen mit seinen Eltern, und für gewöhnlich erfüllte ihn der Anblick des Bildes mit ruhiger Nostalgie. Diesmal nahm er es kaum wahr. Statt dessen sah er M'Dok, die friedliche Dörfer verheerten.

Der Captain schüttelte den Kopf und befreite sich von den Schreckensvisionen. »Die M'Dok sind ganz anders als wir. Ihre Vernunft entspricht nicht unseren Vorstellungen von Rationalität. Wir können nur ihr Verhalten beobachten und darauf reagieren, wenn es notwendig wird. Um ihre zukünftigen Verhaltensmuster einzuschätzen, müssen wir Schlußfolgerungen aufgrund unserer bisher mit ihnen gesammelten Erfahrungen ziehen. Das Instrument der Logik genügt nicht, und ebensowenig dürfen wir unsere Denkweise als Maßstab nehmen.«

Mit diesen Ausführungen bot Picard der Counselor natürlich keine neuen Erkenntnisse an. Als Psychologin war sie mit solchen Angelegenheiten vertraut. Sie wußte, daß der Captain nicht etwa einen Vortrag hielt, sondern nur laut überlegte.

»Gewisse Dinge kommen in allen Kulturen vor«, fuhr Picard fort. »Zum Beispiel Hunger. Vielleicht herrscht eine katastrophale Hungersnot im Reich. Vielleicht ist das der Grund, warum die M'Dok hierher zurückgekehrt sind. Oder sie wollen sich für die erlittene Niederlage rächen.« Seine Stimme klang düster, als er hinzufügte: »Für die Niederlage, die ihnen Captain Seianus beibrachte.

Es wäre auch möglich, daß sie gar nicht wissen, was mit dem Schlachtschiff passiert ist. Angenommen, es hat keine Nachricht mehr übermitteln können... In dem Fall hätte Seianus das Schiff nicht vernichten dürfen. Es wäre mir lieber, wenn die M'Dok gewarnt sind und von weiteren Angriffen absehen.«

»Captain Seianus zeichnet sich durch einen besonderen kulturellen Hintergrund aus«, gab Deanna zu bedenken. »Vielleicht hindert er ihn daran, Ihren Standpunkt zu teilen.«

»Genau das befürchte ich.« Picard schnitt eine Grimasse.

»Wenn ich nur mehr über ihn wüßte...« Er schnippte mit den Fingern und betätigte eine Taste.

»Mr. Data?«

»Ja, Sir?« klang die Stimme des Androiden aus dem Interkom-Lautsprecher.

»Ich möchte, daß Sie in den historischen Datenbanken nach bestimmten Informationen suchen.«

»Zu Diensten, Captain.«

Picard ging zwischen dem Sessel und der Konsole auf und ab. »Ich interessiere mich für einen Clan auf Magna Roma, den man als Volcinii-*Gens* bezeichnet. Ich nehme zumindest an, daß es sich um einen Clan handelt — so lautet die wörtliche Übersetzung des lateinischen Begriffs *Gens.* Nun, ich benötige Angaben über die Vergangenheit und Gegenwart der Volcinii sowie ihre kulturelle Bedeutung.«

»Ich mache mich sofort an die Arbeit, Sir.«

»Danke, Data.« Picard unterbrach die Verbindung und sah Deanna an. »Gibt es sonst noch etwas, Counselor?«

»Äh, ja, Sir. Wenn sich zwei Raumschiffe wie die *Enterprise* und *Zenturio* im Orbit des gleichen Planeten befinden, so kommt es normalerweise zu intensiven Kontakten zwischen den Besatzungen. Doch bei uns geschieht nichts dergleichen. Wenn Sie mir die Frage gestatten... Ist das Ihre Entscheidung oder die von Captain Seianus?«

»Ich gestatte Ihre Frage«, brummte Picard. »Aber selbst wenn das nicht der Fall wäre — Sie würden sie trotzdem stellen, stimmt's?«

»Ja, Sir. Es ist meine Pflicht.«

»Und Neugier spielt dabei gar keine Rolle?«

»Vielleicht gehört sie zu meinem Wesen, Sir.«

Picard schmunzelte und lachte. »Na schön, Counselor. Die Wahrheit ist: Ich habe keine sozialen Aktivitäten zwischen den Mannschaften gefördert und zögere noch immer, diesbezügliche Anträge zu genehmigen. Ich gebe zu, daß ich dafür keine vernünftigen Gründe anführen kann. Wissen Sie, ich respektiere Seianus als Kollegen, aber ich finde ihn unsympathisch — was natürlich eine irrationale Basis für Kommandoentscheidungen ist. Andererseits: Auch der *Zenturio* scheint nicht viel an Kontakten mit uns gelegen zu sein; vielleicht bringt mir Seianus ähnliche Gefühle entgegen. Genügt Ihnen diese Erklärung?«

»Ja«, bestätigte Deanna. »Ich habe mit etwas in der Art gerechnet. Captain, wenn Sie erlauben, würde ich gern damit beginnen, engere Verbindungen zur *Zenturio* zu knüpfen.«

»Was schlagen Sie vor?«

»Nun, zunächst einmal möchte ich das Schiff besuchen und dort mit der Bordcounselor sprechen, auch mit Captain Seianus, wenn sich eine Gelegenheit ergibt.«

»Jetzt lese ich *Ihre* Gedanken«, behauptete Picard ironisch. »Sie wollen sich in der *Zenturio* umsehen und einen unmittelbaren Eindruck von Seianus gewinnen.«

Deanna lächelte. »In gewisser Weise haben Sie recht. Ja, ich möchte mit ihm reden, um mir über sein wahres Selbst klarzuwerden. Aus verschiedenen Gründen.« Sie erzählte dem Captain von ihrem Gespräch mit Jenny.

»Ich verabscheue die Vorstellung, einen Offizier wie de Luz zu verlieren«, sagte Picard.

»Habe ich Ihre Erlaubnis, der *Zenturio* einen Besuch abzustatten?«

»Selbstverständlich, Deanna.«

Die Counselor stand auf und ging zur Tür. Picard sah ihr nach und fühlte sich versucht, Troi aufzufordern, vorsichtig zu sein. Lächerlich.

Während der nächsten Stunden blieb die *Enterprise* im geosynchronen Orbit, in Sensorreichweite der beiden M'Dok-Einheiten. Picard hatte eindeutige Anweisungen gegeben: Wenn eins der M'Dok-Schiffe die Schilde senkte, verstärkte die *Enterprise* ihre eigenen Deflektoren und näherte sich. Jedesmal bestand die Reaktion der Katzenwesen aus einer raschen Reaktivierung der Schilde. Dadurch konnten sie weder die Phaser noch ihre Transporter einsetzen, und das energetische Niveau sank langsam. Picard hoffte, daß die M'Dok früher oder später aufgaben, die tenaranische Umlaufbahn verließen und ins Reich zurückkehrten.

Aber vielleicht geschah etwas ganz anderes.

»*Civis Tenarus sum*«, sagte der Junge sorgfältig, starrte zu Boden und runzelte die Stirn. Dann sah er kurz zu Marcus auf, der am Lehrerpult vor den Schülern saß. Sie benutzten den großen Raum im Erdgeschoß des Gebäudes. In den kleineren Klassenzimmern des zweiten Stocks bekam Marcus Platzangst, und außerdem saß er dort in der Falle, wenn die Einheimischen plötzlich feindselig wurden. Hier unten gab es gleich mehrere mögliche Fluchtwege. Außerdem hatte er zwei Räume in der oberen Etage beschlagnahmt und von der *Zenturio* heruntergebeamte, persönliche Gegenstände sowie Lehrbücher darin untergebracht. Die Türen wiesen jetzt elektronische Schlösser auf, die nur von ihm entriegelt werden konnten.

Der Junge lachte erleichtert, als er sah, daß der Magna Romaner lächelte, und die anderen Schüler entspannten sich ebenfalls.

»Ausgezeichnet, Claudius!« sagte Marcus und strahlte. »Kinder, ihr habt wirklich gut gearbeitet. Auf Magna Roma würde man euch mit einem Senatsstipendium belohnen.«

Die Jungen und Mädchen – alle unter zehn Jahre alt – wußten natürlich nicht, was ein Senatsstipendium war, aber sie verstanden Marcus' Worte als Kompliment und freuten sich darüber.

Ihnen allen gefiel die Vorstellung, romanische Schüler zu sein. Sie sahen darin eine willkommene Abwechselung im täglichen Einerlei ihres Lebens auf Tenara. Ein Mädchen hob die Hand.

Marcus nickte. »Ja, Julia?« Eigentlich hieß sie Yoolka, aber während des Unterrichts benutzten sie alle romanische Namen. Der Junge, den Marcus eben Claudius genannt hatte, hieß in Wirklichkeit Klamnin.

»Magister«, sagte Yoolka, »Sie haben versprochen, uns heute von der Eroberung Afrikas zu erzählen.«

»Ja, das stimmt, Julia. Ja ... Eine besonders interessante Periode der Geschichte von Magna Roma, voller Heldentaten großer Krieger. Gleichzeitig war es eine Epoche, die erheblichen Einfluß auf unsere zentralisierte Regierungsform nahm. Es dauerte weniger als hundert Jahre, um ganz Afrika dem Kaiserreich einzugliedern, doch die Wurzeln für jenen Triumph reichen weit in die Vergangenheit. Beginnen wir deshalb mit dem Fall von Karthago. Erinnert ihr euch an die Punischen Kriege? Gut.« Marcus zögerte, als er merkte, daß irgend etwas hinter ihm die Aufmerksamkeit der Kinder weckte. Mit einem Satz sprang er auf und drehte sich um.

Eine Frau in tenaranischer Kleidung stand in der Tür. Sie war hochgewachsen und hatte ein ausdrucksvolles Gesicht mit intelligent blickenden Augen.

Ihre Schönheit beeindruckte Marcus.

Er hob fragend die Brauen.

»Bitte entschuldigen Sie die Störung«, sagte die Frau, aber ihre Stimme klang scharf, fast herausfordernd. »Sie sind von Starfleet, nicht wahr?«

»Ja. Ich bin Marcus Julius Volcinius.«

»Gretna Melkinata.« Sie deutete eine Verneigung an und hob dann wieder den Kopf. »Ich bin mit einigen Besatzungsmitgliedern der *Enterprise* hierhergekommen.«

»Tatsächlich?« fragte Marcus.

»Ja. Wir wollen feststellen, was die Bewohner dieses Tals benötigen.« Gretnas Blick wurde noch etwas strenger. »Verzeihen Sie meine Unverblümtheit, aber was machen Sie hier?«

»Er erzählt uns von Rom!« rief eins der Kinder.

Marcus gestikulierte übertrieben. »Ich berichte meinen neuen Schülern von der glorreichen Geschichte Magna Romas.«

»Hm. *Ihre* Schüler.« Gretna holte tief Luft. »Wo sind die tenaranischen Lehrer?«

»Im Tal. Sie helfen den Bauern bei der Arbeit, während ich den geistigen Horizont dieser Kinder erweitere. Das gehört zum kulturellen Austauschprogramm.«

Gretna nickte. »Und wer hat es autorisiert?«

Marcus trat der Frau entgegen. »Ich verstehe Ihre Besorgnis, aber ich versichere Ihnen, daß meine hiesige Tätigkeit von höchster Stelle genehmigt wurde.«

»Wirklich?«

Marcus nickte. »Vielleicht möchten Sie heute abend zurückkehren, um unsere Pläne für das Austauschprogramm und die Erweiterung des Lehrplans zu erörtern. Dann zeige ich Ihnen gern alle Genehmigungen. Derzeit muß ich mich um die Schüler kümmern.«

»Oh, natürlich«, erwiderte Gretna und lächelte dünn. »Also bis heute abend.«

Sie ging, und Marcus brachte die Lektionen schnell zu Ende. Als die letzten Kinder das Gebäude verlassen hatten, eilte er die Treppe hoch.

Im zweiten Stock blieb er vor einer der dicken Holztüren stehen. »*Nomen*«, sagte eine männlich klingende Sprachprozessorstimme.

»Marcus Julius Volcinius.«

»*Confirmatus*.«

Es klickte leise, und Marcus schob die Tür auf. Seine Vorfahren hätten diesen Vorgang für reinste Magie gehalten, aber Marcus war an Türen gewöhnt, die von ganz allein zur Seite glitten. Er empfand es als fast unerträgliche Mühe, Druck auf die hölzerne Barriere auszuüben, so daß sie an primitiven Angeln nach innen schwang.

Im Zimmer schloß er den Zugang wieder, wartete auf das neuerliche Klicken im elektronischen Schloß und wandte sich dann dem Kom-Schirm zu, der mitten im Raum auf einem Tisch stand.

Gretna Melkinatas Fragen schufen erhebliche Probleme für Marcus. Wenn er keine Lösung dafür fand, gerieten alle seine Pläne in Gefahr.

KAPITEL 7

Es war erst knapp eine Stunde nach Sonnenuntergang, doch im Dorf herrschte bereits völlige Finsternis. Nirgends bewegte sich etwas. Das einzige Licht stammte von den Sternen am Himmel und vom blassen Leuchten hinter den Fenstern der Schule.

Die Tenaraner gingen früh schlafen. Kein Wunder: Die meisten von ihnen standen beim Morgengrauen auf und leisteten den ganzen Tag über harte Feldarbeit. Abends sanken sie erschöpft in die Betten.

Mein Vater und ich sind Ausnahmen, dachte Gretna Melkinata. *Zwei Bürokraten auf einem Planeten, dessen Bevölkerung aus Bauern besteht.*

Als kleines Mädchen war Gretna manchmal bis spät in die Nacht aufgeblieben und hatte ihrem Vater zugesehen, während er schrieb, las, Reden und Gesetzentwürfe vorbereitete. Als sie älter wurde, ließ er sich von ihr helfen, und manchmal diskutierte er sogar seine Ideen mit ihr, besonders nach dem Tod von Gretnas Mutter. Sie sprachen über Dinge, für die sich kaum jemand auf Tenara interessierte – abgesehen von den alten Männern.

Gretna freute sich, als sie feststellte, daß Will Riker gern politische Diskussionen führte.

»Das gehört zu meinem Job«, hatte er ihr am letzten Abend gesagt, als sie nach dem beunruhigenden Erlebnis in Carda vor dem Lagerfeuer saßen. »Häufig sind wir die ersten Repräsentanten der Föderation, die auf irgendwelchen Welten landen. Wenn die Oberhäupter fremder Kulturen beabsichtigen, sich dem interstellaren Völkerbund anzuschließen, so wollen sie wissen, welche Folgen sich daraus für ihre Regierungen ergeben.«

»Du bist der einzige Mann in meinem Alter, der gern über so etwas spricht«, meinte Gretna.

»Oh, das kann ich kaum glauben.«

»Es ist die Wahrheit!« erwiderte die junge Frau. Sie zog das Gemüse aus dem Feuer und ließ es abkühlen. »Zu unserem ersten Kontakt mit der Föderation kam es, als ich noch zur Schule ging, und damals habe ich versucht, mit meinen Mitschülern über diese Dinge zu reden. Sie mieden mich, als sei ich plötzlich verrückt geworden.«

»Die *Jungen* mieden dich?« fragte Will, und in seinen Augen blitzte es amüsiert.

Gretna lächelte unwillkürlich. »Nun, sie wollten nicht unbedingt diskutieren.«

»Das kann ich mir denken.«

Gretna zuckte mit den Schultern. »Vielleicht lag es daran, daß ich wesentlich mehr wußte als sie – mein Vater leitete damals ein Komitee für die Reorganisation der Regierung.«

Will nahm einen Laib Brot aus dem Rucksack, brach ein Stück ab und kaute nachdenklich. »Das wußte ich nicht.«

Gretna nickte. »Er schlug die *Saavtas* vor, um die Unabhängigkeit der kleineren Gemeinden zu erhalten und trotzdem ein Entscheidungsgremium für den ganzen Planeten zu schaffen.«

»Das ist immer das Problem«, sagte Will. »Wie mächtig darf die Zentralregierung werden, bevor sie die Interessen des Volkes vergißt und sich in eine Diktatur verwandelt?«

Gretna griff nach der Feldflasche. »Etwas *Jhafre*?«

Will nickte. »Ja, gern.«

»Welche Lösung habt ihr auf deiner Heimatwelt gefunden?« fragte die junge Frau und reichte ihm die Flasche.

»Eigentlich gar keine«, antwortete Riker. »Das Problem löste sich von ganz allein – durch unsere hochentwickelte Technik wurde jene Art von Regierung überflüssig. Rousseau – einer unserer Philosophen, den ich sehr schätze – sagte einmal, Demokratie und eine mächtige Zentralregierung seien unvereinbar.« Er trank einen Schluck und schüttelte sich. »Was ist das?«

»*Jhafre* – Bier.«

»Bier? Die Flüssigkeit enthält also Alkohol? Echten Alkohol?«

Gretna nickte verwirrt. »Natürlich. Was dachtest du denn?«

Will schüttelte den Kopf. »Schon gut. Morgen früh bereue ich das bestimmt aber...« Er trank erneut. »Wenigstens schmeckt es besser als die komische Vorspeise der Magna Romaner.«

Gretna sah ihn fragend an, und daraufhin berichtete er ihr vom Bankett an Bord der *Zenturio*.

Sie dachte einige Sekunden lang nach. »Was ist mit den Magna Romanern?« fragte sie schließlich. »Wie wurden sie mit dem Problem fertig? Wie gelang es ihnen, eine demokratische Struktur und gleichzeitig eine starke Zentralregierung zu bilden?«

Will maß die junge Frau mit einem anerkennenden Blick. »Habe ich dir schon gesagt, daß du für eine naive Tenaranerin erstaunlich scharfsinnig bist?«

»Ja.« Gretna nahm die Feldflasche wieder entgegen. »Beantworte jetzt meine Frage.«

»Ich bin nicht sicher, ob die Magna Romaner eine eigene Lösung fanden«, sagte Will langsam. »Die Föderation half ihnen dabei.«

Gretnas Gedanken kehrten in die Gegenwart zurück. Was bedeutete Wills Antwort? Welche Absichten verfolgte Marcus Julius mit dem Unterricht der tenaranischen Kinder? Wer hatte ihm die Genehmigung dafür gegeben?

Plötzlich bedauerte sie, daß Will nicht bei ihr war — er hätte den Magna Romaner sicher veranlassen können, ihm klar und offen Auskunft zu geben. Aber Riker begleitete einige Agronomen von der *Enterprise*, die sich mit der Landwirtschaft auf Tenara vertraut machen wollten, um anschließend Verbesserungsvorschläge zu unterbreiten; er kehrte erst am nächsten Tag von der Expedition zurück.

Außerdem: Vielleicht wußte er bereits, was Marcus plante. Gretna hielt das für ausgeschlossen, aber sie durfte sich von persönlichen Gefühlen nicht dazu verleiten lassen, die Fakten zu ignorieren. *Will gehört ebenso zur Föderation wie die Magna Romaner.*

»Gretna.«

Die Stimme erklang direkt neben ihr und kam so unerwartet, daß sie heftig zusammenzuckte.

Als die Tochter des Vorsitzenden den Kopf drehte, sah sie einen lächelnden Marcus Julius Volcinius.

»Tut mir leid, ich wollte Sie nicht erschrecken.« Er trat etwas näher. »Ich bin gerade zurückgekehrt, und als ich Sie hier stehen sah ...«

Marcus trug nun eine kastanienbraune Starfleet-Uniform, und sie unterschied sich nicht von der, die Riker bei ihrer ersten Begegnung getragen hatte. Er war fast fünfzehn Zentimeter kleiner als Gretna, und das half ihr dabei, den anfänglichen Schock zu überwinden.

»Ich bin nicht erschrocken, sondern verärgert«, entgegnete Gretna. »Ich möchte wissen, was Sie mit den Kindern anstellen.« Sie deutete mit dem Daumen in Richtung Schule.

»Oh, natürlich«, erwiderte Marcus glatt. »Ich bin gern bereit, Ihnen alles zu erklären. Genauer gesagt: Jemand anders wird Ihre Fragen beantworten.«

»Ich warne Sie, Marcus Julius – ich bin nicht zu Scherzen aufgelegt.«

Der Magna Romaner schüttelte den Kopf. »Ich meine es ernst, Gretna. Ich möchte Sie dorthin bringen, wo das kulturelle Austauschprogramm beschlossen wurde – um Ihnen Gelegenheit zu geben, mit den dafür verantwortlichen Leuten zu sprechen.«

Gretna musterte den Mann skeptisch. Hatte er eine Falle vorbereitet? Wollte er sie irgendwohin locken, um sie zu töten? *Nein,* dachte sie. *Er ist sicher schlau genug dafür, aber zu viele Personen wissen, wo ich bin.*

»Na schön«, sagte sie. »Ich würde wirklich gern wissen, wer sich die Freiheit genommen hat, eine solche Entscheidung zu treffen.«

Marcus lächelte. »Kennen Sie den Transporter?«

Die junge Frau nickte. »Ich habe nie einen benutzt, aber ...«

»Wir brauchen ihn, um unser Ziel zu erreichen.« Marcus berührte seinen Insignienkommunikator.

»*Zenturio*, hier ist Marcus Julius. Leiten Sie den Transfer ein.«

Er ließ die Hand wieder sinken und lächelte. »Entspannen Sie sich. Keine Sorge, Sie empfinden nicht den geringsten Schmerz bei der Ent- und Rematerialisierung.«

Gretna stand stocksteif und spürte ein seltsames Prikkeln. Vage Übelkeit regte sich in ihr, und dann ...

Sie sah sich um und erkannte die Beratungskammer des Zentralen Konzils in der Hauptstadt Zhelnogra.

»Was machen wir hier?« fragte sie erstaunt.

»Sie sind gekommen, um mit uns zu sprechen.«

Gretna wirbelte um die eigene Achse, als sie eine fremde Stimme hörte.

Ein anderer Mann in Starfleet-Uniform trat auf sie zu und lächelte. »Sie erinnern sich bestimmt an Captain Seianus.« Marcus hob den Arm. »Und auch an ...«

Eine zweite Gestalt löste sich aus den Schatten.

»... Captain Picard von der *Enterprise*.«

Gretna nickte und war viel zu verblüfft, um einen Ton hervorzubringen. *Wenn Picard Bescheid weiß, so ist auch Will informiert,* fuhr es ihr durch den Sinn. Sie kam sich wie eine Närrin vor.

»In Ordnung«, begann sie zornig. »Sagen Sie mir, woher Sie das Recht nehmen, sich in unsere Angelegenheiten einzumischen, warum Sie sich anmaßen, tenaranische Kinder zu unterrichten. Ich warte auf eine Erklärung.« Gretna verschränkte die Arme. »Anschließend berichte ich meinem Vater davon.«

»Dein Vater ist bereits unterrichtet.«

Gretna drehte sich um und glaubte, ihren Ohren nicht trauen zu können.

Melkinat stand dort und schmunzelte. »Es freut mich, dich wiederzusehen, Tochter.«

»Vater!« Gretna lief zu dem alten Mann und umarmte ihn. »Wieso bist du hier?«

»Captain Seianus hat mich gebeten, an diesem Treffen teilzunehmen.«

Die junge Frau wich einen Schritt zurück. »Dann weißt du, daß Marcus versucht, die Kinder unserer Heimat in Magna Romaner zu verwandeln?«

»Du drückst das ziemlich drastisch aus«, tadelte Melkinat. »Marcus' Pogramm ist die einzige Möglichkeit, Tenara vor den M'Dok zu schützen, Tochter. Wenn uns die Gesandten der Föderation verlassen...«

Gretna konnte es kaum fassen. *Träume ich?*

»Nein«, hauchte sie.

»Wenn uns die Gesandten der Föderation verlassen«, fuhr Melkinat fort, »müssen wir stark und in der Lage sein, uns selbst zu verteidigen.«

Aus den Augenwinkeln sah Gretna Marcus' zufriedenes Lächeln.

»Warum sagst du mir das erst jetzt?«

»Tut mir leid, ich hätte dich doch schon eher in Kenntnis setzen sollen. Aber ich fürchtete, du würdest Anka und ihrer Gruppe davon erzählen — dann hätten wir die Chance verloren, unser Volk vorzubereiten.« Melkinat senkte den Kopf. »Ich bedauere jetzt, daß ich dich vorher nicht um Rat gefragt habe, aber ich bin trotzdem sicher, daß meine Entscheidung richtig ist.«

Gretna schüttelte den Kopf und hörte Picards Stimme wie aus weiter Ferne.

»Das Programm soll es Ihrem Volk ermöglichen, unabhängig zu werden. Marcus ist ein ausgezeichneter Lehrer.«

Melkinat griff nach dem Arm seiner Tochter. »Verzeih mir... Bitte!«

Gretna riß sich los. »Ich kann das einfach nicht glauben.« Sie wandte sich an Marcus. »Ich möchte diesen Ort verlassen. Und zwar sofort.«

»Wie Sie wünschen«, erwiderte der Magna Romaner. Er berührte seinen Insignienkommunikator. »*Zenturio.*«

»Hier *Zenturio*, Sir.«

»Beamen Sie die Tochter des Vorsitzenden zu den Ausgangskoordinaten.«

»Aye, Sir.«

Gretna biß sich auf die Lippe und sprach wieder zu ihrem Vater. »Ich brauche Zeit, um nachzudenken.«

»Versprich mir, daß du dich zu keinen Unbesonnenheiten hinreißen läßt.« Er hob den Kopf. »Ich habe dich sehr lieb.«

Gretna nickte benommen – und entmaterialisierte.

Marcus lachte. »›Ich habe dich sehr lieb‹«, wiederholte er und ahmte Melkinats Stimme nach. »Das klang wirklich gut.«

»Danke«, sagte der Vorsitzende steif.

»Und was Sie betrifft...« Marcus drehte sich zu Picard um. »Herzlichen Dank für Ihr Lob. ›Marcus ist ein ausgezeichneter Lehrer‹ – wie nett von Ihnen.«

Picard rührte sich nicht von der Stelle. »Es hat mich gefreut, Ihnen helfen zu können.«

»Oh, Sie waren sehr hilfreich.« Marcus nickte. »Simulation Ende.«

Melkinat und Captain Picard lösten sich in Luft auf. Die Konturen der Beratungskammer verschwammen, und plötzlich stand Marcus auf dem Holodeck der *Zenturio*.

Seianus legte ihm die Hand auf die Schulter. »Du hast deine Rolle gut gespielt, Vetter. Gretna schweigt bestimmt, wenigstens bis morgen – und das genügt.«

»Danke, Herr«, erwiderte Marcus förmlich und kniete vor dem Kommandanten der *Zenturio*. Seianus trug einen purpurnen Umhang und darunter eine romanische Toga. »Ich stehe immer zu Ihren Diensten.«

Als Deanna Troi am nächsten Morgen auf der Transporterplattform der *Zenturio* rematerialisierte, wurde sie wie erwartet von der Bordcounselor Julia Sicania empfangen. Doch außerdem war auch Captain Seianus zugegen.

Deanna hatte sich mit Julia in Verbindung gesetzt und

sie gebeten, ihr das Schiff zu zeigen. Die Counselor von Magna Roma mochte etwa vierzig sein, aber die Falten in ihrem Gesicht ließen sie älter aussehen. »Warum?« hatte sie gefragt, als sie Trois Anliegen hörte. »Was wollen Sie hier?«

Deanna blieb äußerlich völlig ruhig, doch tief in ihrem Innern brodelte Zorn. Sie lächelte und erwiderte: »Ich möchte die sozialen Strukturen an Bord unserer beiden Raumschiffe vergleichen. Die Besatzungen stammen aus sehr unterschiedlichen Gesellschaftsformen, und in beruflicher Hinsicht wäre es sicher interessant für mich zu erfahren, wie auf Ihrem Raumschiff Probleme gelöst werden.«

Julia hatte etwas Unverständliches gebrummt und geantwortet, sie müsse einige Vorbereitungen für den Besuch ihrer Kollegin treffen. Sie unterbrach den Kom-Kontakt, doch schon nach wenigen Minuten meldete sie sich wieder, gab sich diesmal wesentlich freundlicher und lud Deanna offiziell ein. Bei dem zweiten Gespräch wirkte sie irgendwie eingeschüchtert.

Nun, unmittelbar nach dem Transfer auf die *Zenturio*, nahm Troi starke Emotionen wahr. Schon nach kurzer Zeit begriff sie den Grund für den Unterschied im Gebaren Julia Sicanias.

Die romanische Bordcounselor haßte den Captain der *Zenturio* und versuchte nicht, diese Gefühle zu unterdrükken. Bei Seianus spürte Deanna zuerst Verachtung und dann Ärger, der Julia galt. *Sie hält nichts von meinem Besuch,* dachte Troi. *Aber Seianus hat ihr befohlen, mich zu empfangen, und deshalb ist sie sauer auf ihn.* Dann gewann sie einen zweiten und noch etwas subtileren Eindruck von den beiden Magna Romanern: eine intensive emotionale Spannung, die auf gemeinsamen Erlebnissen in der Vergangenheit basierte, einer inzwischen nicht mehr existierenden persönlichen Beziehung.

Seianus und Julia wußten nichts von den Fähigkeiten einer Betazoidin – oder sie waren nicht darüber informiert, daß betazoidisches Blut in Deannas Adern floß.

Troi entdeckte keine Anzeichen von Wachsamkeit ihr gegenüber, keinen Hinweis darauf, daß die Magna Romaner ihre Empfindungen zu verbergen versuchten. Allem Anschein glaubten sie, freundliche Mienen genügten, um die Besucherin zu täuschen. Deanna beschloß, sich ebenfalls nichts anmerken zu lassen.

»Hochverehrte Commander Troi!« sagte Julia, trat vor und strahlte. »Wir sind glücklich darüber, Sie an Bord der *Zenturio* begrüßen zu dürfen.«

Deanna spürte Sicanias wahre Gefühle und lächelte ironisch. »Counselor... Ich danke Ihnen für die Einladung.« Sie wandte sich an Seianus. »Freut mich, Sie wiederzusehen, Captain.«

Die primitiven Emotionen des romanischen Kommandanten weckten Verlegenheit in ihr. »Willkommen an Bord, Counselor. Bei ihrem ersten Besuch bekamen wir leider keine Gelegenheit, uns zu unterhalten. Ich hoffe, diesmal haben wir mehr Zeit füreinander.«

Deanna hob die Brauen. »Vielleicht nachdem mich Counselor Sicania durch Ihr Schiff geführt hat, Captain.«

Seianus lächelte charmant. »Zufälligerweise warten derzeit keine dringenden Pflichten auf mich. Ich könnte Sie also selbst begleiten – wenn Sie damit einverstanden sind.«

»Oh, natürlich«, erwiderte Deanna. »Das wäre sehr nett von Ihnen.«

»Ausgezeichnet. Ich schlage vor, wir beginnen sofort mit der Besichtigungstour.« Seianus überließ Deanna den Vortritt, als sie den Transporterraum verließen. »Wenn ich Ihnen zuerst den Maschinenraum zeigen darf...«

Troi lachte. »Von Materie-Antimaterie-Wandlern habe ich bereits genug gesehen, Captain Seianus.«

»Oh, sicher. Ich vergesse, daß Sie von einem Raumschiff der Galaxis-Klasse kommen. Im Vergleich dazu müssen Ihnen die Einrichtungen dieses Kreuzers banal erscheinen.«

»Wie wär's mit der Schule?« fragte Deanna. »Ich würde

gern mehr darüber herausfinden, wie Ihre Gesellschaft so dynamisch und vital wird.«

»Nun gut, hier entlang.« Seianus führte die Besucherin am Turbolift vorbei durch einen langen Korridor.

Nach einer Weile blieb Deanna an einer Tür stehen, hinter der sie leises Stöhnen hörte.

»Was ist das hier?« erkundigte sie sich.

»Unsere Krankenstation«, entgegnete Seianus.

»Darf ich?« Troi wartete keine Antwort ab, öffnete die Tür und trat ein.

Die Krankenstation der *Zenturio* bestand aus einem kleinen Zimmer mit sechs schmalen Diagnoseliegen. An der einen Wand stand ein Schreibtisch. Ein schlanker, dunkelhäutiger Mann mit lockigem Haar saß dort und wurde sofort nervös, als er den Captain sah. Mit einem Satz sprang er auf, klopfte mit der Faust auf die Brust und streckte den Arm zum romanischen Gruß.

Seianus nickte nur. »Stehen Sie bequem, Doktor. Counselor, ich möchte Ihnen Dr. Marius Tertius Secondus vorstellen, den stellvertretenden Leiter der medizinischen Abteilung. Marius, Lieutenant Commander Deanna Troi von der *Enterprise*.«

Deanna begrüßte den Arzt und sah sich dann überrascht um. »Das ist Ihre ganze Krankenstation?«

»Nun, ja, Commander. Für gewöhnlich reicht sie aus.«

»Für gewöhnlich!« Troi machte kein Hehl aus ihrer Verblüffung. »Die Besatzung dieses Schiffes ist fast halb so groß wie die Crew der *Enterprise*, aber in unserer Krankenstation gibt es viermal soviel Platz für Patienten und Geräte!«

Marius mied den Blick der Counselor und suchte hilflos nach Worten.

»Wir ziehen andere Arten der Pflege vor«, warf Seianus ein. »Die Männer und Frauen an Bord dieses Schiffes sind in der Lage, geringfügige Verletzungen selbst zu behandeln, und die meisten Verwundeten werden in ihren Kabinen behandelt.«

Diesmal gelang es Deanna, wieder ruhig und gelassen zu klingen. »Was ist mit Krankheiten, die große Gruppen betreffen? Zum Beispiel Epidemien.«

Seianus lächelte. »Wir ermutigen die Besatzung der *Zenturio,* nicht krank zu werden.« Die Bemerkung war als Scherz gemeint, aber Deanna hörte auch einen seltsamen Ernst in der Stimme des Captains.

Sie fragte sich, welche Ausstattung und Minimalgröße Starfleet für Krankenstationen verlangte. Achtete Seianus die entsprechenden Vorschriften oder ignorierte er sie einfach?

»Jetzt möchte ich Ihnen die Schule zeigen«, sagte er und griff nach dem Arm der Counselor.

Sie gingen zum nächsten Turbolift. »Auch dort werden Sie Unterschiede zwischen unseren beiden Raumschiffen feststellen«, sagte Seianus unterwegs. »In der zivilen Crew Captain Picards gibt es mehr Spezialisten verschiedener Art: Linguisten, Agronomen, Soziologen, Historiker und so weiter. Ich glaube, sie unterrichten auch, nicht wahr? Nun, wir haben nur wenige Experten an Bord, und deshalb ist unser Lehrplan nicht so umfangreich.«

Als er Picards Namen nannte, spürte Deanna kurzen Zorn, der jedoch keinen Niederschlag in den Zügen des Magna Romaners fand. *Wenigstens kann ich Jean-Luc mitteilen, daß Seianus seine Gefühle teilt,* dachte die Counselor.

Als sie kurz darauf in den für die Schule reservierten Bereich gelangten, sah Troi auf den ersten Blick, was den Lehrplan der *Zenturio* von dem der *Enterprise* unterschied.

Kinder aller Altersgruppen wurden in Latein und Englisch unterrichtet — und bewiesen hervorragende Kenntnisse in beiden Sprachen. In anderen Klassen fanden historische Lektionen statt, mit dem Schwerpunkt auf der prärepublikanischen Phase Magna Romas. Der Föderationsgeschichte widmete man nur kurze und oberflächliche Aufmerksamkeit. Die technischen Unterweisungen waren ebenfalls recht intensiv und galten in erster Linie den praktischen Anwendungen; theoretische Wissenschaft spielte eine untergeordnete Rolle.

Anschließend beobachtete Deanna die Leibesübungen. Dort war die Ausbildung besonders streng: Troi zuckte zusammen, als sie mehrere kleine Kinder sah, die wuchtige Schläge größerer Schüler hinnahmen, ohne Schmerz zu zeigen. Sie fielen häufig und standen sofort wieder auf, so als sei überhaupt nichts geschehen. Aus den Augenwinkeln bemerkte die Counselor Seianus' stolzes Lächeln.

Von der Pubertät an kam der Sportunterricht militärischem Exerzieren gleich. In dieser Hinsicht gab es keine Starfleet-Vorschriften, erinnerte sich Deanna. Wahrscheinlich bestimmte die Regierung von Magna Roma, wie Seianus den zivilen Teil der *Zenturio*-Besatzung zu behandeln hatte. Aber kannte die Regierung alle Einzelheiten?

Einige Minuten später verließen sie die Schulsektion. »Jetzt verstehen Sie sicher, warum wir hier keine sozialen Probleme haben«, sagte Seianus. »Die Antwort lautet: romanische Tradition und Disziplin. Meiner Ansicht nach ist die Schule der wichtigste Bereich an Bord dieses Schiffes. Kinder verkörpern die Zukunft unserer Nation. Ich bin sehr stolz auf ihre Leistungen, fast ebensosehr wie auf die Tüchtigkeit der Crew.«

Natürlich, dachte Troi. *Aber müssen sich die Angehörigen der Crew dem gleichen Training unterziehen?*

Steht auch Jenny de Luz eine solche Ausbildung bevor?

Auf dem Rückweg zum Transporterraum plauderten Seianus und Deanna über belanglose Dinge.

»Ich habe mich sehr über Ihre Gesellschaft gefreut, Counselor«, sagte der Captain. »Ich hoffe, dies war nicht unsere letzte Begegnung.« Er hauchte einen Kuß auf Trois Handrücken.

Deanna wußte, welche Absichten, Motivationen und Wünsche Seianus mit diesen Worten verband. Sie nickte und trat auf eins der Transferfelder. »Und ich hoffe, mehr über Sie herauszufinden – und zwar schon recht bald.«

Seianus wirkte ein wenig verwirrt, als Deanna entmaterialisierte.

Troi begab sich sofort in den Bereitschaftsraum, um Bericht zu erstatten. Captain Picard wartete schon auf sie, hatte die Hände auf den Rücken gelegt und ging vor dem breiten Panoramafenster auf und ab.

»Ihre Eindrücke, Counselor.«

»Nun, Sir, wie Sie wissen, herrscht in der *Zenturio* eine ganz andere Kommandostruktur. Das Leben an Bord ist... militärischer, und man legt großen Wert auf die Traditionen Magna Romas.«

Picard überlegte einige Sekunden lang. »Legt man *zuviel* Wert darauf?« fragte er langsam.

Deanna seufzte schwer. »Nein, Sir. Es gibt nichts zu beanstanden... Trotzdem muß ich Ihnen mitteilen, daß ich Ihren Argwohn in bezug auf Seianus für gerechtfertigt halte. Er ist nicht das, was er zu sein scheint.«

Picard blieb stehen und rieb sich das Kinn. »*Was* ist er?«

Unbehagen erfaßte Deanna, als sie den Ärger des Captains wahrnahm. »In diesem Punkt bin ich mir nicht sicher, Sir. Vielleicht kann ich Ihre Frage nach einem zweiten Besuch beantworten.«

Der Türmelder summte.

Picard drehte sich um. »Herein.«

Das Schott glitt beiseite, und Data kam in den Bereitschaftsraum.

»Ich habe jetzt alle von Ihnen gewünschten Informationen über die Volcinii-*Gens*, Sir«, sagte er.

Picard ließ sich erschöpft in den Sessel hinter seinem Schreibtisch sinken. »Ich höre, Mr. Data. Bitte bleiben Sie, Counselor. Dies dürfte Sie ebenfalls interessieren.«

Der Androide räusperte sich — eine theatralische Geste, mit der er menschliches Gebaren imitierte, glaubte Picard. »Sie hatten völlig recht, was den Begriff ›*Gens*‹ betrifft, Captain. Wie in der terranischen Antike bezieht er sich auf einen Clan beziehungsweise eine Gruppe von Familien, deren Oberhäupter von gemeinsamen Vorfahren abstammen – in diesem Fall wahrscheinlich von jemandem namens Volcinius. Vielleicht handelt es sich dabei um eine authentische historische Gestalt. Die Parallelen zwischen den Clanstrukturen auf Magna Roma und entsprechenden Erscheinungen in der Vergangenheit anderer Föderationswelten sind außerordentlich faszinierend.« Data kam allmählich in Schwung, doch als er Picards Gesichtsausdruck bemerkte, fügte er hastig hinzu: »Allerdings ist dies nicht der geeignete Zeitpunkt, um darauf einzugehen.

Die Volcinii-*Gens* war eine mächtige Patrizier-Familie während der imperialen Epoche. Im Lauf der Zeit sammelte sie ein großes Vermögen und gewann immer mehr politischen Einfluß. Wenn das alte Kaiserreich überdauert hätte, wären die Volcinier vielleicht in der Lage gewesen, ein Familienmitglied auf den Thron zu setzen.«

»Dann sind sie bestimmt nicht begeistert gewesen, als der Übergang zur Republik begann«, warf Deanna ein.

»Sie haben sich gut vorbereitet. Sie konnten natürlich nicht jene Ereignisse voraussehen, die zum Ende des Kaiserreichs und dem Beginn der Republik führten, aber seit vielen Jahren unterhielten sie gute Kontakte zu allen Parteien, auch zu der demokratischen Bewegung, die nach dem Sturz des Prokonsuls Claudius Marcus und seiner Marionette – damit meine ich den letzten Kaiser – an die Macht kam. In den ersten Phasen der Revolution gewährten die Volcinier der revolutionären Armee erhebliche Unterstützung.«

Picard wußte, daß der Fall des Kaiserreichs unmittelbare Folge des Besuchs war, den eine frühere USS *Enterprise* dem Planeten Magna Roma – Codebezeichnung 892-IV – abgestattet hatte. Der Beweis, daß es andere Welten gab, auf denen keine Brutalität reagierte, sondern Vernunft, gab den demokratischen Revolutionären Mut und führte fünf Jahre später zur endgültigen Krise der imperialen Regierung. Kurze Zeit später schloß sich die Republik von Magna Roma der Föderation an.

»Wann fand die Revolution auf Magna Roma statt, Data?« fragte Picard.

»Vor etwa siebzig Jahren, Sir.«

»Hm. Während dieser Zeit sind die Volcinier ganz offensichtlich nicht in der Lage gewesen, die frühere Macht zurückzugewinnen — obgleich sie den Anschein erweckten, mit den Demokraten zu sympathisieren.«

»Ich glaube, die republikanische Regierung teilt Ihre Skepsis in Hinsicht auf die wahren Motive der Volcinier, Sir«, fuhr Data fort. »Die Angehörigen der *Gens* wurden allmählich aus den Regierungskörperschaften verdrängt, und wenn sich Volcinier zur Wahl stellten, bekamen sie kaum Stimmen. Aber die Zeit deckt den Mantel des Vergessens über unangenehme Erinnerungen, und das Volk von Magna Roma dachte schließlich nicht mehr daran, welche wichtige Rolle die Volcinier in der grausamen Diktatur der imperialen Epoche gespielt hatten.«

Picard nickte. »Welche Verbindungen existieren heute zwischen Captain Seianus und der *Gens*?«

»Das weiß ich nicht, Sir.«

»Spekulieren Sie.«

»Wie Sie wünschen, Captain«, erwiderte Data. »Marcus Julius Volcinius befindet sich zwar nur als Berater an Bord der *Zenturio*, aber seine Präsenz deutet darauf hin, daß die *Gens* Seianus im Auge behält.«

»Bestimmt sie sein Verhalten?«

»Nein, Sir«, sagte der Androide. »Angesichts der großen Entfernung sind keine unmittelbaren Kontakte mit Magna Roma möglich.«

»Aber der wachsende Ruhm des romanischen Captains...«, begann Deanna.

»Davon profitiert auch seine Familie.« Picard erhob sich und wanderte erneut auf und ab. »Was könnte geschehen, wenn er plant, die Volcinii-*Gens* wieder an die Macht zu bringen?«

»Alle Volcinier müssen von den Magna Romanern gewählt werden, Captain«, gab Deanna zu bedenken. »Es genügt nicht, mit Seianus verwandt zu sein, um einen hohen Posten zu bekleiden.«

»Vielleicht strebt Seianus gar keine politischen Ämter für die *Gens* an, Sir«, sagte Data. »Möglicherweise denkt er dabei in erster Linie an sich selbst.«

Picard blieb stehen. Auch in demokratischen Nationen war es im Krieg erfolgreichen Generälen gelungen, triumphale Wahlerfolge zu erringen. Wollte Captain Lucius Aelius Seianus den gleichen Weg beschreiten?

Er wandte sich dem Fenster zu. Irgendwo dort draußen schwebten die beiden M'Dok-Schiffe im All – und auch die *Zenturio*.

Welche Pläne wurden dort geschmiedet?

»Was erwarten Sie von mir, Jenny?« fragte Gaius ein wenig verärgert. »Ich habe weder die Autorität noch den Wunsch, die Maßnahmen des Captains in Frage zu stellen. *Er* hat die Neutralisierung der Sicherheitsmodule im Simulationsprogramm veranlaßt.«

»Ich bitte Sie, Gaius! Es ist nicht richtig, daß Menschen auf dem Holodeck sterben. Es dient doch nur Übungszwecken.«

Gaius Aldus schüttelte den Kopf. »Das sehen Sie zu einfach, Jenny. Soldaten nehmen die Simulation nicht ernst, wenn sie wissen, daß überhaupt keine echte Gefahr besteht. Dann mangelt es ihnen an Motivation. Aber wenn ihnen klar ist, daß eine reale Bedrohung von dem Gegner ausgeht...«

»Ich weiß«, unterbrach Jenny den Magna Romaner. »Ich habe dieses Argument schon einmal von Ihnen gehört. Aber es überzeugt mich noch immer nicht.«

Gaius seufzte. »Nun, dann sollten wir uns damit abfinden, daß wir unterschiedliche Meinungen vertreten. Wenn es Sie so sehr belastet... Ich schlage vor, Sie verzichten auf Ihre Teilnahme an diesem Einsatz.«

Jenny verschränkte die Arme und sah den Mann wütend an. »Vielleicht beherzige ich Ihren Rat.«

»Gut.« Gaius ging zum Holodeckeingang, doch nach zwei Schritten drehte er sich ruckartig um. »Wenn Sie nichts davon halten... Vielleicht sollten Sie überhaupt nicht mehr hierherkommen.«

»Verlangen Sie etwa von mir, daß ich einfach warte, bis Sie von einem simulierten Barbaren umgebracht werden?«

»Noch bin ich nicht tot!« erwiderte Gaius scharf. Er schrie fast. »Hören Sie...«

Jenny preßte ihm plötzlich die Hand auf den Mund. »Man beobachtet uns.«

Gaius unterbrach sich und blickte nach links.

Sechs romanische Soldaten standen im Zugang des Holodecks und sahen mit großem Interesse in ihre Richtung.

»Was starren Sie so?« zischte Gaius und deutete auf das geöffnete Schott. »Gehen Sie da rein und beginnen Sie damit, das Lager zu errichten!«

Die Soldaten gehorchten hastig.

Gaius schloß die Hand um Jennys Arm und führte sie durch den Korridor. »Während der Übungen mache ich mir auch um Sie Sorgen«, sagte er leise.

»Im Ernst?« Jennys Zorn verrauchte.

»Natürlich — aber das ändert nichts an der Situation dort drin. Bei den Trainingsmissionen geht es um Leben und Tod. Ein einziger Fehler, und...«

»Na schön.« Jenny gab sich zunächst einmal geschlagen. »Folgen wir den anderen. Und wir sollten gut aufeinander achtgeben.«

Auf dem Holodeck erwartete sie eine ähnliche Szene wie bei der ersten Simulation, die Jenny erlebt hatte. Wieder waren Germanen der Feind, und Gaius' Männer nutzten die gleiche Taktik, lauerten im Hinterhalt. Aber es gab auch Unterschiede, und der wichtigste bestand darin, daß niemand starb. Nur simulierte Gegner kamen ums Leben, und die meisten Kämpfe fanden viel zu weit entfernt statt, um auf die junge Sicherheitsbeamtin real zu wirken. Außerdem sah das Szenario weitaus größere Gruppen auf beiden Seiten vor.

Diesmal fand die Schlacht von Britannia statt — sie stellte den historischen Wendepunkt im romanischen Krieg gegen die Germanen dar. Die germanischen Stämme hatten lange genug Frieden gechlossen, um eine Armee aufzustellen und sie übers Meer zu schicken. Sie liehen sich Schiffe von ihren Nachbarn im Norden, den Wikingern, um die romanische Stadt Londinium anzugreifen. Die Germanen glaubten, dort nur auf geringen Widerstand zu treffen. Sie beabsichtigten, den romanischen Einfluß im Westen drastisch zu verringern und dem Prestige Roms einen schweren Schlag zu versetzen, doch ihre Hoffnungen sollten sich nicht erfüllen. Londinium war kein hilfloses Opfer, sondern eine von romanischen Strategen sorgfältig vorbereitete Falle.

Das germanische Heer ging im Süden Britannias an Land und rückte sofort gegen Londinium vor. Unterwegs verschwendeten die Germanen keine Zeit damit, kleinere Orte zu plündern, denn es wartete weitaus größere Beute auf sie. Doch auf den weiten und scheinbar leeren Wiesen verbargen sich viele romanische Legionen. Als die Falle zuschnappte, waren die Angreifer völlig überrascht, und die Schlacht endete nicht etwa mit einem germanischen Sieg, sondern mit dem Triumph Roms.

Die Simulation sollte es Offizieren ermöglichen, Kommandoerfahrungen auf dem Schlachtfeld zu sammeln — die Priorität galt also nicht etwa Zweikämpfen. Gaius fungierte als Oberbefehlshaber der versteckten Legionen, und die anderen Magna Romaner, die mit ihm das Holodeck betreten hatten, gehörten entweder zu einem Stab oder kommandierten kleine Kampfeinheiten. Gaius Aldus mußte berittene Kuriere einsetzen, um sich über den Vormarsch der Germanen zu informieren und Anweisungen zu übermitteln — die vom Starfleet-Personal für selbstverständlich gehaltene moderne Kommunikationstechnik stand ihm nicht zur Verfügung. Es war also durchaus möglich, daß er falsche Befehle gab, wodurch die Germanen diese Version der Schlacht von Britannia gewinnen konnten.

»Was geschähe dann?« fragte Jenny. Sie standen im Befehlsstand am Rand von Londinium. Hinter ihnen erstreckte sich die stille Stadt, und vorn reichte eine vom Mondschein erhellte Ebene bis zum Horizont. Mit dem bloßen Auge – Ferngläser fehlten in ihrer Ausrüstung – waren die vorrückenden Germanen noch nicht zu sehen, ebensowenig wie die verborgenen Legionen. Wenigstens brauchten Jenny und Gaius nicht zu flüstern; sie unterhielten sich in normaler Lautstärke.

»Ich nehme an, dann stürmt das germanische Heer die Stadt und bringt uns alle um«, antwortete der Magna Romaner.

Jenny hörte die Anspannung in seiner Stimme und legte ihm sanft die Hand auf den Arm. Sie fühlte harte und leicht zitternde Muskeln. »Sie könnten den Computer rechtzeitig anweisen, die Simulation zu beenden.«

Gaius lächelte gezwungen. »Für die Niederlage in der Schlacht von Britannia gäbe mir die Maschine so wenige Leistungspunkte, daß es für mich besser wäre, im Kampf zu sterben.«

»Warum treffen Sie nicht einfach die gleichen Entscheidungen wie der historische General?«

Gaius schüttelte den Kopf. »Unser Gegner greift nicht mit der gleichen Taktik an wie die damaligen Germanen. Andernfalls hätte diese Übung keinen Sinn, oder?«

Jenny zog die Hand zurück. Wahrscheinlich hatte der Magna Romaner sie nicht einmal gespürt.

»Dort!« rief einer der Offiziere.

In der Ferne zeigten sich die ersten Germanen, nur erkennbar an den Blitzen, Reflexe des Mondlichts auf Speeren und Streitäxten. Jenny beobachtete sie mit einer Mischung aus Faszination und vager Besorgnis. Sie bildeten eine lange Reihe, und nach einer Weile zeichneten sich im aufgewirbelten Staub die Konturen einzelner Gestalten ab.

Die Germanen waren klug genug gewesen, Späher nach Norden zur Mündung der Tamesis – dem Fluß, der Londinium in zwei Hälften teilte – und auch in Richtung

Stadt zu schicken. Aber die Romaner hatten damit gerechnet: Die Kundschafter fanden nichts. Jetzt kehrte die Spähergruppe zum Gros des vorrückenden Heeres zurück.

Gaius duckte sich hinter die Mauer, die ganz Londinium umgab, und beobachtete den sich nähernden Gegner. Wenn er zu früh das Zeichen zum Angriff gab, beschwor er eine Katastrophe herauf; wenn er zu lange wartete, ergaben sich weniger gefährliche Konsequenzen. Diese Erkenntnis stand in einem krassen Gegensatz zu allen Prinzipien seiner militärischen Denkweise, aber es handelte sich doch um eine unumstößliche Wahrheit.

Jenny de Luz schnappte unwillkürlich nach Luft, als die Germanen so nahe herankamen, daß sie einzelne Männer sah. Es waren Tausende; zum erstenmal in ihrer Geschichte hatten die Stammesoberhäupter ihre Differenzen lange genug überwunden, um eine so große Armee zu schaffen. Die junge Sicherheitsbeamtin musterte hochgewachsene und muskulöse Krieger, blonde und rothaarige Hünen mit langen Bärten, in ihren Händen Schwerter und Streitäxte.

Sie marschierten ohne jede Ordnung heran, bildeten einen riesigen strukturlosen Haufen. Jeder Germane ging schneller als unbedingt notwendig, offenbar versessen darauf, die Stadt als erster zu erreichen. Hier und dort ritten einige auf Pferden – Anführer, vermutete Jenny –, aber niemand von ihnen versuchte, das Heer zu formieren. Statt dessen trieben sie ihre Rösser an den anderen Männern vorbei und übernahmen die Spitze.

Jenny bemerkte auch, daß die Germanen blindlings vorstürmten und überhaupt nicht darauf achteten, was rechts und links geschah. Dicht vor der Stadt drängten sie sich zusammen, um den schmalen Bereich zwischen dem Flußufer auf der einen und dem niedrigen Hügel auf der anderen Seite zu passieren – eine Falle, die selbst jemand mit geringen strategisch-taktischen Kenntnissen erkannt hätte.

Gaius stand zunächst völlig reglos, doch von einem Augenblick zum anderen, sprang er vor, hob eine Peitsche und holte mit ihr aus. Es knallte zweimal – das Zeichen für drei schlanke junge Männer, die auf den schnellsten Pferden saßen, zu den Kommandeuren der einzelnen Legionen zu reiten. Sie stoben davon und beugten sich weit vor, um im Sattel zu bleiben.

»Marius!« rief Gaius einem Offizier zu. »Sagen Sie Ihren Männern, sie sollen am Fluß Aufstellung beziehen. Schnell!«

Der Magna Romaner nickte und lief los.

Die germanischen Stammesoberhäupter saßen auf großen zottigen Pferden, schwangen ihre Schwerter und stießen grölende Kampfschreie aus, als sie den Stadtrand erreichten. Antonius Appius, ein schweigsamer Offizier mit der stillen Tödlichkeit einer Schlange, winkte kurz, und daraufhin traten zehn Männer vor, jeder von ihnen mit einem Pilum bewaffnet. Sie holten aus, warfen die schweren Speere und trafen das knapp ein Dutzend Meter entfernte Ziel: Zehn Barbaren röchelten und starben. Die Speerkämpfer griffen nach weiteren Pila und warteten.

Die überlebenden Stammesoberhäupter zügelten ihre scheuenden Pferde und begriffen, daß irgend etwas nicht mit rechten Dingen zuging. Laute Stimmen erklangen, als die Romaner hinter der anderen Seite des Hügels hervorkamen, um den Feind in den Fluß zu treiben.

Die Germanen waren entschlossene Kämpfer und setzten sich tapfer zur Wehr. Sie brüllten, und Metall klirrte auf Metall – ein ohrenbetäubender Lärm entstand. Aber Jenny sah schon nach wenigen Minuten, daß sie keine Chance gegen die disziplinierten Romaner hatten. Drei lange romanische Infanterie-Reihen rückten beständig vor, und am Fluß erwies sich Größe und Gewicht der Germanen als Nachteil. Mühsam stapften sie durch den Schlamm, rutschten aus und fielen. Die Legionäre kannten kein Erbarmen, stießen immer wieder mit ihren Klingen zu.

Einige Germanen kehrten in die Richtung zurück, aus der sie kamen. Sie versuchten, nach Osten zu fliehen, aber plötzlich wurden sie mit mehreren hundert romanischen

Kavalleristen konfrontiert, die ihnen mit langen Lanzen den Garaus machten oder sie von den Pferden einfach niedertrampeln ließen. Jenny beobachtete, wie sich das Wasser des Flusses rot färbte.

Ein weitaus größeres Problem stellten jene Germanen dar, die sich im Westen von ihren romanischen Gegnern gelöst hatten und sich Londinium näherten. *Damit droht nicht nur der Stadt erhebliche Gefahr, sondern auch uns,* dachte Jenny.

Mehrere Stammesoberhäupter, die Antonius Appius' Pila-Werfern ausgewichen waren, schöpften Mut, als ihre Krieger zu ihnen aufschlossen. Sie begannen mit einem neuen Angriff.

Marcus Claudius' Kohorte – dreihundert Infanteristen, an den Flanken von Speerkämpfern und berittenen Lanzenträgern unterstützt – wandte sich vom Fluß ab, um den Ansturm des Gegners zu blockieren.

Die mit Speeren ausgerüsteten Soldaten verließen das Flußufer und stürzten sich auf die große Gruppe der Germanen, während sich die Reiter an der Seite hielten und den Gegner Richtung Infanterie trieben.

Die Germanen schrien aus vollem Halse und liefen den Romanern entgegen. Die erste Verteidigungslinie fiel, aber sofort trat die zweite vor, um alle Lücken zu schließen. Die dritte setzte ihre Pila ein. Mit verheerender Wirkung: Innerhalb weniger Minuten waren alle Germanen tot oder in die Flucht geschlagen. Die Überlebenden versuchten, sich nach Osten abzusetzen, aber dort begegneten sie den Hauptabteilungen der romanischen Truppen und starben ebenfalls.

Die drei Kuriere kehrten zurück, zügelten ihre Pferde, stiegen ab und grüßten den Oberbefehlshaber.

»Alle Kommandeure sind wohlauf«, berichtete einer.

»Gut«, erwiderte Gaius. »Simulation Ende.«

Von einem Augenblick zum anderen verschwanden Londinium und die weite Ebene. Hunderte von Legionären und Germanen lösten sich in Luft auf, und es blieben nur einige Magna Romaner und Jenny de Luz übrig. Die junge Frau senkte den Kopf und starrte auf das nackte Holodeck.

Es dauerte eine Weile, bis die Besorgnis aus ihren Zügen wich. Sie holte tief Luft und ließ den Atem langsam entweichen. *Das Reich ist wieder sicher,* dachte sie.

Jenny lächelte, als sie Gaius' Blick einfing.

Und ich ebenfalls.

KAPITEL 8

Das Summen des Kommunikators weckte Picard, und er vernahm Datas Stimme. »Eins der beiden M'Dok-Schiffe steuert aus der Umlaufbahn, Sir. Sie haben darum gebeten, sofort verständigt zu werden, wenn...«

»Bin schon unterwegs«, sagte Picard und rollte sich vom Bett.

Als er die Brücke erreichte, saß Wesley Crusher an der Navigationskonsole, und Data wartete im Kommandosessel. Der Androide stand sofort auf und nahm seinen Platz an der Operatorstation ein.

»Status?« fragte Picard und setzte sich.

»Ein M'Dok-Schiff hat den tenaranischen Orbit verlassen, Sir«, meldete Wesley. »Offenbar kehrt es ins Reich zurück.«

»Und das andere Raumschiff, Fähnrich?« erkundigte sich Picard. Er beobachtete die verschwommenen Konturen auf dem Wandschirm.

»Noch immer in der Umlaufbahn, Sir.«

»Was ist mit der *Zenturio*?«

»Sie befindet sich derzeit hinter dem Planeten, Sir. In dreißig Minuten müßte sie wieder von unseren Sensoren erfaßt werden.«

Während der nächsten Stunden senkte der M'Dok-Kreuzer in unregelmäßigen Abständen die Schilde, um Absichten und Entschlossenheit der *Enterprise*-Crew zu testen. Wenn das geschah, ordnete Picard sofort eine Verstärkung der Deflektoren an und verringerte die Entfernung zum anderen Schiff. Seine Botschaft war unmißverständlich: keine Shuttles, keine Transportereinsätze. Die M'Dok gaben sofort wieder Energie auf die Schilde, und daraufhin befahl Jean-Luc dem Navigator, die *Enterprise* wieder auf Distanz zu halten und das Deflektorfeld auf ein notwendiges Minimum zu reduzieren.

Die M'Dok hätten das Starfleet-Schiff jederzeit angreifen können, und angesichts ihrer Aggressivität fragte sich Picard, warum sie bisher darauf verzichtet hatten. Vielleicht begriffen sie, daß sie damit den sicheren Tod heraufbeschworen hätten. Vielleicht waren selbst die M'Dok vernünftig genug, um ihr Leben nicht einfach wegzuwerfen.

Während jener langweiligen und gleichzeitig gefährlichen Stunden saß Picard im Kommandosessel, den Ellenbogen auf dem Knie, das Kinn auf die Faust gestützt. Die ganze Zeit über galt sein Blick dem Wandschirm, der das fremde Raumschiff zeigte. *Was haben die M'Dok vor?* überlegte er. *Warum sind sie hier? Und was plant Seianus?* Die *Zenturio* war nicht zur üblichen Zeit erschienen, und dieser Umstand erfüllte den Captain mit zunehmender Besorgnis.

Schließlich verdrängte er diese belastenden Gedanken, stand auf und streckte sich. In der Stille war deutlich das Knacken seines Rückgrats zu hören. »Versuchen wir es noch einmal«, sagte er. »Mr. Worf, öffnen Sie einen Kom-Kanal...«

»Sir!« rief Wesley. »Die *Zenturio*!«

»Wo, Mr. Crusher? Genaue Ortsangabe und Flugbahn.«

»Am Rand unserer Sensorreichweite. Sie kommt aus einem hohen und elliptischen Transferorbit, hält genau auf uns und das M'Dok-Schiff zu.«

»Verdammt!« knurrte Picard und ballte die Fäuste. »Die M'Dok halten das bestimmt für einen Angriff. Worf, Grußfrequenzen öffnen. *Zenturio*, hier spricht Picard. Captain Seianus, unterbrechen Sie unverzüglich den Anflug! Hören Sie mich? Ändern Sie den Kurs!«

»Die M'Dok haben ihre Schilde bis zum Maximum verstärkt«, warf der Klingone ein.

Picard schüttelte den Kopf. *Zum Teufel mit Seianus!* »Volle Energie auf unsere Deflektoren, Mr. Worf.«

»Die *Zenturio* hat sich ebenfalls in ein Schutzfeld gehüllt, Sir«, sagte Data.

»Das M'Dok-Schiff feuert! Auf die *Zenturio*!«

Picard kam dem Klingonen zuvor. »Wir warten ab, Mr. Worf.«

Wesley hob den Kopf. »Abfangkurs der *Zenturio*. Sie greift an!«

Die Brückenoffiziere starrten auf den Wandschirm und beobachteten, wie sich die *Zenturio* dem M'Dok-Schiff mit hoher Geschwindigkeit näherte.

Der Starfleet-Kreuzer feuerte die auf höchste Energiestärke justierten Phaser ab, und die Schilde des M'Dok-Schiffs schimmerten hell, als sie die Salve absorbierten. Es folgten einige Photonentorpedos der *Zenturio*, und daraufhin flackerten die Deflektoren.

»Die Schilde sind überlastet.« Wesley murmelte, aber trotzdem hörten ihn alle. »Warum reagieren die Katzenwesen nicht?«

Picard kannte den Grund: die *Enterprise*. Er versuchte, sich in die Lage des M'Dok-Kommandanten zu versetzen. Würde auch das zweite Starfleet-Raumschiff in den Kampf eingreifen, wenn er auf die *Zenturio* feuerte? Gegen zwei so starke Gegner hatte er nicht die geringste Chance. Die einzige Alternative hieß Rückzug.

Jean-Luc nickte zufrieden, als er sah, wie das M'Dok-Schiff die Umlaufbahn verließ. Die Deflektoren verblaßten kurz, als es beschleunigte und rasch schneller wurde.

Seianus nahm die Verfolgung auf.

»Sollten wir nicht aus dem Orbit steuern, Sir?« fragte Wesley. »Falls die *Zenturio* Hilfe braucht?«

»Nein«, sagte Picard fest. »Nein, auf keinen Fall. Unsere Aufgabe besteht in erster Linie darin, Tenara zu schützen. Sorgen Sie nur dafür, daß beide Schiffe auf dem Wandschirm bleiben.« *Wenn Seianus in ernste Schwierigkeiten gerät, bleibt mir gar nichts anderes übrig, als ihm zu helfen.*

Das Projektionsfeld zeigte eine lautlose Schlacht. Die *Zenturio* flog direkt hinter dem M'Dok-Schiff, setzte weiterhin Phaser und Photonentorpedos ein.

»Die Geschwindigkeit der M'Dok beträgt nur Warp null Komma eins, Sir«, brummte Worf. »Allem Anschein nach hat die erste Salve das Triebwerk beschädigt.«

Picard vernahm einen seltsamen Klang in Worfs Stimme – er schien Seianus' Taktik zu bewundern. Der Klingone vertrat sicher den Standpunkt, daß es richtig war, von allen offensiven Mitteln Gebrauch zu machen, wenn man zu einem Kampf gezwungen wurde. *Hoffentlich versteht er auch, daß für Seianus gar keine Notwendigkeit bestand, die M'Dok anzugreifen. Der Magna Romaner hat dieses Gefecht selbst provoziert, indem er ganz plötzlich mit der* Zenturio *heranraste.*

»Die M'Dok erwidern jetzt das Feuer«, stellte Worf mit deutlicher Genugtuung fest. »Sie haben keine Wahl.«

»Kom-Kanal zur *Zenturio*, Mr. Worf«, sagte Picard.

»Kanal offen, Sir.«

»Captain Seianus, ich bitte Sie eindringlich, alle Kampfhandlungen einzustellen, bevor jemand verletzt oder gar getötet wird.«

Das Gesicht des Magna Romaners erschien auf dem Schirm. »Wir...«

Dicke Strahlblitze zuckten aus dem stählernen Leib des M'Dok-Schiffes; die *Zenturio* fand einen ebenbürtigen Gegner.

Die M'Dok schlugen mit ihrem ganzen Zerstörungspotential zu und leiteten einen großen Teil der Deflektorenenergie in die Phaserkanonen. Ihre romanischen Widersacher gerieten so sehr in Bedrängnis, daß sie die drastisch herabgesetzte Feldstärke der Schilde nicht ausnutzen konnten.

»Leichte Schäden an Bord der *Zenturio*«, sagte Worf. »Wenn es so weitergeht, besteht echte Gefahr für sie.«

Tief in seinem Innern hatte Picard gewußt, daß es schließlich dazu kommen mußte, daß ihn Seianus in einen Kampf verwickelte, der ihn zwang, intelligentes Leben auszulöschen. »Na schön! Wir greifen ein. Mr. Crusher, programmieren Sie einen Annäherungskurs und bringen

Sie uns so schnell wie möglich zur *Zenturio.* Mr. Worf, volle Energie auf die Schilde. Und auch auf die Phaser, sobald wir in Reichweite sind.«

Als sich die *Enterprise* von Tenara entfernte, beschleunigte Seianus' Schiff und flog durch die weiterhin aufblitzenden Phaserstrahlen.

Das Manöver überraschte die M'Dok, und sie wichen nicht rechtzeitig aus. Die beiden Raumschiffe kollidierten mit hoher Geschwindigkeit.

Genauer gesagt: Ihre Schilde stießen aufeinander. Die Deflektoren flackerten und gleißten, als sie kinetische Energie absorbierten – und die Schiffe prallten wie Gummibälle voneinander ab.

Doch Seianus hatte den Kurs so gewählt, daß er den M'Dok-Raumer nur streifte. Die *Zenturio* zitterte kurz, bevor sich ihre Fluglage wieder stabilisierte; das energetische Niveau der Deflektoren sank ein wenig, aber die Schilde blieben stabil. Das M'Dok-Schiff hingegen drehte sich um die eigene Achse, und an einer Stelle gab es einen breiten Strukturriß in ihrem Schutzfeld. Als dieser Bereich wieder in Sicht geriet, feuerte Seianus Photonentorpedos ab, und sie trafen die ungeschützte Stelle mit tödlicher Zielsicherheit.

Das M'Dok-Schiff explodierte lautlos. Die wundervolle Konstruktion aus Metall, Energie und Ingenieurskunst, aus Wissenschaft und Technik, aus Hard- und Software, wurde von einer künstlichen, grell lodernden Sonne verschlungen, die nur einige wenige Wrackteile übrigließ.

Das entsetzliche Glühen verblaßte, und kurz darauf zeigte der Wandschirm wieder den leeren Weltraum.

»Captain Seianus meldet sich.«

»Audiovisueller Kontakt.«

Das im Projektionsfeld erscheinende Gesicht des Magna Romaners wirkte verwirrt. »Warum haben Sie uns nicht sofort unterstützt, Picard?«

Einige Sekunden lang war Jean-Luc viel zu verblüfft, um Antwort zu geben. Dann faßte er sich. »Sie haben den

Kampf mit voller Absicht provoziert. Ich halte nichts davon, vernunftbegabte Lebensformen sinnlos zu töten!«

»Vernunftbegabte Lebensformen?« wiederholte Seianus ungläubig. »Sinnloses Töten? Wir sprechen von den Tieren, die tenaranische Männer, Frauen und Kinder wie Vieh geschlachtet und *gefressen* haben. Erinnern Sie sich nicht mehr an Quillens Geschichte?«

»Erinnern *Sie* sich daran, aus welchem Grund wir hier sind?« konterte Picard. »Das plötzliche Erscheinen der *Zenturio* und Ihr direkter Kurs zwangen die M'Dok zum Gefecht. Sie *wollten* das Schiff vernichten.«

»Sie vergessen, daß zuerst die M'Dok das Feuer eröffneten«, sagte Seianus eisig.

»Weil sie sich bedroht fühlten«, erwiderte Picard. »Was ist mit Ihrem Schiff und der Besatzung? Wie können Sie es wagen, ohne triftigen Grund das Leben Ihrer Crew aufs Spiel zu setzen? Dieser Kampf hätte nie stattfinden dürfen! Die M'Dok flohen!« Er sprach immer lauter und begriff, daß er Gefahr lief, die Beherrschung zu verlieren und wütend zu schreien.

»Die Katzen kamen hierher, um die Bewohner des Planeten niederzumetzeln«, sagte Seianus fest.

Picard schüttelte den Kopf. »Ich habe es bisher vermieden, mich auf meine besonderen Befugnisse zu berufen, aber Sie lassen mir keine Wahl. Außer den Anweisungen, die Admiral Delapore uns beiden gab, hat er mir auch noch eine codierte Order übermittelt. Sie ermächtigt mich dazu, den Befehl über beide Raumschiffe und die ganze tenaranische Operation zu übernehmen. So sehr ich es auch bedauere: Ihr Verhalten zwingt mich dazu, jetzt von dieser Möglichkeit Gebrauch zu machen.«

»Das ist doch Unsinn!« entfuhr es Seianus. »Warum sollte ich Ihnen glauben?«

Picard straffte die Gestalt, und seine Stimme klang wieder ruhig, als er antwortete: »Ich sende Ihnen sofort eine Kopie des Befehls. Natürlich können Sie bei Starfleet Command nachfragen, wenn Sie möchten.«

»Das werde ich«, knurrte Seianus. »Ja, das werde ich ganz bestimmt.«

Der Magna Romaner unterbrach die Verbindung.

»Was für ein Narr«, murmelte Picard und nahm im Kommandosessel Platz. *Ist es vielleicht seine* Absicht, *einen Krieg gegen die M'Dok zu beginnen?*

»Die Sensoren stellen eine interessante Anomalie auf der Oberfläche des Planeten fest, Sir«, sagte Data und unterbrach Picards Gedankengang.

»Was für eine Art von Anomalie?«

»Sie ist mir schon bei der letzten Umkreisung aufgefallen, Sir. Jetzt befinden wir uns wieder über dem entsprechenden Bereich. Es handelt sich um eine ungewöhnliche Ansammlung von metallischen Elementen.«

»Auf den Wandschirm.«

Zuerst erkannte Picard nur eine langgestreckte Lichtung im tenaranischen Wald. Am einen Ende glänzte etwas. »Vergrößerung«, wies der Captain den Androiden an.

Das Bild dehnte sich ruckartig aus, und Picard stellte fest, daß es keine natürliche Lichtung war. Sein Blick fiel auf entwurzelte Bäume und eine tiefe Furche im Boden. Das glänzende Objekt bestand aus vielen einzelnen Komponenten — die Überbleibsel eines Raumschiffs.

»M'Dok«, sagte er. »Aber wie gelang es ihnen, unbemerkt den Planeten zu erreichen?« Er öffnete einen internen Kom-Kanal zum Maschinenraum. »Mr. LaForge, was ist mit dem Satellitennetz geschehen?«

Geordis Stimme tönte aus dem Lautsprecher. »Nichts, Sir. Es funktioniert einwandfrei.«

»Eine Bruchlandung«, brummte Worf und nickte zum Wandschirm. »Vielleicht starb die ganze Besatzung.«

Picard schüttelte den Kopf. »Wissen Sie nicht, daß Katzen neun Leben haben, Mr. Worf?«

»Sir?«

»Schon gut. Wir dürfen keine voreiligen Schlußfolgerungen ziehen. Mr. Data, bitte sondieren Sie das Wrack.«

»Aye, Sir.« Nach einigen Sekunden fügte der Androide hinzu: »Keine organischen Spuren in den Trümmern, Sir.«

Picard nickte langsam. »Also sind sie irgendwo im Wald.«

Der Wald erstreckte sich über Tausende von Quadratkilometern und blieb selbst für hochentwickelte Ortungsinstrumente undurchdringlich. Für die M'Dok gab es dort unten zahllose Verstecke, und die *Enterprise* hatte keine Möglichkeit, sie zu finden. Allen Tenaranern in der Nähe des Absturzortes drohte enorme Gefahr.

Picard stand auf. »Mr. Worf, bitte versuchen Sie, einen Kontakt mit Commander Riker herzustellen. Benachrichtigen Sie außerdem die *Zenturio* — das romanische Personal, das sich derzeit auf Tenara befindet, soll mit der Suche nach den M'Dok beginnen. Ich bin im Bereitschaftsraum.«

»Aye, Captain.«

»Mr. Data?«

»Ja, Sir?« Der Androide drehte den Sessel herum.

»Ich möchte eine Antwort auf die Frage, wie die M'Dok den Planeten anfliegen konnten, ohne daß ein Alarm erfolgte. So etwas darf sich nicht wiederholen!«

Worf brauchte eine halbe Stunde, um den Ersten Offizier der *Enterprise* zu lokalisieren. Commander Rikers Gesicht erschien auf einem der kleinen Sichtschirme im Bereitschaftsraum.

Picard informierte ihn über die beiden M'Dok-Schiffe und fügte hinzu, eins sei von der *Zenturio* zerstört worden. »Das andere Schiff landete auf Tenara und brach dabei auseinander. Nichts deutet auf Leichen im Wrack hin — wir müssen also davon ausgehen, daß die M'Dok überlebt haben und nun den Wald durchstreifen. Sie befinden sich irgendwo in der Nähe von Zhelnogra, aber leider können wir sie nicht mit den Sensoren orten. Ich übermittle Ihnen jetzt die Kordinaten des Ortes der Bruchlandung.«

Rikers Züge verhärteten sich. »Das sind sehr schlechte Neuigkeiten, Captain. Hat das M'Dok-Reich bereits auf die Hilfsangebote der Föderation reagiert?«

»Nein, noch nicht.« Picard schüttelte den Kopf. »Ein Krieg ist noch immer möglich, Nummer Eins.«

»Und er würde ganz Tenara in ein Schlachtfeld verwandeln«, sagte Riker düster. »Ich hoffe inständig, daß es uns gelingt, einen Konflikt zu vermeiden.« Er zögerte kurz. »Wie passierten die M'Dok das Satellitennetz, ohne einen Alarm auszulösen?«

»Commander Data glaubt, die beiden Schiffe haben stundenlang die Sensorstrukturen der Satelliten analysiert, um dann einen Neutralisierungscode zu entwickeln. Auf diese Weise gelang es dem abgestürzten und zerschellten Raumer, das installierte Verteidigungspotential auszutricksen.«

»War das Raumgefecht vielleicht ein Ablenkungsmanöver?«

»Nein, auf keinen Fall«, erwiderte Picard fest. »Captain Seianus hat den Kampf mit voller Absicht provoziert.«

Riker schüttelte den Kopf. »Es fällt mir noch immer schwer, das zu glauben, Sir. Jemand, der einen so ausgezeichneten Ruf genießt wie Seianus...«

»Ich fürchte, wir beide kennen ihn nicht annähernd so gut, wie wir bisher annahmen, Nummer Eins.« Picard wechselte das Thema. »Was macht Ihre Arbeit?«

»Wir kommen zügig voran, Sir. Morgen schicke ich Ihnen die ersten Berichte. Mir scheint, die Tenaraner brauchen elementare Versorgungsgüter sowie schweres Gerät, um mit den Folgen der bisherigen Angriffe fertig zu werden.« Der Erste Offizier legte erneut eine Pause ein. »Haben wir Probleme mit der Regierung, Sir? Mit Melkinat?«

Picard runzelte die Stirn. »Wie meinen Sie das?«

»Nun...« Riker suchte nach den richtigen Worten. »Seit einem Tag verhält sich Gretna Melkinata recht seltsam. Sie weicht mir aus und hat sich wieder der Gruppe angeschlossen, die sich gegen die Präsenz der Föderation auf Tenara ausspricht.«

»Gibt es dafür persönliche Gründe?«

»Nein, Sir«, entgegnete Riker sofort. »Wir haben Freundschaft geschlossen, aber ganz plötzlich ging sie auf Distanz zu mir. Sie sollte eigentlich an der Expedition teilnehmen und später mit mir und unseren Spezialisten nach Zhelnogra zurückkehren, aber sie verließ uns ohne irgendeine Erklärung. Es ist alles sehr rätselhaft.«

»Nun, geben Sie mir Bescheid, wenn Sie Gretna in Zhelnogra wiedersehen. Vielleicht erfahren wir dann, warum sich ihre Einstellung geändert hat.« Der Captain lächelte kurz. »Picard Ende.«

Das Bild auf dem Sichtschirm verblaßte.

»Mr. Worf?«

»Aye, Sir.«

»Was den von Ihnen beabsichtigten Unterricht in Nahkampftechnik betrifft...«

»Ja, Sir?«

»Ich glaube, Sie sollten sofort damit beginnen.«

Der M'Dok-Kommandant streckte sich träge, schnurrte zufrieden und rollte sich zusammen. Zum erstenmal seit langer Zeit war er satt, und außerdem hatte er es angenehm warm. Er wollte die nächsten Stunden schlafen und schloß gerade die Augen, als er eine viel zu vertraute Stimme hörte.

»Commander! Dunkelheit! Jetzt ist der richtige Zeitpunkt gekommen.«

Der Gruppenführer schien entschlossen zu sein, die am Nachmittag geführte Diskussion fortzusetzen, noch einmal alles durchzukauen, seinen Standpunkt mit lautem Knurren und Fauchen zu verdeutlichen. Der Kommandant fühlte, wie Zorn in ihm zu zittern begann.

Er öffnete ein Auge und bleckte die Zähne. »Gruppenführer! Befehl! Dies ist der richtige Zeitpunkt, um Aufsässigkeit zu bestrafen.«

»Aber wenn wir jetzt nicht aufbrechen, wenn uns die Föderation findet — wer hat sich dann geirrt?«

Der Kommandant spürte, daß die anderen M'Dok bereit

waren, dem Gruppenführer zuzustimmen. Offenbar vergaßen sie selbst die einfachsten Grundlagen der Kampftaktik – die Hungersnot verwandelte sie in Tiere. Es wurde Zeit, Ordnung und Disziplin wiederherzustellen. Er stand auf, schüttelte die Benommenheit ab und straffte dann seine Gestalt. Der Kommandant war größer als alle anderen Angehörigen der Einsatzgruppe – einer der wichtigsten Gründe dafür, warum er den höchsten Rang einnahm. Er starrte auf die übrigen M'Dok hinab und grollte dumpf, während sich das Fell an den Schultern und auf dem Kopf sträubte, wodurch er noch etwas größer wirkte. Die anderen Katzenwesen wichen nervös zurück und mieden seinen Blick.

Er fauchte verächtlich und trat nach den Resten der Mahlzeit, die vor ihm auf dem Boden lagen. Die Knochen von Tenaranern wirbelten hoch und fielen auf den Gruppenführer herab. Für M'Dok-Krieger gab es keine schlimmeren Beleidigungen, als mit Beute-Knochen beworfen zu werden, aber der Gruppenführer rührte sich nicht von der Stelle und blieb völlig still. Er fürchtete die Wut des Anführers.

Die Sonne war vor zwei Stunden untergegangen, und der Mond hing als silberne Sichel dicht über dem Horizont. Selbst für die ans Leben auf dem Land gewöhnten Tenaraner herrschte fast völlige Finsternis, doch den M'Dok fiel es nicht weiter schwer, sich in der Dunkelheit zu orientieren. Noch am Tag hatte die Gruppe ein kleines Dorf überfallen, in dem nur zwei Familien wohnten, und kein Mensch kam mit dem Leben davon. Jetzt verspürte der Kommandant nur den Wunsch, einige Stunden lang zu schlafen, um das Essen zu verdauen, aber der Gruppenführer wollte unbedingt aufbrechen, um die größere Stadt vor ihnen zu erreichen.

Wir brauchen einen klaren Kopf und müssen ausgeruht sein, um dort zuzuschlagen, dachte der Kommandant.

»Genug!« zischte er. »Ich habe die Möglichkeit gefunden, das Satellitennetz zu durchdringen und erneut auf dieser Welt zu landen, obgleich die Föderation Verteidigungsanlagen errichtet hat. Ich entscheide, wann wir weiterziehen — und wohin.«

Der Gruppenführer starrte noch immer zu Boden, brummte leise und griff nach einem Oberschenkelknochen, an dem noch immer einige Fleischfetzen klebten. Damit zog er sich hinter einen Baum zurück.

Der Kommandant ließ sich zufrieden auf den Boden sinken, rollte sich wieder zusammen und döste ein. Er überlegte kurz, ob er den Gruppenführer bis zum nächsten Morgen fesseln sollte. Aber er fühlte sich viel zu schläfrig und gesättigt, um wieder aufzustehen und entsprechende Anweisungen zu geben.

Dies war der erste gravierende Fehler des Kommandanten — und gleichzeitig sein letzter.

KAPITEL 9

»Greifen Sie mich an!« sagte Worf.

Der junge Mann vor ihm – er hieß Ingerment – lachte leise, und die anderen Tenaraner kicherten ebenfalls. Sie saßen im Kreis, beobachteten sowohl Ingerment als auch den Klingonen.

»Sie sollen mich angreifen!« Diesmal klang Worfs volltönender Baß etwas lauter.

Ingerment lachte erneut, aber jetzt wirkte er nervös. Die anderen schwiegen. Ihre Mienen zeigten Unbehagen oder sogar Furcht. Nichts geschah.

»Greifen Sie mich an!« donnerte Worf. Der Tenaraner erbleichte, und Angst flackerte in seinen Augen. Zögernd hob er die rechte Hand und klopfte auf die Brust des Klingonen.

Worf legte den Kopf in den Nacken, sah zur Decke der Sporthalle hoch und stieß den traditionellen Kampfschrei eines klingonischen Kriegers aus. Die Tenaraner wichen zurück, und der von ihnen gebildete Kreis wurde rasch größer.

Nun, das hat nicht geklappt, dachte Worf. *Welche Möglichkeiten gibt es sonst?* Er bemühte sich, ruhig und sanft zu sprechen, als er sagte: »Warum ist niemand von Ihnen bereit, mich anzugreifen?«

Eine junge Frau antwortete. »Weil es unseren Grundsätzen widerspricht!« sagte sie verärgert.

Die übrigen Tenaraner nickten zustimmend.

»Sie wollten uns zeigen, wie man sich gegen die M'Dok verteidigt, aber jetzt verlangen Sie von uns, in die Rolle des Angreifers zu schlüpfen!« warf die Frau dem Klingonen vor.

Worf spürte Enttäuschung und Zorn. *Zorn?* überlegte er. *Wir wissen bereits, daß sie zu solchen Empfindungen in der Lage sind. Jenny de Luz hat das herausgefunden. Aber warum gelingt es ihnen nicht, den Zorn zu kontrollieren und zu fokussieren, wenn es notwendig wird?*

»Ich möchte Sie keineswegs lehren, wie man jemanden angreift. Es geht mir nur darum, Ihnen ein Beispiel der Selbstverteidigung zu zeigen: Ich wehre mich gegen einen von Ihnen geführten Angriff. So habe ich gelernt, mich zu schützen, und auf diese Weise will ich Sie unterrichten. Es ermutigt Sie bestimmt zu beobachten, wie leicht es mir fällt, mich zu verteidigen; es soll Sie motivieren, sich mit der entsprechenden Technik vertraut zu machen.«

Die Frau meldete sich erneut zu Wort, und ihre Stimme klang jetzt nachdenklich. »Ein Schüler, der das Wissen des Lehrers bewundert, ist bestrebt, seine Kenntnisse zu teilen.« Sie wandte sich den übrigen Tenaranern zu. »Vielleicht sollten wir es versuchen.«

»Gut«, sagte Worf. »Beginnen wir. Sie.« Er deutete auf die junge Frau und ignorierte Ingerment, der seinen Blick mied. »Wie heißen Sie?« fragte er.

»Nadeleen.«

»Haben Sie jüngere Geschwister, Nadeleen?«

»Drei.«

»In Ordnung. Finden Sie mich furchterregend?«

»Nein, eigentlich nicht.«

»Nein?« wiederholte Worf erstaunt.

Er holte tief Luft, duckte sich wie zum Sprung, hob die Arme, krümmte die Finger zu Krallen und grollte.

»Und jetzt?« brüllte er.

Nadeleen trat von ihm fort, und der Kreis aus sitzenden Tenaranern wurde erneut größer.

»Ja!«

»Ich bin ein M'Dok!« donnerte Worf. »Ich greife Ihre Familie an, um Ihre Brüder und Schwestern zu verschlingen...«

Weiter kam er nicht – Nadeleen ballte die Faust und schlug zu. Worf war so überrascht, daß er fast zu lange zögerte. Er reagierte gerade noch rechtzeitig, stieß den Arm der Tenaranerin beiseite, drehte sich, streckte den einen

Fuß hinter Nadeleens Bein und griff nach ihrer Bluse. Dann brachte er sie zu Fall, hielt das Kleidungsstück fest und ließ die junge Frau langsam zu Boden sinken. Sie war trotzdem blaß und zitterte, als sie wieder aufstand. Worf lächelte so freundlich wie möglich. »Danke.«

»Und was bedeutet das?« fragte Ingerment herausfordernd. »Sie waren ein M'Dok und stießen Nadeleen zu Boden, als sie nach Ihnen schlug. Anschließend hätte der M'Dok sie umgebracht und gefressen!«

»Sie haben nicht zugehört, Ingerment«, erwiderte der Klingone. »Ich wollte Ihnen nur zeigen, worauf es ankommt. Anders ausgedrückt: Wenn ich der Tenaraner gewesen wäre und Nadeleen ein M'Dok, so hätte ich den Angreifer trotzdem besiegt.« Die Tenaraner sahen sich verblüfft an. Worf nutzte die gute Gelegenheit und fuhr fort: »Ich schlage vor, Sie stehen jetzt auf und bilden Zweiergruppen, damit ich Ihnen beibringen kann, *wie* ich Nadeleen zu Fall brachte. Es gibt noch viele andere Methoden der Selbstverteidigung, die Sie lernen müssen, aber wir fangen mit dieser an.«

Der Unterricht dauerte den ganzen Nachmittag über. Zuerst stellten sich die Tenaraner recht ungeschickt an, aber dann begannen sie, die Übungen als Spiel aufzufassen und fanden allmählich Gefallen daran. Sie hielten sich nicht unbedingt an Worfs Anweisungen und balgten nur miteinander, aber schließlich gelang es dem Klingonen, maßgeblichen Einfluß auszuüben und die Bemühungen seiner Schüler zu kanalisieren.

Am Abend war er völlig erschöpft, während die Tenaraner noch munterer wirkten als vorher. Sie lachten, plauderten miteinander und winkten fröhlich zum Abschied. Worf versuchte, freundlich zu lächeln und die Grüße auf angemessene Weise zu erwidern, aber hinter dieser Fassade fühlte er sich ausgelaugt. Das überraschte ihn. Im Vergleich mit den Übungen auf dem Holodeck der *Enterprise* — er trat dort regelmäßig gegen simulierte Gegner an, um sich in Form zu halten — hatte er kaum körperliche Arbeit geleistet.

Nadeleen blieb hinter den anderen Tenaranern zurück. Sie wartete, bis ihre Mitschüler gegangen waren, trat dann an Worf heran. »Ich habe noch eine Frage«, sagte sie.

Der Klingone seufzte. Natürlich. Noch eine Portion Philosophie. Gewaltlosigkeit als wichtigstes Lebensprinzip. »Wie lautet sie?«

»Es geht um Ihr Beispiel zu Anfang des Unterrichts, als Sie mich zu Boden warfen. Angeblich ging es Ihnen darum, uns zu zeigen, wie Sie sich gegen einen M'Dok verteidigen. Aber Sie wissen natürlich: Wenn ich kein Mensch, sondern ein M'Dok gewesen wäre, hätte ich sofort wieder aufspringen und Sie erneut angreifen können. Die Katzenwesen sind viel stärker, zäher und aggressiver als wir. Und sie geraten in eine Art Blutrausch, wenn sie uns überfallen.«

Worf bat Nadeleen in Gedanken um Entschuldigung. »Es lag in meiner Absicht, dieses Problem morgen anzusprechen. Danke dafür, daß Sie sich jetzt danach erkundigen, aber ich möchte, daß Sie die Frage morgen vor der Klasse wiederholen.«

Nadeleen wirkte überrascht, nickte und ging zur Tür. Dort zögerte sie, um zwei Personen eintreten zu lassen: Jenny de Luz und Gaius Aldus.

Worf begrüßte sie mit einem erfreuten Lächeln. »Sie haben Glück, daß Sie mich hier antreffen. Ich wollte mich an Bord zurückbeamen.«

»Wie wäre es, wenn Sie uns zu einer tenaranischen Theateraufführung begleiten, Lieutenant?« schlug Gaius vor. »Jenny und ich haben gerade erfahren, daß heute abend eine Vorstellung gegeben wird.«

»Ich hatte den ganzen Nachmittag über mit Tenaranern zu tun, und das genügt mir eigentlich«, erwiderte Worf.

Jenny lachte, als sie den Groll in der Stimme des Klingonen hörte. »Ob Sie's glauben oder nicht, Sir: Das Stück betrifft eine Schlacht, die vor langer Zeit auf dieser Welt stattfand. So heißt es jedenfalls.«

»Klingt interessant«, brummte der Klingone. »Na gut,

ich komme mit.« Er zögerte kurz und fügte dann hinzu. »Da wir beide dienstfrei haben und uns nicht an Bord der *Enterprise* befinden ... Nennen Sie mich Worf.«

Jenny strahlte übers ganze Gesicht. Plötzlich erschien ihr der klingonische Krieger fast menschlich – aber sie hütete sich davor, ihm das zu sagen.

Nach Worfs Ansicht ähnelte das Theater vielen anderen, die er bereits gesehen hatte. Vor dem Proszenium und dem Orchestergraben erstreckten sich mehrere Sitzreihen für die Zuschauer. Der Klingone nahm an, daß sich die Geräte für Beleuchtung, Szenenwechsel und Spezialeffekte weiter oben befanden, für das Publikum verborgen.

Einige Mitglieder der Theatergruppe eilten auf der Bühne umher und trafen Vorbereitungen für die Eröffnungsszene. Offenbar gehörten keine Vorhänge zu dieser tenaranischen Unterhaltungstradition.

Nach und nach füllte sich der Zuschauerraum mit erwartungsvollen Tenaranern, die fröhlich plauderten und Freunden zuwinkten. Worf wandte sich an Jenny, die rechts von ihm saß. »Die Funktion bestimmt die Form. Auf der Erde sähe es fast genauso aus.«

»Oder auf Meramar«, bestätigte die junge Frau und nickte.

Gaius Aldus hatte auf der anderen Seite Jennys Platz genommen. »Das gilt auch für meine Heimatwelt« sagte er. »Graecia – der Ursprung unseres Theaters – bildet die einzige Ausnahme. Die Graeci haben ganz bewußt die archaische Struktur beibehalten und geben Vorstellungen in renovierten Theatern aus der Blütezeit ihrer Kultur. Vor einigen Jahren erlebten sogar die Jahresspiele in Athenae eine Renaissance: Dabei wird die alte Sprache benutzt, und die Teilnehmer kleiden sich in traditionelle Kostüme.« Gaius lachte. »Es ist fast so, als hätte Rom Graecia nie erobert. Vermutlich *soll* dieser Eindruck erweckt werden.«

»Das klingt dumm und närrisch«, warf Jenny ein.

Gaius drehte den Kopf und musterte sie. In seinem Gesicht zeigte sich eine Begeisterung, die Jenny dort noch nie zuvor gesehen hatte. »O nein! Irgendwann müssen Sie mich nach Athenae begleiten und es sich selbst ansehen. Es ist wundervoll! Kein wahrer Romaner sollte es versäumen. Wissen Sie, die Graeci sind unsere wahren Vorfahren, nicht die primitiven Stämme Latiums. Sie gaben uns Kultur. Nun, wir kämpften auf unsere Art und Weise und errangen dadurch die Herrschaft über ganz Magna Roma, aber alles andere verdanken wir den Graeci.«

Worf hatte sich gründlich informiert und begriff daher, daß Gaius die Meinung der alten Romaner zum Ausdruck brachte. *Vielleicht will er sich davon überzeugen, daß seine Ahnen recht hatten, daß sie mehr waren als nur barbarische Eroberer — denn genau das sahen die Griechen in den römischen Herren.*

Trotzdem Ihn faszinierte die Vorstellung von einem Reich aus Kriegern und Eroberern, die einer unterworfenen Zivilisation mit solcher Achtung begegneten. Während Jenny und Gaius miteinander sprachen, dachte Worf: *Die damaligen Klingonen hätten ihre besiegten Gegner nie auf diese Weise respektiert. Und das trifft auch auf die meisten menschlichen Kulturen zu.*

Die Tenaraner auf der Bühne beendeten ihre Arbeit und gingen davon, als die Schauspieler eintrafen. Worf musterte Jenny aus den Augenwinkeln und bemerkte ihr Interesse. Der neben ihr sitzende Gaius beobachtete das Geschehen mit der analytischen Aufmerksamkeit eines Kenners.

Die Vorstellung begann. Weitere Männer und Frauen traten vor die Kulissen, spielten Dorfbewohner und sprachen über ›Gesetzlose‹, die sich dem Ort näherten. Sie berichteten von Greueltaten in anderen *Saavtas* und fragten sich immer wieder, was die Gesetzlosen anstellen mochten, wenn sie dieses Dorf erreichten.

Die allgemeine Aufregung nahm immer mehr zu, und schließlich rief jemand nach dem Oberhaupt der lokalen *Saavta.* Ein ehrwürdiger alter Mann erschien, und sofort wurde es still. Der Tenaraner hielt eine Rede, sprach über die drohende Gefahr und betonte, wie schwer es ihm fiele, eine Entscheidung zu treffen. Nach einer Weile beschloß er, die *Saavta* zu verteidigen, und die anderen Anwesenden starrten ihn verblüfft und erschrocken an. Hier und dort erklang mißbilligendes Murmeln.

Die Reaktion der Dorfbewohner verblüffte Gaius. Es gab keine andere Alternative, als gegen den Feind zu kämpfen — das mußten selbst die Tenaraner einsehen. Verwirrt runzelte er die Stirn, als das Oberhaupt eine Art Lotterie erfand und acht Männer wählte, die ernst vor der *Saavta* standen. Der Alte pries sie nacheinander für ihre Leistungen und lobte die individuellen Beiträge für das Gemeinschaftsleben.

Dann reichte er den tenaranischen Kriegern Waffen, entweder zugespitzte ›Kampfstöcke‹ oder Äxte. Er rühmte sie noch einmal und drückte sein Mitgefühl dafür aus, daß sie ihre Ehre verloren.

Gaius Aldus' Verwunderung wuchs. Es gab doch keine größere Ehre, als die Heimat zu verteidigen!

Als die acht Männer das Dorf verließen, löste sich ein Mädchen aus der Menge und lief zu dem jüngsten ›Soldaten‹, der kaum mehr war als ein Knabe. Es schluchzte und klammerte sich an ihn, bis man es fortzog. Kummervolle Schreie ertönten beim Abgang der acht Tenaraner.

Die Kulissen wurden rasch verändert, und das nächste Szenenbild zeigte einen Wald. Die acht Krieger kehrten auf die Bühne zurück: das Haar zerzaust, Blutflecken auf der zerrissenen Kleidung. Offenbar war der Kampf bereits geführt und entschieden — zugunsten der Verteidiger. Worf brummte enttäuscht.

Als die Tenaraner miteinander sprachen, stellte sich sofort heraus, daß sie nicht beabsichtigten, ins Dorf zurückzukehren. Sie bezeichneten sich als ›Männer ohne Ehre‹ und Mörder. Weil sie getötet hatten, gab es in der Heimat keinen Platz mehr für sie. Es blieb ihnen nichts anderes übrig, als allein im Wald zu bleiben.

Gaius beobachtete die Schlußszene mit gemischten Gefühlen. Als Magna Romaner verstand er die Bedeutung persönlicher Ehre – bei seinem Volk galt Selbstmord noch immer als angemessenes Mittel, um verlorene Ehre wiederherzustellen. Aber Romaner verbanden das Konzept der Ehre unmittelbar mit dem Kampf, mit Sieg und Niederlage. Ganz anders die Tenaraner: Offenbar kam es für sie einer Katastrophe gleich, selbst aus Notwehr zu töten.

Worf schien Gaius' Gedanken zu lesen. »Auf diesem Planeten hat man höchst sonderbare Vorstellungen von Ehre.«

Der Magna Romaner nickte. Sonderbar, in der Tat. Wie konnten sie Menschen ändern, die glaubten, ihre Seele zu beschmutzen, wenn sie nach einem Schwert griffen? Hatte es überhaupt einen Sinn zu versuchen, die Tenaraner an den Umgang mit Waffen zu gewöhnen?

Für Worf war die Nahrungsaufnahme nur sinnvoll, um den Körper mit neuer Energie zu versorgen. Normalerweise bot sie ihm kein Vergnügen. Zu Anfang hatte es ihm Unbehagen bereitet, daß Menschen dem Einnehmen von Mahlzeiten eine große soziale Bedeutung gaben. Im Laufe der Jahre gelang es ihm jedoch, sich diesem Ritual anzupassen und manchmal sogar Gefallen daran zu finden. Er mochte es, mit Jenny und Gaius zusammen zu sein, und als ihn der Magna Romaner nach seiner Meinung über das gemeinsam besuchte Restaurant fragte, erwiderte Worf sofort, das Essen sei sehr gut gewesen.

Gaius nickte zufrieden. »Nun, unter einem Festschmaus stellt sich ein romanischer Patrizier wie Captain Seianus sicher etwas anderes vor, aber mir hat es geschmeckt.«

»Es erstaunt mich, daß es auch in der Republik Magna Roma noch immer Unterschiede zwischen Patriziern und Plebejern gibt«, sagte Worf.

Gaius wirkte ein wenig verlegen. »Offiziell existiert er nicht mehr. Mit anderen Worten: Patrizier genießen keine besonderen Privilegien. Aber die alte Denkweise hält sich hartnäckig. Ich wurde dazu erzogen, die Volcinier und insbesondere Seianus' Familie als meine natürlichen Herren zu akzeptieren.« Er lachte. »Mit republikanischen Grundsätzen hat das nur wenig zu tun, doch es ist eben nicht leicht, über den eigenen Schatten zu springen.«

»Ich verstehe«, erwiderte Worf. »Es ist schwer, alte Traditionen zu überwinden. Klassenstruktur, Kriegerethos, Respekt vor imperialen Rechten und Privilegien – es liegt in der Natur des Menschen, solche Dinge hinzunehmen und sich nur schwer von ihnen zu trennen. Dazu ist eine bewußte Anstrengung nötig.« Nach einer kurzen Pause fügte er hinzu: »Dies gehört auch zur klingonischen Natur.« Wolf bemerkte Jennys überraschten Blick. »Haben Sie geglaubt, ich sei nicht zu so abstrakten Überlegungen fähig, de Luz?«

Jenny senkte den Kopf und sah dann wieder auf. »Nun, äh, einige von uns haben sich gefragt, ob... ob Sie wirklich so anders sind wie...«

»Wie ich aussehe?« Einige Sekunden lang spürte Worf eine seltsame Trauer: Er hatte plötzlich das Gefühl, völlig allein zu sein. »Ja und nein«, beantwortete er die Frage. »In diesem Zusammenhang geht es um die Wechselwirkungen zwischen wesensmäßiger Veranlagung und Erziehung. Ich bin als Klingone geboren und als Bürger der Föderation aufgewachsen.«

»Auch auf meiner Welt gibt es eine Kriegertradition«, sagte Jenny nachdenklich. »Eigentlich komisch, daß uns das Schicksal in Starfleet vereinte.«

Gaius zuckte mit den Schultern. »Irgendwann erreicht die Zivilisation einen Entwicklungsstand, der das Kriegerethos auf die Notwendigkeit der Selbstverteidigung beschränkt. Sogar Worfs Volk hat diesen Punkt erreicht.«

»Leider haben sich die M'Dok noch nicht zu einer solchen Erkenntnis durchgerungen«, murmelte Jenny. »Und die Romulaner ebensowenig.«

»Die Romulaner...«, wiederholte Gaius langsam. »Sie haben uns sehr fasziniert, als wir von ihnen hörten – das verstehen Sie sicher. Aber je mehr wir über sie erfuhren, desto größer wurden die Unterschiede zwischen ihnen und uns.«

Worf nickte. »Was ich bei Ihnen und Ihren Gefährten beobachtet habe, scheint auf viele Parallelen zwischen Magna Romanern und Klingonen hinzudeuten.«

Dieser Vergleich freute Gaius.

»Dann erweitert sich unsere gemeinsame Basis«, warf Jenny ein. »Wir haben einen romanischen oder ähnlichen Ursprung. Meine Vorfahren wurden von den Bewahrern nach Meramar gebracht, ebenso wie die Ahnen der Tenaraner. Aber die Tenaraner stammen aus irgendeiner asiatischen Region, und die heutigen Bewohner Meramars kommen aus dem westlichen Hispania.«

Dünne Falten bildeten sich auf Gaius' Stirn, als er den vertrauten Namen hörte. »Geschah der Transfer zur Zeit des Römischen Reiches?«

»Während der letzten Epoche, als die Eroberungsfeldzüge der Barbaren begannen. Meine Vorfahren hielten dem Ansturm eine Zeitlang stand, weil sie noch kriegerischer waren als die Angreifer. Servado...« — Jenny hob die rechte Hand und vollführte eine seltsame Geste über dem Herzen — »...half uns dabei. Er nahm menschliche Gestalt an und organisierte die Verteidigung. Doch schließlich wuchs die zahlenmäßige Überlegenheit des Feindes so sehr, daß Servado die Bewahrer bat, uns fortzubringen. Nun...«, fuhr die junge Frau in einem entschuldigenden Tonfall fort, »das glaubten jedenfalls meine Ahnen. Servado opferte sein sterbliches Selbst, indem er ganz allein den Barbaren entgegentrat, während uns die Bewahrer in Sicherheit brachten.«

»Ein wundervoller Mythos«, kommentierte Gaius.

Jenny warf ihm einen zornigen Blick zu — und begriff dann, daß die Worte des Magna Romaners als Kompliment gemeint waren. »Wenn Sie es so sehen...«, entgegnete sie und kam sich närrisch vor.

»Die Bewahrer«, sagte Gaius nachdenklich. »Ob wir sie eines Tages finden?«

»Wenn sie noch existieren«, brummte Worf. »Ihre letzten Spuren sind mehr als tausend Jahre alt.«

Gaius lachte. »Für Romaner sind tausend Jahre nur ein Augenzwinkern.«

»Auf lange Sicht betrachtet...«

Gaius Aldus nickte der Sicherheitsbeamtin zu. »Wir Romaner betrachten alles auf lange Sicht.«

Gegen Mittag war vom Körper des Kommandanten nicht mehr viel übrig. Der Gruppenführer stand auf, streckte sich und schnurrte voller Genugtuung, als er nach den Knochen seines ehemaligen Vorgesetzten trat. Sie klapperten laut. »Jetzt befehle ich«, verkündete er, und die anderen M'Dok widersprachen nicht. Aber sie alle dachten daran, daß auch der neue Kommandant irgendwann schlafen mußte.

KAPITEL 10

Ich bin völlig fertig, dachte Will Riker, blickte über die weite Ebene vor der tenaranischen Hauptstadt Zhelnogra und gähnte. *Wenn ich mich nicht bald richtig ausschlafen kann, falle ich einfach um.*

Während der letzten Tage war er praktisch immer auf den Beinen gewesen. Zusammen mit landwirtschaftlichen Spezialisten und anderen Fachleuten hatte er weite Reisen unternommen und viele Ortschaften besucht, um einen Eindruck von der allgemeinen Lage zu bekommen. Doch selbst jetzt nach der Rückkehr konnte er sich nicht hinlegen und die Augen schließen. *Irgendwo dort draußen sind die M'Dok ...*

Riker seufzte schwer und versuchte, ein imaginäres Gewicht von den Schultern zu streifen. Die aktuelle Situation verlangte wache Aufmerksamkeit.

Die Erkundungsgruppe von der *Enterprise* war vor einigen Stunden zur Hauptstadt zurückgekehrt. Der Erste Offizier hatte die Agronomen sofort ins Bett geschickt und sich anschließend der Sicherheitstruppe hinzugesellt, die am Rand von Zhelnogra patrouillierte.

Er empfand es als Ironie des Schicksals, daß sie mit den umfangreichen und hochmodernen Verteidigungsanlagen überhaupt nichts anfangen konnten. Der abgestürzte M'Dok-Raumer bewies, daß die Satelliten keinen absoluten Schutz gewährten. Die bodengebundenen Komponenten des Systems – Parabolantennen mit empfindlichen Sensoren – waren dazu bestimmt, Raumschiffe im All zu orten, keine Aliens auf dem Planeten.

Aus diesem Grund wurden Patrouillen notwendig. Zhelnogra brachte das tenaranische Wesen zum Ausdruck: Die Stadt verfügte über keinen Außenwall, der eine Verteidigung erleichterte. Riker und seine Leute benutzten kleine Tricorder, doch die Reichweite der Instrumente war begrenzt. Sie würden erst reagieren, wenn die M'Dok nahe herankamen, *und dann ist es vielleicht zu spät.*

Der Erste Offizier gähnte erneut, sah zur Stadt — und hörte das plötzliche Piepen des Tricorders.

Er starrte auf die Anzeigen und hob ruckartig die Hand zum Insignienkommunikator.

»Lieutenant Worf... Ich habe gerade einige Individuen geortet, die sich dem Stadtrand nähern.«

»Verstanden, Commander. Ich schicke Ihnen Verstärkung. Worf Ende.«

Riker zog den Phaser und ging langsam durch das hohe Präriegras.

»Wer ist da?«

Keine Antwort.

»Wer ist da?« wiederholte Riker und hörte ein leises Rascheln. Er justierte den Strahler auf starke Betäubung und fragte sich, ob das genügte, um angreifende M'Dok aufzuhalten.

»Nicht schießen!« Ein junger Mann trat aus der Nacht, gefolgt von mehreren anderen Gestalten. Eine erkannte Riker auf den ersten Blick.

»Gretna!« Er hakte seinen Phaser an den Gürtel und musterte die junge Frau. »Wo bist du gewesen?«

Sie achtete überhaupt nicht auf den Commander und schritt einfach an ihm vorbei.

»Warte!« Riker hielt sie am Arm fest und drehte sie zu sich um. »Was ist mit dir?«

»Laß mich los!« erwiderte Gretna und befreite sich aus dem Griff.

»Halten Sie sich von ihr fern, Commander.« Larten — der Mann aus Carda, der Riker und Gretna einen unfreundlichen Empfang bereitet hatte — trat zwischen den Ersten Offizier und Melkinats Tochter.

Riker wollte keine Konfrontation provozieren und wich einen Schritt zurück. »Was macht er hier?« wandte er sich an Gretna. »Und wer sind die anderen?«

»Ich bin Anka«, stellte sich eine alte Frau vor. »Wir sind

gekommen, um Neuwahlen für die Große *Saavta* zu fordern.«

»Neuwahlen?« Riker schüttelte verblüfft den Kopf. »Was hat das alles zu bedeuten, Gretna?«

»Spiel nicht den Unschuldigen! Nach dem, was mir Marcus neulich gesagt hat...«

»Was soll das heißen?« fragte Riker verwundert. »Marcus wer?«

»Marcus Julius Volcinius. Der Lehrer von der *Zenturio*.«

»Er ist kein Lehrer, sondern Captain Seianus' Vetter«, widersprach der Erste Offizier. »Er nimmt besondere diplomatische Aufgaben wahr.«

»Er unterrichtet tenaranische Kinder in der Geschichte Magna Romas!« stieß Gretna wütend hervor. »Und behaupte jetzt bloß nicht, du hättest keine Ahnung davon! Dein Captain...«

Sie unterbrach sich, als laute Schreie erklangen.

Der neue M'Dok-Kommandant kannte sowohl die Föderationstechnik als auch den Vorteil des Überraschungsmoments. Seine Gruppe hielt sich dicht hinter Gretna und ihren Begleitern, und das hohe Präriegras bot einen ausgezeichneten Sichtschutz. Innerhalb kurzer Zeit kamen sie so nahe an die Stadt heran, daß sie das größte Gebäude sahen: Es enthielt den Beratungssaal der Großen *Saavta*.

Einige leise geknurrte Befehle – und die M'Dok verließen ihre Verstecke, bewegten sich schneller, als ein Mensch laufen konnte, stürmten über die Ebene und hielten auf das große Bauwerk zu.

Sie ignorierten einige entsetzt schreiende Tenaraner, die ihnen auszuweichen versuchten. Trotz ihres Hungers bildeten die M'Dok eine disziplinierte Truppe. Der neue Kommandant hatte ihnen befohlen, sich nicht von dem vereinbarten Plan ablenken zu lassen: Sie durften sich in der Stadt die Bäuche füllen und ein wenig ausruhen, aber dann mußten sie die Tenaraner – menschliches Vieh und gleichzeitig Geiseln – zusammentreiben. Anschließend fiel es ihnen bestimmt nicht weiter schwer, den Raumhafen zu erreichen; in Zhelnogra gab es genug Bodenfahrzeuge.

Ein Tenaraner war so dumm, den Angreifern entgegenzutreten. Die Besucher von Starfleet hatten einen starken Eindruck auf den hochgewachsenen und kräftig gebauten Yavam Poroviki hinterlassen, und er träumte davon, eines Tages als Besatzungsmitglied eines Föderationsschiffes durchs All zu reisen. *Wenn ich mich als Held erweise, kann mir niemand eine solche Chance verwehren.*

Nervös und erregt trat er auf die Straße, doch seine fast freudige Erwartung wich zunehmender Besorgnis, als er die heranstürmenden M'Dok sah.

»Halt!« rief er, hob die Hand und hoffte, daß diese Geste respekteinflößend genug wirkte. »Sie haben kein Recht...«

Der Kommandant verstand die menschliche Sprache nicht, und die Worte des Tenaraners spielten ohnehin keine Rolle für ihn – er stieß den Mann einfach beiseite. Poroviki flog mehrere Meter weit durch die Luft, und Blut strömte ihm aus dem Mund, als er auf den Boden prallte und reglos liegenblieb.

Wenige Sekunden später erreichten die M'Dok das Gebäude mit dem Beratungssaal der Großen *Saavta*, und ihre Formation löste sich auf, als sie durch Fenster und Türen sprangen. Einige Katzenwesen kletterten mit im wahrsten Sinne des Wortes unmenschlicher Agilität an den Mauern hoch, erreichten den zweiten und dritten Stock, liefen dort durch lange Korridore.

Für die Angreifer begann ein einseitiger Kampf – und ein Alptraum für die völlig überraschten Tenaraner.

Der größte Teil des Verwaltungspersonals arbeitete im Haus: friedliche und pazifistische alte Männer, die starben, noch während sie um ihr Leben flehten. Wer Widerstand zu leisten versuchte, wurde ebenfalls von Krallen zerfleischt. Schon nach wenigen Minuten zeigte sich überall Blut: an den Wänden und auf den Möbeln, auch im Pelz der M'Dok.

Die Hungersnot dauerte schon viel zu lange. Zu viele Kinder und Frauen waren gestorben, und hinzu kam ein Blutrausch, der alle anderen Empfindungen verdrängte.

Das grauenhafte Gemetzel ging weiter.

Melkinats Büro befand sich in einem vergleichsweise abgelegenen Flügel des dritten Stockwerks, und deshalb vergingen einige Minuten, bis der Vorsitzende des Zentralen Konzils den Kampflärm hörte. Er sah von einigen Dokumenten auf, schüttelte den Kopf und versuchte, die Geräusche nicht zu beachten – bis sie schließlich zu laut wurden.

Er ließ den Schreibstift sinken und horchte mit einer Verärgerung, die sich schnell in Furcht verwandelte. Zuerst hörte es sich an, als seien Handwerker bei der Arbeit, doch dann glaubte Melkinat, Schreie, kehliges Heulen und dumpfes Knacken zu vernehmen.

Melkinat stand abrupt auf, und das Kerzenlicht projizierte seinen zitternden, unsteten Schatten an die Wand. Das dunkle Etwas schien wütender zu sein als er. *Ist das aus mir geworden? Ein Schemen?*

Nein!

Zum erstenmal seit Jahren dachte er an sein Erscheinungsbild. Melkinat war eher klein: Gute rhetorische Fähigkeiten hatten ihn zu einem erfolgreichen Politiker gemacht, nicht etwa ein eindrucksvolles Äußeres. Er wurde langsam alt, fühlte sich jedoch noch immer stark – die langen Jahre harter Arbeit auf dem Bauernhof der Eltern hatten ihm kräftige Muskeln gegeben. Er mochte schwach wirken, aber dieser Eindruck täuschte. Nach Jahrzehnten begriff er plötzlich, daß er nicht nur einen Intellekt besaß, sondern auch einen an physische Anstrengungen gewöhnten Körper.

Neues Selbstbewußtsein erfüllte Melkinat.

Die anderen Mitglieder der Großen *Saavta* wären sicher sehr überrascht gewesen, wenn sie das Lächeln gesehen hätten, das nun die Lippen des Vorsitzenden umspielte. Ein grimmiges Lächeln: Die Lippen teilten sich, zeigten weiße Zähne. Mit einem langen Schritt – wie herrlich es sich anfühlte, wieder richtig zu gehen, anstatt zu schlurfen! – trat er an die Wand heran, griff nach der Axt und wog sie in der Hand. Dann öffnete er die Tür und eilte in den Flur.

Rotes Blut klebte an den Wänden.

Melkinats Blick fiel auf einen M'Dok, der zwei Tenaraner in den Pranken hielt. Die Gesichter waren zerfetzt und formlos, aber der Vorsitzende zweifelte nicht daran, daß er die beiden Männer gut gekannt hatte.

Sein lautes Gebrüll übertönte das Heulen und Fauchen des Katzenwesens, als er loslief und mit der großen Axt ausholte. Verblüffung hinderte den M'Dok daran, rechtzeitig zu reagieren – ein *angreifender* Tenaraner? Sein Zögern kostete ihn das Leben.

Melkinat schlug zu, als sich die große Katze zu bewegen begann. Scharfer Stahl schnitt in die Seite des M'Dok, zertrümmerte sowohl die äußeren als auch inneren Rippen. Der alte Mann schloß die Hände fester um den hölzernen Schaft, drehte ihn zur Seite und vergrößerte die Wunde.

Als er das Beil aus dem pelzigen Leib riß, fiel der M'Dok-Kommandant zu Boden. Blut spritzte.

Melkinat starrte in die sich trübenden Augen des Katzenwesens, und Entsetzen erzitterte in ihm.

Das Geschöpf litt.

Der M'Dok erbebte kurz und regte sich nicht mehr.

Allmächtiger Gott! dachte Gretnas Vater schockiert. Er stand neben der Leiche und spürte, wie Übelkeit in ihm emporquoll. *Ein lebendes Wesen – und ich habe es getötet.*

Er straffte die Gestalt.

Ja, und ich werde noch viele andere töten, bis meine Heimat sicher ist. Er wußte, daß sich ein wichtiger Teil seines Ichs verändert hatte – für immer.

Melkinat hielt die Axt bereit, wandte sich der Treppe zu und ging in die Richtung, aus der er den Kampflärm hörte.

Gretna musterte Riker, als eine körperlose Stimme aus dem Lautsprecher des Kommunikators drang.

»Die M'Dok sind im Gebäude der Großen *Saavta,* Commander. Fähnrich de Luz meldete schwere Kämpfe. Ich bin in einigen Minuten zur Stelle.«

»Ich mache mich ebenfalls auf den Weg, Worf. Riker Ende.« Der Erste Offizier richtete seine Aufmerksamkeit wieder auf die Tenaraner.

»Die M'Dok greifen Zhelnogra an. Bleiben Sie an Ort und Stelle – und zusammen. Hier droht Ihnen wahrscheinlich keine Gefahr.«

Mit diesen Worten lief Riker davon. Nur noch zwanzig Meter trennten ihn vom Eingang des großen Bauwerks, als er merkte, daß ihm Gretna folgte.

»Was willst du?« rief er und verharrte.

»Mein Vater könnte dort drin sein«, erwiderte sie. »Vielleicht ist er in Gefahr!«

Der Commander hörte schreckliche Geräusche: Schreie, heiseres Fauchen und Heulen, das Zischen von Phaserstrahlen.

»In Gefahr?« Will krümmte sich zusammen und schnappte nach Luft. »Habe ich dir schon gesagt, daß du für eine naive Tenaranerin erstaunlich scharfsinnig bist?«

Gretna versuchte zu lächeln, doch es gelang ihr nicht ganz. »Will ...«, begann sie, »ich ...«

Die Tür des Gebäudes schwang auf, und ein M'Dok-Krieger sprang nach draußen.

Es blieb Riker nicht mehr Zeit genug, den Phaser zu ziehen. Er handelte aus einem Reflex heraus, warf sich zwischen Gretna und das Katzenwesen, duckte sich und prallte mit dem Kopf voran gegen den Angreifer. Das Knurren des M'Dok vermischte sich mit dem lauten Schrei des Ersten Offiziers.

»Will!« entfuhr es Gretna.

Riker gab keinen Ton mehr von sich. Das Katzenwesen stemmte sich in die Höhe und hob eine Pranke, um dem reglosen Mann den Schädel zu zerschmettern.

In der geöffneten Tür blitzte etwas, und ein Energiestrahl traf den M'Dok. Er fiel, und diesmal stand er nicht wieder auf.

Ein großer Fremder in Starfleet-Uniform — er wirkte fast ebenso erschreckend wie die M'Dok — trat näher.

»Ist alles in Ordnung mit Ihnen?« fragte er.

»Mit mir schon, aber Will...«

Der Fremde kniete neben Riker und drehte ihn um.

Er sah kurz auf ihn hinab und klopfte dann auf seinen Insignienkommunikator.

»Worf an Krankenstation — Notfall! Beamen Sie Commander Riker sofort an Bord!«

Als er die Hand von dem kleinen Gerät nahm, blieb ein Blutfleck auf dem Uniformpulli zurück.

»Steht es schlimm um ihn?« fragte Gretna besorgt.

»Wie man's nimmt«, erwiderte Worf vorsichtig. »Ich glaube, er wird es überleben.«

Die junge Frau drehte sich zum Gebäude der Großen *Saavta* um. Eine seltsame Stille herrschte. »Ich suche jetzt meinen Vater.«

»Warten Sie«, sagte der Klingone.

Gretna blieb stehen.

»Sie sind Gretna Melkinata?«

»Ja.«

»Ihr Vater ist nicht dort drin.« Worf zögerte. »Ich bedauere, Ihnen das mitteilen zu müssen, aber man hat ihn bereits zur *Enterprise* gebeamt. Er ist schwer verletzt.«

Einige Dutzend Meter vor dem Stadtrand von Zhelnogra — dort, wo die seit einer Ewigkeit unveränderte Prärie begann — arbeitete die Beerdigungsgruppe.

Jenny de Luz, Lieutenant Worf und einige tenaranische Überlebende hoben Gräber für diejenigen Männer und Frauen aus, die beim Angriff auf die Stadt getötet worden waren. Hier und dort ragten Parabolantennen des Verteidigungssystems aus dem hohen Gras. *Mit den Installationen ist alles in bester Ordnung,* dachte Jenny. *Aber trotz-*

dem sind die M'Dok auf dem Planeten gelandet. Ich bin zumindest mitverantwortlich für das, was hier geschehen ist – schließlich habe ich *die Funktionsfähigkeit des Satellitennetzes bestätigt.*

Die Sicherheitsbeamtin sah auf, atmete die kühle, frische Luft, streckte sich und beobachtete Worf, der die Arbeit mit unermüdlichem Eifer fortsetzte. Vor einigen Minuten hatte sich Gaius zur *Zenturio* zurückgebeamt. Er wollte sich um einen seiner Männer kümmern, der beim Überfall der Katzenwesen verwundet worden war.

Was die Besatzungsmitglieder der *Enterprise* betraf, die sich zum Zeitpunkt des Angriffs in Zhelnogra aufhielten... Glücklicherweise hatte niemand von ihnen Verletzungen erlitten – Commander Riker bildete die einzige Ausnahme. Die Toten waren Tenaraner. Und viele von ihnen wären noch am Leben, wenn sie Worfs Selbstverteidigungslektionen ernster genommen hätten.

Jenny griff nach der Schaufel, zögerte jedoch, als sie das Summen eines Transferfeldes hörte. Sie drehte sich um und hob überrascht die Brauen, als sie den Mann sah, der ihr entgegentrat. Captain Seianus trug einen purpurnen Umhang, der über den Boden strich, und in seinen Bewegungen kam etwas Majestätisches zum Ausdruck.

Jenny nahm unwillkürlich Haltung an. Der Captain lächelte dünn. »Stehen Sie bequem, Fähnrich«, sagte er und legte ihr die Hand auf die Schulter. »Gaius hat mir mitgeteilt, wie Sie auf den Angriff reagiert haben. Ich wollte mich nur vergewissern, daß Sie wohlauf sind.«

»Oh, es geht mir gut, Sir. Ich war nur ein wenig... verärgert.«

Seianus sah sie neugierig an. »Verärgert?«

»Ja.« Normalerweise klang Jennys Stimme schüchtern, doch jetzt zitterte Zorn darin. »Wenn die Sicherheitsgruppen früher zur Stelle, wenn die Tenaraner bereit gewesen wären, unsere Waffen zu nehmen und Gebrauch davon zu machen – dann hätten wir dies alles leicht verhindern können.«

Seianus nickte. »Fahren Sie fort.«

»Die Tenaraner sind schwach, Captain!« brachte Jenny wütend hervor und dachte an die vielen Enttäuschungen während der vergangenen Wochen. »Sie lehnen Waffen ab. Sie kämpfen nicht. Sie...« Die Sicherheitsbeamtin suchte vergeblich nach den richtigen Worten.

»Ich bin ganz Ihrer Meinung, Fähnrich«, erwiderte Seianus. »Aber vielleicht können die Bewohner dieses Planeten geschützt werden, wenn Sie und Ihre Kollegen weiterhin so tapfer sind wie heute.«

»Danke, Sir.«

Der Magna Romaner musterte sie einige Sekunden lang, bevor er hinzufügte: »Und vielleicht sollten wir auch noch andere Maßnahmen ergreifen.«

»Sir?« fragte Jenny verwirrt.

Seianus' Kommunikator summte.

»Entschuldigen Sie bitte.« Der Captain berührte das Abzeichen am Uniformpulli. »Seianus hier. Ich höre.«

»Die *Enterprise* hat uns gerade mitgeteilt, daß der Vorsitzende Melkinat seinen Verletzungen erlegen ist, Sir.«

»O nein!« stöhnte Jenny und ließ die Schaufel fallen.

Seianus' Gesicht wurde plötzlich sehr ernst. »Danke, Lieutenant. Warten Sie.« Er richtete den Blick wieder auf Jenny. »Ich muß zu meinem Schiff zurück. Aber ich würde unser Gespräch gern fortsetzen. Wenn Sie das nächstemal auf der *Zenturio* sind...«

Jenny errötete fast. Nach dem Ausheben der Gräber wollte sie Gaius besuchen, doch sie hielt es nicht für angebracht, Seianus darauf hinzuweisen. »Ich könnte morgen früh zu Ihnen kommen, Sir.«

»Ausgezeichnet«, sagte Seianus. »Ich erwarte Sie.« Er deutete eine Verbeugung an und klopfte wieder auf den Insignienkommunikator. »Seianus an *Zenturio.* Beamen Sie mich an Bord.«

Es dauerte eine Weile, bis es Jenny gelang, die Gedanken an den romanischen Captain zu verdrängen und sich wieder auf die Arbeit zu konzentrieren.

KAPITEL 11

CAPTAINS LOGBUCH: STERNZEIT 41800.9

Ich bin gerade von einer sehr unangenehmen Unterredung mit den überlebenden Repräsentanten der Großen *Saavta* auf Tenara zurückgekehrt.

Der Tod des Vorsitzenden Melkinat hat die ganze Regierung zutiefst erschüttert. Sie verlangt nun, daß alle Gesandten der Föderation den Planeten verlassen. Insbesondere Gretna Melkinata – die Tochter des verstorbenen Vorsitzenden – hat klar gegen uns Stellung bezogen. Noch vor einer Woche war ich fest davon überzeugt, daß sie zu den Befürwortern der Föderationspräsenz gehört, deren Zweck darin besteht, Tenara zu verteidigen. Ich weiß nicht, was den plötzlichen Gesinnungswandel verursachte. Commander Riker, der Gretna von uns allen am besten kennt, liegt noch immer bewußtlos in der Krankenstation und erholt sich langsam von seinen Verletzungen.

Allerdings haben wir auch eine wichtige Information gewonnen. Die gefangengenommenen M'Dok bestätigen Commander Datas Hypothese bezüglich einer Hungersnot im Reich. Starfleet Command ist bereits von uns unterrichtet worden und wird verstärkten diplomatischen Druck ausüben. In der Zwischenzeit bleibt die Situation kritisch. Ich glaube, Captain Seianus und die *Zenturio* warten nur darauf, daß die M'Dok noch einmal angreifen – um dann einen Krieg gegen sie zu entfesseln.

Picard seufzte, lehnte sich im Kommandosessel zurück und schaltete das elektronische Logbuch aus.

»Ein anstrengender Tag, Sir«, bemerkte Deanna Troi.

»Ja, Counselor. Und er hat gerade erst begonnen.« Der Captain rieb sich nachdenklich das Kinn. »Wenn ich doch nur mit Commander Riker über dies alles sprechen könnte.« Er betätigte eine der in die Armlehne des Sessels integrierten Tasten und setzte sich mit der Krankenstation in Verbindung. »Wie geht es dem Patienten, Dr. Crusher?«

»Er hat eine Menge Blut verloren, Captain«, erwiderte Beverly Crusher. »Aber seine Genesung macht gute Fortschritte.«

»Ich muß mit ihm reden.«

»Commander Riker braucht Ruhe. Mindestens noch einmal vierundzwanzig Stunden lang.«

Picard preßte kurz die Lippen zusammen, als er die Entschlossenheit in Beverlys Stimme hörte. »Na schön, Doktor. Halten Sie mich auf dem laufenden.«

Er blickte auf den großen Wandschirm, der Tenara und die *Zenturio* zeigte.

Noch dringender als ein Gespräch mit Will Riker ist eins mit dem Captain jenes Raumschiffs. Um herauszufinden, was er denkt, was er plant.

Aber er könnte ebensogut Lichtjahre entfernt sein.

Die Tür des Kommandantenquartiers glitt beiseite, und Fähnrich Jenny de Luz trat ein. Seianus wartete auf sie und stand neben dem Schreibtisch. Er trug die schlichte Starfleet-Uniform eines Captains, und dadurch wurde seine Ähnlichkeit mit Jean-Luc Picard noch deutlicher, geradezu unheimlich. Der Magna Romaner lächelte freundlich, trat vor und schüttelte der Sicherheitsbeamtin die Hand. »Fähnrich de Luz... Willkommen an Bord meines Schiffes. Darf ich Sie Jenny nennen?«

»Ja, Captain. Natürlich.«

Seianus näherte sich dem Fenster und beobachtete den Planeten, der sich langsam unter dem Raumschiff drehte. »Ich kenne Ihre Holodeck-Übungen.« Er drehte sich um und lächelte erneut. »Sie haben dabei erstklassige Leistungen gezeigt.«

»Das verdanke ich Gaius, Sir.«

»Sie sind zu bescheiden, Jenny. Gaius erzählte mir alles. Und er meinte, seit Jahren sei er keinem so vielversprechenden jungen Offizier mehr begegnet. Sie sind sogar besser als manche Magna Romaner. Fließt vielleicht auch römisches Blut in Ihren Adern?«

Jenny schmunzelte. »Ja, Sir — wenn auch nicht besonders viel. Meine Vorfahren gehörten zu einem Volk, das die Römer in ihrem Reich eingliederten.«

»Möglicherweise gilt das auch für mich«, erwiderte Seianus und lachte. »Ich bin nie davon überzeugt gewesen, daß die Volcinier oder Angehörige anderer *Gentes* von angeblich romanischer Patrizier-Abstammung ihre Blutlinien im Verlauf der Jahrhunderte so rein gehalten haben, wie sie behaupten.« Er ließ sich auf die Schreibtischkante sinken. »Als ich aufwuchs, hielt ich Abstammung und Reinheit des Blutes für wichtiger als alles andere. Der Rest, so glaubte ich, sei von zweitrangiger Bedeutung. Später, als Erwachsener, kämpfte ich jahrelang gegen diese kulturelle Indoktrination an. Zuerst zwang ich mich dazu, keine Unterschiede mehr zwischen einzelnen Magna Romanern zu sehen und sie als ein Volk aufzufassen. Dann begann ich damit, den geistigen Horizont zu erweitern, so daß es in meinem Denken und Empfinden gleichberechtigten Platz für die anderen Zivilisationen der Föderation gab.«

»Ja, Sir.« Jenny nickte. »Ich habe das ebenfalls gelernt, als ich Meramar verließ. Captain Picard betont dieses Prinzip häufig.«

»Tatsächlich?« Seianus räusperte sich. »Ihr Captain genießt einen bemerkenswerten Ruf. Er ist in Starfleet und der Föderation berühmt — aus gutem Grund. Gelehrter, Diplomat, Kommandant und Soldat, wenn es notwendig wird. Ja, er verdient seine Reputation. Ich verstehe durchaus, warum ihn seine Crew bewundert.«

»Wir respektieren ihn sehr, Sir.«

»Bestimmt hat Captain Picard nur das Wohl aller Völker und Welten der Föderation im Sinn.«

»Da bin ich völlig sicher, Sir.«

Seianus hob den Kopf und sah Jenny an. »Aber blinde Heldenverehrung ist immer verkehrt. Selbst jemandem wie Jean-Luc Picard können Fehler unterlaufen.«

»Äh, das stimmt, Sir. Das gibt er ganz offen zu.«

Seianus nickte. »Da haben Sie gewiß recht«, sagte er ernst. »Das ist wenigstens zum Teil Maßstab für die Größe eines Mannes – seine Bereitschaft, eigene Fehler einzugestehen. Was leider nicht bedeutet, daß er seine Fehler immer *einsieht,* wenn man ihn darauf hinweist. Nun, zweifellos will er nur das Beste für die Föderation, aber vielleicht trifft er in diesem Zusammenhang die falschen Entscheidungen.«

Jenny runzelte verwirrt die Stirn. »Wie meinen Sie das, Sir?«

Seianus stand wieder auf. »Ich möchte Ihnen die Hintergründe der Schlacht von Britannia schildern. Nein, ich wechsele nicht das Thema. Sie werden bald verstehen, was ich Ihnen zu erklären versuche. Wissen Sie, warum die germanischen Stämme ihre Differenzen überwanden und ein Heer nach Britannia schickten, um Londinium anzugreifen?«

»Gaius sagte mir, sie hielten die Stadt für offen und ungeschützt. Sie glaubten, die Legionen seien abgezogen.«

»Ja, aber *weshalb* glaubten sie das?«

Jenny schüttelte den Kopf. »Keine Ahnung.«

Seianus Stimme gewann einen scharfen, autoritären Klang. »Meinen Vorfahren erging es wie den Römern der Erde: Lange Zeit versuchten sie vergeblich, die Germanen zu besiegen. Wir verloren Tausende von Soldaten in den Wäldern – ohne einen nennenswerten Erfolg zu erzielen.

Und dann merkten wir, daß uns die Germanen immer mehr ähnelten! Sie widerstanden uns als Eroberern, aber zwischen den Schlachten trieben sie Handel mit den romanischen Siedlungen an der Grenze. Sie lernten Latein und ahmten unsere Regierungsformen sowie die militärische Organisation nach – wodurch sie zu einem noch gefähr-

Zwischendurch: [redacted]

[redacted] Können wir uns vorstellen, daß unsere eigene Geschichte einen ähnlichen Verlauf genommen hätte? Auch wir haben ja eine römisch beherrschte Vergangenheit – doch Roms Macht ist auf der Erde vor vielen Jahrhunderten zusammengebrochen. So ist diese Fahrt des Raumschiffs auch eine Reise zu den Möglichkeiten der Geschichte: was wäre wenn ...? [redacted]

[redacted]

[redacted]

[redacted] Ein Gesichtspunkt, mit dem wir unsere Lektüre für einen Moment zwischendurch unterbrechen wollen, um bei einer kleinen heißen Mahlzeit unseren Gedanken und Spekulationen folgen zu können: Nur fünf Minuten irdischer Zeit – und schon ist sie fertig, die ... [redacted]

[redacted]

[redacted]

licheren Gegner wurden. Gleichzeitig glaubten wir, einen Ansatzpunkt gefunden zu haben.

Wir schickten keine Soldaten mehr, sondern Lehrer und Kaufleute. Natürlich brachten die Germanen unsere ersten Gesandten um, aber die anderen ließen sie am Leben. Allmählich gelang eine andere Art von Eroberung: Die ins Feld geführten Armeen hießen Kultur und Zivilisation.«

Seianus unterbrach sich kurz, und sein Blick reichte ins Leere.

»Doch dann begann eine Erneuerungsbewegung in Germanien und gewann rasch viele Anhänger. Es ging dabei um eine Rückbesinnung auf die alten nationalistischen Werte; die Erneuerer lehnten alles Fremde — mit anderen Worten: alles Romanische — ab. Innerhalb von zwei Jahren zerstörten sie alles, was wir aufgebaut hatten. Sie brachten die Angehörigen unseres Volkes um oder warfen sie in den Kerker. Und sie zwangen die romanisierten Germanen zu einer Rückkehr in die Primitivität. Essen, Sprache, Häuser, die Kunst — alles wurde wieder primitiv. Und wir sahen uns dorthin zurückgeworfen, wo wir Jahrhunderte zuvor begonnen hatten.

Kurze Zeit später begriffen wir, daß unsere Lage noch weitaus schlimmer war als damals. Die neuen Oberhäupter Germaniens arbeiteten zusammen und wußten um die Gefahr, die wir für sie darstellten. Unsere Spione berichteten, daß sie eine Invasion planten, daß sie beabsichtigten, gegen Rom zu ziehen. Als wir davon hörten, wollten wir zuerst ein möglichst großes Heer zusammenstellen und es nach Norden schicken, um den Widerstand der Germanen endgültig zu brechen und sie für immer zu unterwerfen. Aber Kaiser Belisarius fürchtete, daß seine Legionen im Wald einfach niedergemetzelt wurden, wie es einige Jahrhunderte zuvor geschehen war. Er und seine Generäle entwickelten eine brillante Strategie: Sie gaben einigen Kurieren den Auftrag, Germanien auf dem kürzesten Weg nach Britannia zu durchqueren und den Legionen von Londinium geheime Botschaften zu übermitteln.«

»Das erscheint mir nicht besonders klug«, wandte Jenny ein. »Die Kuriere hätten in Gefangenschaft geraten können.«

Seianus lächelte. »Das war auch der Fall. Sie wurden gefoltert und umgebracht, und es gelang den Germanen, die Nachrichten zu entschlüsseln. Es handelte sich um einen Marschbefehl für die Legionen: Sie sollten so schnell wie möglich nach Rom zurückkehren, um dabei zu helfen, die germanische Invasion abzuwehren. Auf dem Seeweg erhielten die romanischen Truppen ihre wirkliche Order: Sie wurden angewiesen, in Londinium zu bleiben. Die Germanen fielen auf den Trick herein und stellten eine besonders schlagkräftige Streitmacht zusammen, um Britannia zu erobern. Sie rechneten nicht damit, dort auf eine starke Verteidigung zu treffen. Wahrscheinlich hofften sie, dem Reich einen schweren Schlag zu versetzen und dadurch die Vormachtstellung in Mittel- und Nordeuropa zu erringen. Statt dessen gingen sie in eine perfekt vorbereitete Falle – Sie haben es auf dem Holodeck erlebt, Jenny. Welche Konsequenzen ergaben sich daraus? Nach ihrer verheerenden Niederlage war das militärische Potential der Germanen so stark reduziert, daß Kaiser Belisarius' Legionen ganz Germanien in nur drei Monaten eroberten.«

»Der Trick brachte auch einige Gefahren mit sich«, murmelte die junge Sicherheitsbeamtin.

»Ja, aber er funktionierte, und letztendlich kommt es nur darauf an, oder?«

»Ich frage mich, ob die Kuriere Ihre Ansicht geteilt hätten, Captain. Ich meine diejenigen Romaner, die den Auftrag erhielten, mit falschen Botschaften das Land des Feindes zu durchqueren. Ich bezweifle, ob sie sich gern foltern und umbringen ließen.«

»Es waren Romaner, Jenny. Sie kannten das Risiko und akzeptierten es als Teil ihrer Pflicht.« Seianus zögerte. »Vielleicht beginnen Sie inzwischen zu verstehen, warum ich Ihnen den Hintergrund der Schlacht von Britannia geschildert habe. Die Selbstaufopferung tapferer Romaner rettete das Reich. Unmittelbare Maßnahmen – ein direkter Vorstoß nach Germanien – hätten nicht zum Erfolg geführt und vielleicht sogar den Untergang Roms nach sich gezogen. In dem Fall gäbe es heute keine Welt namens Magna Roma. Genau darauf wollte ich hinaus. Denken Sie darüber nach, Jenny.«

Die junge Frau schüttelte verwirrt den Kopf. »Ich fürchte, mir ist noch immer nicht ganz klar, was Sie meinen.«

Seianus kehrte ihr den Rücken zu und wanderte umher. »Es geht mir um folgendes: Meiner Ansicht nach trifft Ihr Captain die falschen Entscheidungen.« Er drehte sich um. »Dutzende von Tenaranern sind dadurch ums Leben gekommen, und wahrscheinlich sterben noch viele andere – auch Besatzungsmitglieder dieses Schiffes und Angehörige Ihrer Crew –, bevor Picard seinen Fehler zugibt.«

»Mit allem Respekt, Sir: Darüber sollten Sie mit ihm sprechen, nicht mit mir.«

Seianus lachte. »Ich verstehe, warum sich Gaius für Sie interessiert. Er hat eine sehr gute Wahl getroffen.«

Die Stimme des Magna Romaners vibrierte in der Sicherheitsbeamtin. Jenny wich zurück. »Danke, Sir.«

Seianus wandte sich dem Fenster zu und beobachtete die Sterne. Er wartete einige Sekunden lang, bevor er fortfuhr: »Ich erinnere mich an Ihre Bemerkungen auf dem Planeten. Sie waren wütend, weil Sie glaubten, man hätte dem Angriff der M'Dok vorbeugen können. Entsinnen Sie sich an meine Antwort?«

Jenny nickte. »Sie meinten, es könnten andere Maßnahmen ergriffen werden, um die Sicherheit Tenaras zu gewährleisten.«

»Ja«, bestätigte Seianus. Er musterte die junge Frau, und in seinen Pupillen glühte es.

»Es wird Zeit, etwas zu unternehmen, Jenny. Die Situation verlangt nach tapferer Kühnheit. Wir müssen zurückschlagen und den Feinden der Föderation eine Lektion erteilen, die sie so schnell nicht vergessen. Auf lange Sicht ist das weitaus wirkungsvoller als die Installation irgendwelcher Verteidigungsanlagen!« Der Magna Romaner schloß die Hände um Jennys Schultern und sah ihr in die Augen. »Wir brauchen Kämpfer mit dem Mut der Romaner — Krieger, die bereit sind, sich für ihre Ideale zu opfern.«

Seianus holte tief Luft und zog Jenny zu sich heran. »Sie sind aus dem richtigen Holz geschnitzt — Gaius Aldus ist zweifellos davon überzeugt. Wir brauchen Sie hier, an Bord der *Zenturio*. Wir möchten, daß Sie sich uns anschließen, daß Sie mit uns in den Kampf ziehen.«

»Ich...« Jenny legte sich die Worte sorgfältig zurecht. »Captain, vielleicht hätte ich in absehbarer Zeit ohnehin eine Versetzung zur *Zenturio* beantragt. Ich wollte Sie darauf ansprechen, um ganz sicher zu sein, daß ich Ihre Zustimmung bekomme.«

»Meine Zustimmung!« Seianus schrie fast. »Ich würde mich *freuen!* Ich benötige Offiziere, die selbständig denken und rasch reagieren — Offiziere, die nicht zögern, sich den Geboten der Notwendigkeit zu fügen und ihre Pflicht zu erfüllen. Damit meine ich Leute wie Sie, Jenny.«

Die junge Frau ließ den angehaltenen Atem entweichen. »Danke, Sir. Es wäre mir eine Ehre, unter Ihnen zu dienen.«

»Ausgezeichnet, Jenny.« Seianus klatschte in die Hände. »Ich schlage vor, Sie informieren Ihren Captain. Unterdessen treffe ich hier alle Vorbereitungen.«

»Ja, Sir.« Seianus nickte und sah der Sicherheitsbeamtin nach, als sie ging. Draußen im Korridor warteten zwei Soldaten seiner Leibgarde. Sie würden Jenny zum Transporterraum begleiten — oder zu Gaius Aldus' Quartier.

Andererseits: Wenn die junge Frau das Angebot des romanischen Captains abgelehnt oder Seianus' Mißtrauen erweckt hätte... In dem Fall wäre sie zu einem anderen Ort gebracht worden. So war alles viel einfacher.

Es überraschte Deanna Troi nicht, als Jenny kurz nach dem M'Dok-Angriff um ein Gespräch mit ihr bat. Sie hob jedoch verblüfft die Brauen, als sie erfuhr, worüber die Sicherheitsbeamtin mit ihr reden wollte.

»Eine Versetzung, Jenny? Warum?«

»Vielleicht habe ich es einfach satt, eine Einzelgängerin an Bord dieses Schiffes zu sein, Deanna. Ich gehöre nicht hierher. In der *Zenturio* spüre ich eine ganz andere Atmosphäre. Die Magna Romaner sind Krieger wie ich!«

»Jenny...« Troi schüttelte den Kopf. »Ich weiß, welche Empfindungen Sie Gaius entgegenbringen und daß Sie sich der *Zenturio* verbunden fühlen. Dagegen gibt es nichts einzuwenden. Aber Sie sollten immer daran denken, daß Starfleet keine Organisation von Kriegern ist. Wir kämpfen, wenn uns nichts anderes übrigbleibt, aber...«

»Wir müssen *jetzt* kämpfen!« entfuhr es Jenny. »Nach den gestrigen Ereignissen ist es unsere Pflicht, die M'Dok bis zu ihrer Heimatwelt zu verfolgen und dafür zu sorgen, daß sie nie wieder jemanden überfallen können.« Die junge Frau atmete tief durch. »Wir müssen die Galaxis von der Gefahr befreien, die von den Katzenwesen ausgeht! Das gilt auch für alle anderen Feinde der Föderation. Warum sollten wir den Tenaranern nicht beibringen, sich selbst zu verteidigen? Warum zwingen wir sie nicht dazu, ihre Gesellschaft zu verändern, so daß sie auch dann sicher sind, wenn unsere Raumschiffe dieses Sonnensystem verlassen? Niemand würde es wagen, Magna Roma oder Meramar anzugreifen — weil die Bürger jener Planeten sofort bereit wären, mit aller Kraft zurückzuschlagen. Wir sollten Tenara in die Lage versetzen, sich zu wehren, oder?«

»Steht diese Entscheidung nicht den Tenaranern zu?« fragte Deanna sanft.

Jenny winkte ab. Ihre Geste brachte nicht nur Aggressivität zum Ausdruck, sondern auch nervöse Anspannung. »Normalerweise ja. Aber wenn sie sich weiterhin darauf beschränken, ihre Verteidigung anderen zu überlassen... Sie benutzen uns als Schild, um sich den Luxus ihrer pazifistischen Lebensweise zu erlauben!«

Während Jenny sprach, hörte Deanna ihren Worten zu — und lauschte gleichzeitig den emotionalen Ausstrahlungen. Troi war zur einen Hälfte Betazoidin, und mit ihren empathischen Fähigkeiten spürte sie die innere Zerrissenheit der Sicherheitsbeamtin. Es handelte sich nicht nur um ein intellektuelles Problem: In Jenny prallten zwei völlig verschiedene Wertsysteme aufeinander, was zu einem fundamentalen Konflikt führte.

»Ich kann Ihnen nicht dabei helfen, zwischen unterschiedlichen politischen Philosophien zu wählen, Jenny. Dazu sind nur Sie selbst imstande. Jeder Erwachsene muß sich dieser Aufgabe stellen. Ich bin hier, um Ihnen dabei zu helfen, mit Ihren Gefühlen fertig zu werden.«

»Genau darin besteht mein Problem!« platzte es aus Jenny heraus. »Ich weiß plötzlich nicht mehr, an was ich glauben soll! Verstehen Sie das denn nicht?«

Ich verstehe es sogar sehr gut, dachte Deanna. *Aber trotzdem kann ich Ihnen keine leichte Lösung anbieten.* »Ich glaube, Sie sollten sich etwas Ruhe gönnen, bevor Sie mit einem Versetzungsantrag an den Captain herantreten. Nehmen Sie sich Zeit, um gründlich zu überlegen.«

»Na schön«, seufzte Jenny. »Solange Lieutenant Worf auf Tenara ist, braucht man mich dort gar nicht.«

»Gut. Ich bitte Captain Picard darum, Sie für einige Tage von Ihren Dienstpflichten zu entbinden. Später sprechen wir noch einmal miteinander.« Die Counselor dachte nach. »Während Ihrer Ausbildung an der Akademie haben Sie Kurse belegt, bei denen es um Faschismus und englisches Gewohnheitsrecht ging, nicht wahr?«

Jenny nickte. Sie wirkte jetzt leer und ausgehöhlt, schien ihre ganze Energie verbraucht zu haben.

»Ich glaube, diese Themen wurden nur oberflächlich behandelt«, fuhr Deanna fort. »Verbringen Sie die nächsten Tage damit, alles zu lesen, was im Bibliothekscomputer darüber gespeichert ist. Einverstanden?«

»Ja.«

Troi klopfte Jenny auf die Schulter. »Anschließend unterhalten wir uns noch einmal.«

»Danke, Counselor.«

Troi verließ das Zimmer, und Jenny streckte sich auf

ihrem Bett aus, betrachtete das Bild an der Kabinenwand. Sie hatte es von Meramar mitgebracht. Es zeigte Servados Agonie: der gottartige Held von den Barbaren gekreuzigt, die er so lange — und ganz allein — abgewehrt hatte. Unter dem hölzernen Kreuz lag Servados Schwert, in zwei Teile zerbrochen. Nägel ragten aus den Händen des tapferen Mannes; an der einen Körperseite zeigte sich eine tiefe Lanzenwunde, und eine Dornenkrone ruhte auf seinem Haupt. Trotzdem wirkte Servado völlig ruhig und gelassen. Sein Blick übermittelte eine Botschaft, die Jenny schon als kleines Mädchen verinnerlicht hatte: »Sei mutig, Tochter. Sei eine Kriegerin nach meinem Bilde, auf daß wir uns im Himmel begegnen.«

Unten auf dem Gemälde stand das letzte Wort, das Servado der Überlieferung gemäß ausgesprochen hatte: *»Resorgo.«* In der Sprache Meramars bedeutete es: »Ich werde wiederauferstehen.« Ein Versprechen, das Servados Volk hoffen ließ.

Unter dem Bild befand sich ein kleiner Altar, mit einem weißen Tuch zugedeckt. Darauf lag ein Schwert jener Art, wie es von Jennys Vorfahren viele Generationen lang verwendet worden war — eine schmale, schmucklose und zweischneidige Klinge. Es handelte sich um eine kleinere Version der Schwerter römischer Legionäre. Jenny streifte sich ein weißes Gewand über und kniete vor dem Altar.

»Heiliger Servado«, flüsterte sie, »segne meine Waffe und die Hand, die sie hält. Hilf mir, so wie du meinem Vater geholfen hast. Zeig mir den richtigen Weg.«

Jenny sah zu dem Bild auf. Servado blickte so liebevoll und anerkennend wie immer, aber jetzt glaubte sie, in den Augen des Helden auch noch etwas anderes zu erkennen — etwas, das sie auch in Seianus' Zügen gesehen hatte.

»Heiliger Servado«, hauchte sie, »bist du vielleicht auf einer anderen Welt wiedererschienen?«

Jenny bekam keine Antwort. Erneut neigte sie den Kopf und betete, in Englisch und dann in ihrer Muttersprache, einem Dialekt, der auf dem Lateinischen basierte.

KAPITEL 12

Es war kaum zu glauben.

Der M'Dok-Angriff auf die Hauptstadt lag inzwischen drei Tage zurück, und an Worfs Selbstverteidigungsunterricht nahmen mehr Tenaraner teil als jemals zuvor. Er hatte Gaius Aldus gebeten, ihm jemanden zu schicken, der bei den Lektionen half. Der Magna Romaner sollte an diesem Nachmittag kommen; er war ebenfalls ein Fachmann für unbewaffneten Nahkampf. *Außerdem ist er ein Mensch,* fügte der Klingone in Gedanken hinzu. *Mit ihm kommen die Tenaraner bestimmt besser zurecht als mit mir.*

Dennoch fanden die Einheimischen immer neue Gründe, den Kampf abzulehnen.

Nadeleen wiederholte die Frage, die sie Worf vor drei Tagen gestellt hatte. »Danke dafür, daß Sie diesen wichtigen Punkt ansprechen«, sagte der Klingone und spürte die volle Aufmerksamkeit der Klasse.

»Sie haben völlig recht, Nadeleen. Ein M'Dok-Krieger wäre wieder aufgesprungen und hätte erneut angegriffen. Deshalb müssen Sie sich so verteidigen, daß der Gegner am Boden bleibt. Mit dieser Technik möchte ich Sie heute vertraut machen.«

Er wählte eine junge Frau.

»Sie – wie lautet Ihr Name?«

»Arkanka, Sir.«

»Na schön, Arkanka, bitte kommen Sie zu mir.«

Die Tenaranerin stand auf und näherte sich langsam. Sie mochte einige Jahre jünger sein als Nadeleen, aber sie war ebenso groß wie Worf und wirkte kräftig genug. *Sie hätte eine Chance gegen die M'Dok – wenn sie lernt, was ich ihr beizubringen versuche.*

Der Klingone wandte sich wieder an die Gruppe. »Verschiedene Körperteile von Humanoiden – und das gilt auch für die M'Dok — reagieren besonders empfindlich auf Verletzungen. Wenn man dort hart genug zuschlägt, kann man den Gegner sogar töten.«

Die Tenaraner schauderten. Worf war viel zu sehr auf die Lektion konzentriert, um die wachsende Unruhe seiner Schüler zu bemerken. »Die meisten Stellen ignorieren wir aus zwei Gründen. Erstens: Ich beschränke mich darauf, Ihnen die Grundlagen der Selbstverteidigung zu zeigen; komplexe Einzelheiten würden Sie nur verwirren. Zweitens: Bei einem M'Dok muß der erste Schlag zum Erfolg führen — Sie bekommen keine zweite Gelegenheit. Deshalb wenden wir uns nun der Kehle zu.

Wenn die M'Dok angreifen, so strecken sie die Arme aus, weil sie das Opfer mit den Krallen packen wollen. Gleichzeitig heben sie den Kopf, um zuzubeißen. Sie rechnen damit, daß ihre entsetzten Gegner wie gelähmt sind, und deshalb achten sie nicht darauf, den Hals zu schützen. Anders ausgedrückt: Sie geben sich eine Blöße, die wir zu unserem Vorteil nutzen können. Ich zeige Ihnen jetzt, was ich meine. Arkanka, bitte strecken Sie die Arme aus und heben Sie den Kopf. Etwa so.« Worf nahm eine entsprechende Haltung ein.

»Einen Augenblick«, sagte die Frau. »Wollen Sie uns lehren, wie man mit voller Absicht jemanden verletzt?«

»Nicht ›jemanden‹. Einen Angreifer. Wahrscheinlich einen M'Dok-Krieger.«

Das leise Flüstern im Zimmer verwandelte sich in zorniges Brummen.

»Das kommt für uns nicht in Frage!« entfuhr es Arkanka.

»Wie bitte?« Der Klingone holte tief Luft und versuchte es noch einmal. »Ich bin sicher, daß niemand von Ihnen seine hier erworbenen Kenntnisse gegen eine unschuldige Person einsetzt. Bitte denken Sie daran: Es geht um Selbstverteidigung.«

»Trotzdem«, warf Ingerment ein. »Bisher glaubten wir, damit sei alles in Ordnung — solange es nur darum geht, einen Gegner abzuwehren, ohne ihm Schmerzen zuzufügen. Aber jetzt wollen Sie uns etwas lehren, das wir nicht akzeptieren können.«

»Meinen Sie das im Ernst?« fragte Worf fassungslos. »Sind Sie nicht bereit, alle Möglichkeiten zu nutzen, um sich zu schützen? Ich bezweifle, ob einige Judo-Würfe genügen, um die M'Dok aufzuhalten.«

»Dann kämpfen wir nicht gegen sie.« Mehrere Tenaraner erhoben sich und schritten zum Ausgang.

»Bitte erklären Sie mir das«, sagte Worf hastig, bevor auch die anderen Männer und Frauen aufstanden.

Ingerment ließ den Blick über seine Mitschüler schweifen und stellte fest, daß sie ihn als ihren Sprecher anerkannten. »Wir sind eher bereit, uns von den M'Dok verletzen zu lassen, als sie ganz bewußt zu verwunden.«

»Verletzen?« brachte Worf hervor. »Die M'Dok verletzen nicht. Sie töten.«

»Meinetwegen«, erwiderte Ingerment trotzig. »Wir lassen uns eher von ihnen töten, als sie umzubringen.«

»Wir nehmen lieber den Tod hin, als die moralische Schande eines Mordes auf uns zu laden«, fügte Arkanka hinzu.

»Aber wenn nur einer von Ihnen überleben kann, entweder Sie oder der M'Dok...«, sagte Worf. »Ist es dann nicht besser, wenn das Katzenwesen stirbt?«

»Warum sollte ein M'Dok weniger Recht auf sein Leben haben als wir?« fragte Nadeleen. »Wir alle sind vernunftbegabte Wesen — äußerliche Unterschiede spielen keine Rolle.«

Worf überlegte. »Sie gefallen mir weitaus besser als die M'Dok.« Diese Worte brachten ihm ein Lächeln der Tenaraner ein. Aber gleichzeitig begriff der Klingone, daß seine Schüler auf ihrem Standpunkt beharrten. »Was ist mit Nadeleens Reaktion vor drei Tagen? Wie würden Sie sich verhalten, wenn nicht Ihr eigenes Leben auf dem Spiel steht, sondern das eines hilflosen Kindes?«

»Jeder Tenaraner stirbt lieber, als jemand anders zu

zwingen, für ihn zu töten«, antwortete Ingerment. »Wir alle empfinden auf diese Weise.«

»Sie *alle?*« fragte Worf. »Melkinat nahm eine alte Waffe von der Wand und brachte damit einen M'Dok um.«

»Intelligente Wesen lassen sich manchmal zu irrationalen Reaktionen hinreißen«, erwiderte Nadeleen ruhig. »Was jedoch nicht bedeutet, daß derartige Verhaltensweisen richtig sind. Unsere Gesetze und Traditionen basieren auf Vernunft, nicht auf blindem Zorn.«

Worf schüttelte den Kopf. »Ich respektiere Ihre Einstellungen. Wenn alle Völker in der Galaxis Ihre Prinzipien teilten, gäbe es überall Frieden. Leider sieht die Wirklichkeit anders aus. Wir haben es nicht mit irgendwelchen theoretischen Überlegungen zu tun, sondern mit der Realität.«

»Das ist uns durchaus bewußt«, sagte Nadeleen. »*Sie* machen sich etwas vor, indem Sie nach einem Vorwand suchen, um primitiven Instinkten nachzugeben. Wir wollen nicht, daß Sie damit unsere Welt vergiften.« Sie stand ruckartig auf und ging zur Tür.

Die anderen folgten ihr. Worf bat die Tenaraner, im Zimmer zu bleiben, aber niemand achtete auf ihn. Ihr Starrsinn schürte das Feuer der Wut im Klingonen.

Hinter ihm lachte jemand.

Worf wirbelte herum. Ein junger Mann trat ihm entgegen, gekleidet in eine romanische Toga, an deren Säumen sich purpurne Stickereien zeigten. Die Sandalen waren mit silbernen und goldenen Fäden durchwirkt. Worf ärgerte sich darüber, daß er den Magna Romaner erst jetzt bemerkte, und das amüsierte Lachen interpretierte er fast als persönliche Herausforderung. Er versteifte sich unwillkürlich und wartete stumm, bis der Mann näherkam.

Der Romaner hob die Hand. »Ich bin Marcus Julius Volcinius, und ich weiß natürlich, wer Sie sind.« Als er merkte, daß der Klingone seinen Gruß nicht erwiderte, fügte er hinzu: »Oh, entschuldigen Sie. Ich habe Sie keineswegs ausgelacht! Meine Erheiterung gilt der ... Ironie Ihrer Bemühungen.«

»Ironie?« brummte Worf.

»O ja. Sie versuchen, innerhalb weniger Stunden maßgeblichen Einfluß auf eine lebenslange Indoktrination zu nehmen.« Marcus schüttelte den Kopf. »Damit ist ein Mißerfolg vorprogrammiert.«

Worf deutete auf die Tür, doch seine Geste galt den Tenaranern. »Sie sind noch jung. Gerade deshalb habe ich sie ausgewählt.«

»Aber sie sind nicht jung genug! Wann wird ein Romaner zum Romaner oder ein Klingone zum Klingonen?«

»Bei Klingonen gibt es gewisse *Rites de passage*«, erwiderte Worf vorsichtig. »Danach gilt man als Erwachsener.«

Marcus nickte. »Ja, natürlich. In praktisch allen Gesellschaften existieren solche Rituale. Das meine ich nicht. Um meine Frage anders zu formulieren: In welchem Alter identifiziert sich ein Kind mit den kulturellen Werten seiner Umgebung?«

»Das hängt vom Kind ab — und der jeweiligen Kultur.«

Marcus' Lächeln wuchs in die Breite. »Jetzt sprechen Sie als Diplomat und nicht mehr als Krieger. Nun, meiner Ansicht nach läuft es auf folgendes hinaus: Je jünger die Kinder, desto besser die Aussichten, ihre Entwicklung zu beeinflussen.«

Worf runzelte die Stirn. »Sie meinen mehr, als in Ihren Worten zum Ausdruck kommt.«

»Hm, ja. Eine romanische Angewohnheit. Manchmal wählen wir Formulierungen, in denen sich wesentlich mehr Bedeutung verbirgt, als es zunächst den Anschein hat.«

»In dieser Hinsicht ist Marcus Volcinius besonders begabt.« Gaius Aldus war leise an die beiden Männer herangetreten und stand nun hinter Marcus. »Ich wurde an Bord der *Zenturio* aufgehalten, aber wie ich sehe, haben Sie den Unterricht schon beendet.«

»Unfreiwillig«, erklärte der Klingone. »Es ergaben sich weitere Probleme in bezug auf die tenaranische Auffassung von Selbstverteidigung.« Er sah den anderen Magna Romaner an. »Vielleicht kann uns Marcus eine Lösung anbieten.«

»Da bin ich gespannt«, sagte Gaius.

Marcus deutete eine Verbeugung an. »Es ist mir ein Vergnügen, Sie wiederzusehen, Gaius.«

»Mir ergeht es nicht anders — obwohl es mich überrascht, Sie hier anzutreffen. Sie sollten auf der *Zenturio* sein; dort wären Sie niemandem im Weg.« Gaius hob plötzlich den Arm und hielt Marcus am Handgelenk fest. »Was führt Sie hierher?«

Marcus löste sich aus dem Griff und trug dabei einige blaue Flecken davon. »Sie sind nicht über alles informiert.«

Gaius Aldus straffte die Gestalt. »Ich bin *Magister Navis* und habe deshalb ein Recht darauf, über alle wichtigen Vorgänge informiert zu sein.«

Marcus lachte. »Sie nehmen archaische Titel viel zu ernst.«

»Na schön. Es bleibt Ihnen überlassen, was Sie von meinem Titel halten.« Erneut schloß er die Hand um Marcus' Unterarm und zog den Mann zu sich heran. »Nehmen Sie *mich* ernst. Ich frage noch einmal: Was machen Sie hier?«

Marcus Volcinius starrte auf die kräftige Hand hinab. Er wußte, daß Gaius diesmal nicht so einfach loslassen würde, und er wollte nicht wie ein Narr wirken, indem er vergeblich versuchte, sich aus dem festen Griff zu befreien.

Außerdem gefiel ihm die Vorstellung, dem *Magister Navis* zu demonstrieren, wie wenig er wußte. »Ich zeige es Ihnen«, sagte er. »Kommen Sie.«

»Bitte entschuldigen Sie uns, Lieutenant«, wandte sich Gaius an Worf. »Wir sprechen später miteinander.«

»In Ordnung«, bestätigte der Klingone.

Marcus führte Gaius zu einem einstöckigen Haus mit zwei Räumen. Beide dienten als Klassenzimmer: Tenaranische Kinder saßen dort an in Reihen aufgestellten Tischen, und Besatzungsmitglieder der *Zenturio* unterrichteten sie. Die Magna Romaner trugen ähnliche Kleidung wie Marcus

– allerdings fehlten die purpurnen Stickereien an der Toga, und die Sandalen waren nicht mit Gold und Silber geschmückt.

Sie gingen an den offenen Türen vorbei, und Volcinius lächelte, als er die Verblüffung in Gaius' Gesicht sah.

»Bei den Göttern, Marcus, das geht zu weit!« brachte Gaius Aldus zwischen zusammengebissenen Zähnen hervor. »Sie sind nicht befugt, Angehörige der Crew mit derartigen Aufgaben zu betrauen.«

Marcus gab keine Antwort, verharrte an einer geöffneten Tür und nickte in Richtung der Klasse. Die Lehrerin stellte gerade eine Frage, und ein etwa sechsjähriger Junge sprang auf, nahm Haltung an und sagte laut: »*Nomen Romanum* bezieht sich auf die romanische Macht, die den ganzen Planeten Magna Roma dominiert.«

»Sehr gut, Tullius«, lobte die Lehrerin, eine Frau in mittleren Jahren, die sich sehr gerade hielt und wie eine Patrizierin wirkte. »Du darfst dich wieder setzen.«

Tullius lächelte glücklich, nahm Platz und saß wie die übrigen Schüler: aufrecht und mit steifem Rücken.

Die Lehrerin wandte sich an ein anderes Kind. »Antonia, beende den von mir begonnenen Satz und übersetz ihn ins Tenaranische: ›*Roma locuta est* ...‹«

Ein kleines, kaum fünf Jahre altes Mädchen stand auf, hob den Kopf und intonierte in einem Singsang: »*Roma locuta est; causa finita est.* Das heißt: ›Rom hat gesprochen. Damit ist der Fall abgeschlossen.‹«

»Ausgezeichnet, Antonia. Weiß jemand, was das bedeutet?«

Gaius wandte sich ab.

»Kommen Sie«, sagte Marcus. »Es gibt noch mehr zu sehen.«

Er führte seinen Begleiter hinter das Gebäude, und dort erhob sich eine Wand, die den Blick auf den Rest des Geländes verwehrte. Sie bestand aus dem gleichen Material, das an Bord von Starfleet-Raumschiffen benutzt wurde, um Räume zu unterteilen.

»Die Tenaraner verwenden Stein und Holz als Baumaterialien«, stellte Gaius fest.

»Ja. Diese Wand haben wir errichtet. Um dahinter ungestört zu sein.«

Die darin eingelassene Tür bestätigte ihren fremden Ursprung — sie öffnete sich erst, als Marcus *»Aperi!«* sagte. Daraufhin glitt sie zur Seite, und die beiden Männer traten durch den Zugang, der sich hinter ihnen wieder schloß. Die Barriere umgab einen drei- oder viertausend Quadratmeter großen Bereich, auf dem romanische Truppen exerzierten.

»Vom Schiff?«

Marcus grinste. »Sehen Sie genauer hin.«

Gaius kniff die Augen zusammen. Die Soldaten waren Mädchen und Jungen, die ältesten von ihnen fünfzehn oder sechzehn. Plötzlich begriff er. »Tenaraner!«

Marcus lachte entzückt. »Genau! Junge Tenaraner! Und sie finden Spaß an der Sache, viel Spaß. Na, was halten Sie davon?«

Die Kinder und Jugendlichen trugen alte romanische Rüstungen und Waffen, marschierten in Reih und Glied über den Platz und reagierten auf die lateinischen Befehle des romanischen Offiziers. Auf seine Anweisung hin blieben sie ganz plötzlich stehen und stampften mit den Stiefeln. Eine neuerliche Order in Latein erklang: Die jungen Soldaten drehten sich zu Gaius und Marcus um, klopften mit der Faust auf die Brust und streckten den Arm zum romanischen Gruß. *»Salvete!«* riefen sie wie aus einem Mund.

Gaius wandte sich um und ging zur Tür. Als sie sich nicht öffnete, knurrte er ein zorniges »Auf!« Der Zugang blieb geschlossen. Er versuchte es mit dem lateinischen Wort und ahmte Marcus nach: *»Aperi!«* Nichts geschah.

Hinter ihm kicherte Marcus. »Das Identifikationsmodul ist nicht auf Ihre Stimme programmiert, Lieutenant.«

Gaius blieb reglos vor der Wand stehen, und seine volltönende Stimme hallte über den ganzen Paradeplatz, als er donnerte: »Wenn Sie die Tür nicht sofort für mich öffnen, breche ich das verdammte Ding auf!«

»Wir säen Veränderung«, sagte Volcinius. »Und zwar überall auf dem Planeten. Im Verlauf der nächsten Jahre wachsen diese Kinder heran und nehmen immer mehr Einfluß auf die Entwicklung Tenaras. Einige von ihnen wird man in die *Saavtas* wählen, und andere schaffen eine Streitmacht.«

»Militär?«

Marcus nickte, und in seinen Augen leuchtete Stolz. »Nach dem Beispiel der romanischen Legionen. Beim nächsten Mal brauchen sie nicht mehr unsere Hilfe, um einen Angriff abzuwehren. Aber was noch wichtiger ist: Die von uns ausgebildeten *Saavta*-Mitglieder ...« Er zögerte kurz und suchte nach den richtigen Worten. »Sie werden die Struktur dieser Gesellschaft und vielleicht auch die der Föderation verändern.«

»Sie sind ein Narr, Marcus.« Gaius schüttelte traurig den Kopf. »Ich weiß nicht, woher Sie die Idee für diesen Unfug nahmen, aber er hört jetzt auf. Sie beenden den Unterricht in den Schulen, kehren zur *Zenturio* zurück und nehmen alle Lehrer mit.«

Marcus schmunzelte hintergründig. »Sie verstehen noch immer nicht, oder? Sie haben mir nichts zu befehlen. Ich bin Seianus' Vetter, und *er* hat mich hierhergeschickt — meine Anweisungen stammen von ihm. Er ist voll und ganz mit meinen hiesigen Maßnahmen einverstanden. Außerdem: Sie sind Plebejer, und deshalb rate ich Ihnen, vorsichtiger zu sein. Selbst in der heutigen demokratisch-republikanischen Zeit kann das Leben außerordentlich unangenehm werden, wenn man Mitglieder bestimmter Familien beleidigt.«

»Der Captain ist bestimmt nicht mit dem einverstanden, was Sie hier anstellen.«

»Glauben Sie, Gaius?«

»Es wird sich bald herausstellen, was Lucius Aelius Seianus davon hält.« Gaius berührte seinen Insignienkommunikator. »*Zenturio!* Beamen Sie mich an Bord — und zwar schnell!«

Als Gaius Aldus auf der Plattform im Transporterraum rematerialisierte, nahm der Techniker hinter der Konsole Haltung an, klopfte sich mit der Faust an die Brust und streckte den Arm aus.

Gaius achtete überhaupt nicht darauf. Mit langen Schritten durchquerte er das Zimmer, marschierte durch den Korridor und hielt auf den nächsten Turbolift zu. Er ignorierte die Grüße der Besatzungsmitglieder, denen er unterwegs begegnete, starrte einfach durch sie hindurch. Seine Gedanken galten einzig und allein den Vorgängen auf Tenara — und ihren möglichen Konsequenzen.

Marcus hatte natürlich recht: Gaius war Plebejer. Während der imperialen Epoche auf Magna Roma hätte das bedeutet, daß er und seine Familie nicht die geringste Rolle spielten, daß er keine Ehre für sich beanspruchen durfte. Auch die Republik gab ihm und seiner Familie keine wichtige Stellung, aber die Ehre wurde ihm nicht länger vorenthalten. Gaius beschloß, sie zu verteidigen. Sie war alles, was er hatte — abgesehen von Jenny.

Er zog sich in sein Quartier zurück, schaltete dort den Kom-Schirm ein und setzte sich mit dem Captain in Verbindung. Der Computer fand Seianus im Bereitschaftsraum — der Kommandant nahm dort banale Verwaltungspflichten wahr. Die Störung schien ihn zunächst zu verärgern, doch Seianus' Miene erhellte sich, als er feststellte, wer ihn zu sprechen wünschte. »Gaius! Du bist an Bord? Solltest du nicht auf Tenara sein und dem Sicherheitsoffizier der *Enterprise* dabei helfen...«

»Es müssen einige wichtige Dinge erörtert werden«, unterbrach Gaius den Captain. »Jetzt sofort.«

Seianus runzelte die Stirn. »Im Augenblick bin ich sehr beschäftigt. Hat es nicht Zeit bis heute abend?«

»Nein. Es handelt sich um eine sehr dringende Angelegenheit.«

Seianus nickte und wurde übergangslos ernst, als er das Vibrieren in der Stimme seines Ersten Offiziers hörte. »In Ordnung. Ich erwarte dich im Bereitschaftsraum.«

Das Bild auf dem Kom-Schirm verblaßte.

Gaius seufzte und streifte die Starfleet-Uniform ab. Langsam und mit großer Sorgfalt zog er die für zeremonielle Gelegenheiten bestimmte Galauniform an. Sie hatte sich seit vielen Jahrhunderten nicht verändert. In dieser Kleidung waren Magna Romaner aufgebrochen, um die ganze Welt zu erobern – mit Erfolg. Zuerst kam die Tunika, darüber eine schwere Brustplatte mit metallenen Epauletten. Gaius fügte einen Rock hinzu, an dem Stahlplättchen klirrten, griff dann nach Helm und Umhang. Schließlich schnallte er sich den Gürtel um, an dem ein kurzes und breites Schwert hing – sowohl ein Schmuckstück als auch eine wirkungsvolle Waffe.

Er prüfte sein Erscheinungsbild im hohen Wandspiegel, rückte Rüstung und Schwert zurecht, nickte zufrieden, nahm Haltung an und hob den ausgestreckten Arm.

Jetzt fühlte er sich für die Begegnung mit Seianus bereit. Gaius verließ die Kabine und machte sich auf den Weg zur Brücke.

Die Besatzungsmitglieder in den Korridoren grüßten ihn erneut. Zuvor begegneten sie ihm mit jenem Respekt, der dem Ersten Offizier und stellvertretenden Kommandanten der *Zenturio* gebührte, doch jetzt würdigten sie auch die ehrenvolle Uniform. Gaius ging langsamer, bemerkte die Grüße und erwiderte sie ernst. *»Salve«*, sagte er ruhig. *»Salve.«*

Kurze Zeit später öffnete sich die Tür des Turbolifts, und Gaius Aldus betrat die Brücke, Verkörperung des Ewigen Romas, *Roma Aeterna.* Es wurde plötzlich still im Kontrollraum, und die anderen Offiziere sahen neugierig auf, als Gaius übers Deck schritt und im Bereitschaftsraum verschwand.

Seianus blickte vom Schreibtisch auf, als sich das Schott mit einem leisen Zischen schloß. »Gaius. Willkommen.«

Dann sah er die Uniform und neigte erstaunt den Kopf zur Seite. »Warum so förmlich, Gaius?«

»Du hast Captain Jean-Luc Picard darauf hingewiesen, daß ich seit langer Zeit deine Ehre und dein Leben schütze«, begann Gaius. »Ein großes Kompliment für mich.«

Seianus musterte ihn. »Es ist die Wahrheit.«

»Jetzt halte ich es für meine Pflicht, dich zu warnen: Deine Ehre ist in Gefahr.«

»Ich bin mir nicht sicher, ob ich dich verstehe.« Die Worte klangen neutral, die Stimme kühl. Jetzt sprach nicht mehr Seianus, seit vielen Jahren Gaius' bester Freund, sondern ein romanischer Patrizier, der von einem Plebejer Auskunft verlangte. »Vielleicht kannst du mir erklären, was du meinst.«

Gaius ging nicht darauf ein. »Marcus Volcinius ist in Zhelnogra. Er leitet ein Programm, das die Kinder den Traditionen Tenaras entfremden und sie an die prärepublikanischen Bräuche Magna Romas gewöhnen soll.«

»Oh.« Seianus nickte, stand auf und trat ans breite Fenster heran. »Ich höre.«

»Marcus glaubt, die von ihm geschaffenen ... Romaner werden irgendwann einmal eine wichtige Rolle spielen, und offenbar geht es dabei nicht nur um Tenara. Er behauptete sogar, nach deinen Befehlen zu handeln.«

»Ja.«

»*Stimmt* das etwa?«

»Verhörst du mich? Verlangst du von mir, daß ich dir die Gründe für meine Entscheidung erläutere?« Seianus wurde nun ganz und gar zu einem Patrizier, und in seiner Stimme hörte Gaius Spott.

»Ich berufe mich dabei auf unsere Freundschaft, auf das, was uns verbindet.«

Seianus maß seinen Ersten Offizier mit einem durchdringenden Blick. »Nun gut. Marcus handelt in meinem Interesse – und in dem von Magna Roma.«

»Wie soll das möglich sein?« entgegnete Gaius. »Was Marcus auf dem Planeten anstellt, steht im krassen Gegensatz zu den Gesetzen Tenaras und der Föderation. Sein Verhalten ist unehrenhaft.«

»Unehrenhaft?« Seianus schüttelte ärgerlich den Kopf. »Nein, es ist nicht unehrenhaft, sondern notwendig.«

Gaius verschränkte die Arme. »Erklär mir das.«

Seianus nahm wieder Platz und lächelte. »Erinnerst du dich an die Kriegsspiele unserer Kindheit? Ich war der Kaiser, und du bist in die Rolle meines Generals geschlüpft.«

Gaius nickte. »Damals brauchten wir nicht die Konsequenzen unserer Entscheidungen zu fürchten. Wir konnten uns Fehler erlauben und sogar sterben — alles fand nur in unserer Phantasie statt.« Seianus hielt den Blick des Ersten Offiziers fest. »Erinnerst du dich daran?«

»Ja.«

»Nun, mein Freund, dies ist kein Spiel mehr. Die M'Dok, Romulaner und Ferengi halten sich nicht an irgendwelche Regeln. Sie werden uns vernichten, wenn wir ihnen nicht zuvorkommen, wenn wir nicht von allen Methoden Gebrauch machen.«

Gaius schüttelte den Kopf. »Von allen Methoden? Nein. Ohne Ehre gewonnene Schlachten ergeben sinnlose Siege. Denk nur an unseren Triumph über die Romulaner bei Adhara. Du hast den Überlebenden freien Abzug gewährt und ihnen damit wahre romanische Ehre gezeigt.«

»Die Romulaner kehrten in ihre Heimat zurück — um uns später noch einmal anzugreifen«, erwiderte Seianus. »Ich war ein Narr.«

»Nein. Du warst ein Held. Und jetzt hast du dich verändert. Du legst deinen Entscheidungen egoistische Motive zugrunde und strebst nach persönlichem Ruhm. Das dient nicht dem Wohl der Föderation.«

Seianus stand abrupt auf. »Nein! Jetzt habe ich in erster Linie die Interessen der Volcinii-*Gens* und unserer Welt im Sinn. Unterstütze mich, Gaius Aldus! Hilf mir! Es soll dein Schaden nicht sein.« Er schmunzelte. »Ich bitte dich nicht um etwas, das dir fremd ist. Diene mir weiter so, wie du mir bisher gedient hast.«

»Du sprichst von der Vernichtung unserer Feinde«, sagte Gaius behutsam. »Wie willst du dabei vorgehen? Picard hat den Oberbefehl über die hiesige Mission — und er wird keinen Krieg gegen die M'Dok zulassen.«

»Da hast du recht«, entgegnete Seianus.

Dann berichtete er Gaius, was er in bezug auf Captain Picard und die *Enterprise* zu unternehmen gedachte.

»Ein kühner Plan«, kommentierte Gaius.

Seianus lächelte erneut.

»Es ist der Plan eines Wahnsinnigen, der sich nicht um das Leben anderer intelligenter Wesen schert«, fuhr Gaius fort. »Ich diene dir nicht länger. Du hast keine Ehre.«

Seianus versteifte sich, als er diese Worte vernahm. »Und du bist kein Magna Romaner. Du bringst Schande auf deine Uniform.«

»Auf *diese* Uniform?« fragte Gaius. Er zog das Schwert, und Seianus wich einen Schritt zurück, tastete nach dem Insignienkommunikator. Gaius Aldus holte kurz aus — das kleine Gerät löste sich vom Pulli des Captains und fiel zu Boden. Gaius starrte den Kommandanten voller Verachtung an und ließ die Waffe sinken. »Ganz im Gegenteil: Du bist es, der diese Uniform entehrt. Ich verlasse dich jetzt, um die Regierung Magna Romas von deiner Verschwörung zu informieren.«

»Ich bin ruiniert«, sagte Seianus, und Kummer zeigte sich in seinen Zügen.

»Nein«, widersprach Gaius sanft. »Du bist gerettet.«

Er tastete nach Seianus' Hand...

...und der Captain sprang vor, griff nach dem Schwert und rammte es Gaius in den Bauch.

Der Erste Offizier stöhnte wie ein riesiges Tier, das nach Luft schnappte. Er schloß die Hand um Seianus' Unterarm und versuchte, das Schwert aus der Wunde zu ziehen, aber der Captain trat einen Schritt näher, stemmte sich mit dem ganzen Gewicht gegen das Heft und hob Gaius an.

Gaius' rollte mit den Augen, und sein Blick brach. Seianus ließ die Leiche langsam zu Boden sinken.

»Ich werde dich vermissen, alter Freund«, sagte er und kniete neben dem Toten. »Aber wir sind im Krieg.«

Er löste Gaius' Finger vom Unterarm, schloß sie um das Schwertheft und hielt sie dort fest, bis sie sich versteiften und kalt wurden.

Schließlich stand er auf, nahm ein Tuch und wischte sich die Hände ab. Er griff nach dem Insignienkommunikator, befestigte ihn wieder am Uniformpulli und klopfte kurz auf das kleine Gerät.

»Sicherheitsabteilung.«

»Im Bereitschaftsraum ist es zu einem Zwischenfall gekommen. Schicken Sie jemanden, der Ordnung schafft.«

»Ja, Sir.«

Seianus überlegte kurz. »Anschließend möchte ich mit Jenny de Luz von der *Enterprise* sprechen.«

»Captain Seianus?« Jennys überraschtes Gesicht zeigte sich auf dem Bildschirm. »Wie ich hörte, haben Sie eine Nachricht für mich.«

»Ja, Jenny, das stimmt.« Seianus zögerte und wählte seine Worte mit aller Sorgfalt. »Ich bedauere, Ihnen mitteilen zu müssen, daß *Magister Navis* Gaius Aldus sein Leben Magna Roma widmete.«

Jenny blinzelte verwirrt. »Ich verstehe nicht ganz ...«

»Unser lieber Freund Gaius Aldus«, sagte Seianus sanft, »hat sich selbst das Leben genommen. Er gab seine Seele dem Staat.«

Allmählich begriff Jenny, was diese seltsame Formulierung bedeutete. Sie öffnete den Mund, brachte jedoch keinen Laut hervor. Die junge Frau starrte Seianus entsetzt an, und ihre Augen füllten sich mit Tränen.

»Ich weiß, was Sie jetzt empfinden, Jenny«, murmelte der Magna Romaner. »Gaius war mein ältester und bester Freund. Ich bin hier, wenn Sie mich brauchen.«

Seianus winkte und unterbrach die Verbindung.

Und du wirst *mich brauchen,* dachte er. *Schon sehr bald.*

KAPITEL 13

»Wie fühlen Sie sich, Nummer Eins?«

Riker öffnete ein Auge und stöhnte. Er erinnerte sich an Gretnas Schrei und...

Die M'Dok.

Der Commander winkelte die Arme an und stemmte sich hoch. Er sah die vertraute Umgebung der Krankenstation und stellte fest, daß er auf einer Diagnoseliege ruhte. An der einen Seite beugte sich Dr. Beverly Crusher über ihn, an der anderen stand Captain Jean-Luc Picard und griff nach seiner Hand.

»Gut – glaube ich, Sir«, antwortete Riker. »Der Angriff...«

»Wurde abgewehrt, Nummer Eins. In Zhelnogra droht keine Gefahr mehr.«

»Und Gretna?«

»Es ist alles in Ordnung mit ihr. Wenn Sie mir diese Bemerkung gestatten: Es geht ihr weitaus besser als Ihnen.«

Riker stöhnte erneut und sah Beverly Crusher an. »Ich bin auf alles gefaßt, Doktor: Wieviel Zeit geben Sie mir noch?«

»Oh, Sie erreichen bestimmt ein hohes Alter«, versicherte ihm die Bordärztin. »Ich mußte hier einige lange und tiefe Kratzer behandeln.« Sie deutete auf Rikers Brust. »Hinzu kamen die eine oder andere angebrochene Rippe und eine Fraktur im rechten Arm.« Riker sah darauf hinab und bemerkte das Flirren eines Stasisfelds. »Tja, mit so etwas muß man rechnen, wenn man gegen einen M'Dok-Krieger prallt.«

Picard lächelte. »Vielleicht sollte ich Sie anweisen, an Worfs Selbstverteidigungsunterricht teilzunehmen.«

»Keine schlechte Idee, Sir.« Riker erwiderte das Lächeln und versuchte, sich ganz aufzurichten. Jäher Schmerz entflammte in ihm, so heftig, als stoße ihm jemand ein Messer in den Leib. Picard sah, wie der Erste Offizier eine Grimasse schnitt, und er beugte sich vor, um ihm zu helfen. Aber Riker winkte ab.

»Schon gut, Sir.« Er holte tief Luft. »Was ist seit dem Angriff geschehen?«

»Eine Menge«, erwiderte der Captain. »Und die meisten Neuigkeiten sind nicht besonders gut.«

Er faßte die Ereignisse der vergangenen Tage in einigen knappen Sätzen zusammen und sparte sich die unmittelbar bevorstehenden politischen Veränderungen in der Großen *Saavta* für den Schluß auf.

»Ich begreife noch immer nicht, warum Gretna die Föderationspräsenz plötzlich ablehnt«, sagte Riker, als Picard den Bericht beendete. »Haben Sie mit ihrem Vater darüber gesprochen?«

»Äh...« Picard zögerte einige Sekunden lang. »Eigentlich wollte ich Ihnen das jetzt noch nicht sagen, aber...« Er seufzte schwer. »Der Vorsitzende Melkinat kam bei den Kämpfen im Konzilsgebäude ums Leben.«

Riker blickte betroffen ins Leere. »O nein...«

»Er starb bei dem Versuch, die M'Dok zu vertreiben. Eine durch und durch unsympathische Frau namens Anka nimmt nun seinen Platz ein. Sie hat den größten Einfluß in der Regierung – und Gretna Melkinata unterstützt sie.«

Riker hob die linke Hand und zupfte an seinem Bart. »Ich frage mich, was Gretnas überraschenden Meinungswechsel bewirkt haben könnte...«

»Veränderte sich ihr Verhalten noch vor dem M'Dok-Angriff?«

»Einige Tage vorher, ja. Sie blieb in einem abgelegenen Dorf zurück...« Riker schnippte mit den Fingern. »Als wir uns in Zhelnogra wiedersahen, erwähnte sie Marcus Julius Volcinius und bezeichnete ihn als Lehrer von der *Zenturio*.«

Picard runzelte die Stirn. »Er ist kein Lehrer.«

»Ich weiß, Sir. Vielleicht sollten Sie mit Captain Seianus sprechen. Er kann Ihnen sicher Auskunft geben.«

Picard trat zurück und wandte sich vom Ersten Offizier ab. »Ich bezweifle, ob er dazu bereit wäre, Nummer Eins. Inzwischen bin ich davon überzeugt, daß wir ihm nicht vertrauen können.«

»Meinen Sie Captain Seianus?« vergewisserte sich Riker verblüfft.

»Vielleicht gibt es noch eine andere Möglichkeit, Aufschluß zu gewinnen«, sagte Picard.

»Captain?« Deanna Trois Stimme drang aus dem Lautsprecher.

Jean-Luc trat an ein Wand-Interkom heran. »Hier Picard.«

»Es ist gerade eine beunruhigende Nachricht eingetroffen, Sir. An Bord der *Zenturio* kam es zu einem Zwischenfall, der Gaius Aldus das Leben kostete.«

Picard und Riker wechselten einen erstaunten Blick.

»Danke, Counselor«, sagte der Captain. »Ich kehre jetzt zur Brücke zurück.«

Er wandte sich wieder an den Ersten Offizier. »An Bord des anderen Schiffes stimmt irgend etwas nicht, Nummer Eins — und ich bin entschlossen, der Sache auf den Grund zu gehen.«

»Viel Glück, Sir.«

»Danke, Nummer Eins. Ich hoffe, Sie erholen sich schnell.«

»Ich gebe mir Mühe, Sir.«

Riker schlief bereits, als Picard den Korridor erreichte.

Der Captain verließ den Turbolift, begab sich sofort in den Bereitschaftsraum und bedeutete Deanna Troi, ihm zu folgen.

»Nehmen Sie Platz, Counselor.« Er deutete auf einen Stuhl vor dem Schreibtisch und hob die Stimme. »Computer, stell eine Kom-Verbindung mit Captain Seianus an Bord der *Zenturio* her.«

Wenige Minuten später zeigte der Sichtschirm den Kontrollraum des anderen Starfleet-Schiffes. Seianus stand im

Vordergrund. »Captain Picard«, sagte er, »ich nehme an, Sie möchten den weiteren Einsatz unserer Sicherheitsgruppen auf Tenara mit mir erörtern.«

Die beiden Kommandanten sprachen jetzt zum erstenmal miteinander, seit Picard den Oberbefehl der Mission übernommen hatte. Troi bemerkte, daß sowohl Jean-Luc als auch Seianus auf Höflichkeitsfloskeln verzichteten und gleich zur Sache kamen. Sie brauchte nicht ihre betazoidische Empathie, um die ausgeprägte Antipathie zwischen den beiden Männern zu spüren.

»Nein, Captain«, erwiderte Picard. »Ich benötige Informationen von Ihnen. Der Tod Ihres Ersten Offiziers Gaius Aldus überrascht und bestürzt mich. Ich möchte mehr darüber erfahren.«

»Darf ich ganz offen sein?« fragte Seianus etwas leiser.

Picard nickte. »Ich bin in meinem Bereitschaftsraum, und Ihre Worte bleiben in diesem Zimmer.«

»Gut. Es widerstrebt mir, in die Einzelheiten zu gehen, da sie kein gutes Licht auf Aldus' Familie werfen; aber ich weiß natürlich, daß ich mich auf Ihre Diskretion verlassen kann. Der arme Gaius erfuhr vor kurzer Zeit von einem Familienskandal. Allem Anschein nach hat sein Onkel Föderationsgeheimnisse an die Romulaner verkauft. Er muß mit einer hohen Freiheitsstrafe rechnen, und vielleicht kommen auch weitere Familienangehörige ins Gefängnis.«

Seianus' Gesicht wurde immer ernster, während er sprach.

»Mein *Magister Navis* war vielleicht ein wenig zu altmodisch – ein Romaner der alten imperialen Schule. Er besuchte mich in meiner Kabine und erzählte mir alles...« Die Stimme des romanischen Kommandanten verhallte kurz. »Er war erschüttert, aber ich hatte keine Ahnung, daß er beabsichtigte, Selbstmord zu begehen.«

»Ich verstehe.« Picard nickte. »Herzliches Beileid, Captain.«

»Danke. Wenn ich Ihnen einen Rat geben darf: Behalten

Sie Jenny de Luz im Auge. Sie und Gaius standen sich sehr nahe.«

»In Ordnung. Picard Ende.« Er betätigte eine Taste und beobachtete, wie der Bildschirm grau wurde, bevor er sich zu Troi umdrehte.

»Er lügt«, kommentierte die Counselor schlicht. »Hinter Gaius' Tod verbirgt sich weitaus mehr, als er Ihnen gesagt hat.«

»Ich habe den gleichen Eindruck gewonnen.« Picard zögerte. »Wenn Sie es für angebracht halten, Fähnrich de Luz von diesem Gespräch zu berichten... Sie können die Sicherheitsbeamtin ruhig in Kenntnis setzen — aber bitte hier im Bereitschaftsraum.«

Deanna wirkte einige Sekunden lang verwirrt, bevor sie sich an Picards Versprechen erinnerte, daß Seianus' Ausführungen in diesem Zimmer blieben. »Ich bestelle sie gleich hierher, wenn Ihnen das recht ist.«

Picard nickte. »Ich lasse sie allein.« Er stand auf — und setzte sich wieder. »Das heißt... Vielleicht ist es besser, wenn ich Ihnen Gesellschaft leiste.«

Jenny traf einige Minuten später ein, und auf den ersten Blick wurde deutlich, daß sie nicht viel geschlafen hatte. Die Wangen waren eingefallen, das Gesicht war blaß — noch weitaus blasser, als man es bei einer rotblonden Frau erwarten konnte. Auf der Stirn hatten sich dünne Falten gebildet, und unter den Augen zeigten sich dunkle Ringe. Die Uniform war kraus, das für gewöhnlich gepflegte Haar zerzaust. Trotzdem entdeckte Deanna eine gewisse Kraft in Jennys Zügen — doch es schien eine Art negative Energie zu sein, die an ihrer inneren Stabilität nagte.

»Nehmen Sie Platz, Fähnrich«, sagte Captain Picard ruhig. Jenny ließ sich auf einen Stuhl sinken. »Danke, Sir.« Sie wandte sich sofort an Deanna Troi. »Hat sich etwas Neues ergeben?«

»Fähnrich, Jenny... Der Captain und ich haben versucht, mehr über Gaius Aldus' Tod zu erfahren.« Sie erzählte Jenny von dem Gespräch mit Seianus.

»Sein Onkel verriet die Föderation? Und deshalb hat sich Gaius umgebracht?«

»So lautet Captain Seianus' Auskunft«, bestätigte Deanna. »Gibt es irgendeinen Grund, daran zu zweifeln?«

Jenny schüttelte den Kopf.

»Hat Gaius Ihnen gegenüber Probleme an Bord der *Zenturio* oder mit Captain Seianus erwähnt?« erkundigte sich Picard.

»Nein«, antwortete Jenny leise. Eine Zeitlang starrte sie stumm zu Boden. »Wenn das alles ist... Darf ich jetzt gehen, Sir?«

»Ja, natürlich.« Picard lächelte freundlich. »Und nehmen Sie die nächsten Tage frei, Fähnrich. Gönnen Sie sich etwas Ruhe.«

»Captain Seianus?«

»Hmmm?« Die Stimme des Adjutanten überraschte ihn. Seianus hatte sich gerade darauf vorbereitet, ins Bett zu gehen, und er war nicht an Störungen gewöhnt.

»Captain, jemand von der *Enterprise* ist hier und möchte mit Ihnen sprechen. Ein Fähnrich.« Die Stimme des Adjutanten klang mißbilligend.

»Fähnrich de Luz?« fragte Seianus, und die Müdigkeit wich aus ihm. Instinktiv spürte er die Wichtigkeit des Besuchs.

»Ja, Captain«, bestätigte der Adjutant erstaunt.

»Wo ist sie jetzt?«

»Im Transporterraum, Captain.«

»Bringen Sie die junge Frau hierher, Lieutenant. Sofort.«

Seianus zog sich rasch an, und wenige Sekunden später summte der Türmelder. »Herein«, sagte er und setzte sich aufs Bett.

Das Schott glitt beiseite, und Jenny trat ein. Der Magna Romaner bemerkte sofort die Veränderung in ihrem Erscheinungsbild. Die Sicherheitsbeamtin war ganz offensichtlich erschöpft, und in ihrem Gesicht zeigte sich eine

Mischung aus Schmerz und Sorge. Doch in den Augen glühte eine sonderbare Energie.

Vorher hatte Seianus sie nicht für besonders attraktiv gehalten, aber jetzt...

»Fähnrich de Luz meldet sich zur Stelle, Sir.« Ihre Stimme kam wie aus weiter Ferne.

»Stehen Sie bequem, Fähnrich. Jenny. Entspannen Sie sich.«

Die junge Frau rückte den einen Fuß vom anderen fort, legte die Hände auf den Rücken, blickte ins Leere und blieb so gerade stehen, als hätte sie einen Besen verschluckt — damit nahm sie jene Haltung ein, die in den Starfleet-Vorschriften als ›bequem stehen‹ definiert wurde. Seianus hatte eigentlich eine andere Reaktion erwartet. »Wie kann ich Ihnen helfen, Jenny?«

»Gaius Aldus...«

Jenny schloß die Augen und zitterte — Seianus begriff plötzlich, daß sie weinte. Er stand auf, umarmte die Frau und drückte sie fest an sich.

Nach einer Weile schob er sie behutsam zurück, hielt sie nach wie vor an den Schultern fest und sah ihr in die Augen.

»Hören Sie mir zu, Jenny«, sagte er sanft. »Gaius' Tod ist eine Tragödie und bestürzt mich ebensosehr wie Sie. Aber wir müssen den Kummer überwinden, uns auf andere Dinge konzentrieren und den Blick in die Zukunft richten.«

»Ich weiß«, erwiderte Jenny leise.

»Ich möchte Ihnen etwas zeigen.« Seianus führte sie zu einem Stuhl und half ihr dabei, Platz zu nehmen. Er verharrte neben ihr und wandte sich an das nahe Datenterminal.

»Computer«, sagte er. »Roma, *Regia.*«

Auf dem Sichtschirm formte sich das Bild einer großen Stadt, und im Zentrum der Darstellung ragte ein riesiges Gebäude mit hohen Säulen und prächtigen Wandverzierungen auf. Männer in Togen betraten und verließen es;

im Vergleich mit dem gewaltigen Bauwerk wirkten sie wie winzige Ameisen.

»Das ist Regia Republicae, der Palast der Republik, unser Kapitol. Er beansprucht die ganze Kuppe eines Hügels, den wir Palatium nennen. Dort tagt der Senat. Dort trifft die Regierung von Magna Roma ihre Entscheidungen. Das Zentrum unserer Macht!« Seianus drehte den Stuhl herum und sah auf Jenny hinab.

»Jener Hügel und der Gebäudekomplex...« Der Captain deutete auf den Schirm. »Man nannte ihn einfach Regia, Palast — und alle wußten, daß der Palast des Kaisers gemeint war. Der Palast meines Namensvetters, Jenny! Augustus baute ihn, und Tiberius fügte Erweiterungen hinzu. Aber erst Kaiser Seianus vervollständigte das Bauwerk und sorgte dafür, daß Palatium zum wahren Zentrum des Reiches wurde. Zweitausend Jahre lang herrschten die Kaiser von dort aus erst übers Reich und dann über die Welt. Zweitausend Jahre lang, bis zur Republik — und selbst jetzt ist der Palast noch immer das Herz der romanischen Macht, die Krönung unserer Zivilisation. Doch ihm droht ebenso Gefahr wie Tenara.«

Seianus wanderte auf und ab. »Jenny, die M'Dok werden mit jedem Überfall kühner und unverschämter. Wenn sie das nächstemal angreifen, müssen wir ihnen einen gnadenlosen Schlag versetzen, der sie zu ihren Heimatwelten zurücktreibt. Die *Zenturio* allein ist dazu nicht imstande. Ich brauche auch die Feuerkraft der *Enterprise.*«

Jenny schluckte. »Ich bin auf Ihrer Seite, Sir, aber... Ich kann Ihnen kaum helfen.«

»Ganz im Gegenteil.« Seianus drehte sich zu ihr um. »Durch Sie bekommen wir die Chance zu einem entscheidenden Sieg über die M'Dok.« Er trat an den Computer heran, der auf seine Anweisung hin ein anderes Bild projizierte. Der Schirm zeigte nun das Verteidigungssystem der *Zenturio.*

»Sehen Sie nur die Komplexität der Struktur aus Waffen, Schilden, Energietransfer und so weiter. Menschen können ein derartig kompliziertes System unmöglich koordinieren. Dafür ist das Datenverarbeitungspotential eines leistungsfähigen Computers notwendig — und wenn mehrere Raumschiffe in ein Gefecht verwickelt werden, so wird eine kohärente offensive und defensive Strategie noch weitaus schwieriger. Ein Bordcomputer muß dabei Anweisungspriorität bekommen. Für gewöhnlich geschieht das mit Hilfe einer sechsstelligen Zahl, die wir als Präfix-Code bezeichnen.

Wir haben schon über Romaner gesprochen, die ihr Leben opferten, um die Sicherheit des Reiches zu gewährleisten, die nicht zögerten, für ihre Ideale einzutreten. Ich möchte, daß Sie ihrem Beispiel folgen, Jenny.« Seianus' Blick klebte an der Sicherheitsbeamtin fest. »Besorgen Sie mir den Präfix-Code der *Enterprise*, so daß ich Picards Schiff kontrollieren kann, wenn die M'Dok noch einmal angreifen.«

Jenny schwieg eine Zeitlang, starrte auf den Monitor und wagte es nicht, den Magna Romaner anzusehen.

Dann hob sie den Kopf. »Sie werden den Code bekommen, Sir. Ich schwöre es bei meiner Ehre.«

Seianus nickte und erlaubte sich ein dünnes Lächeln.

Er hatte gewonnen.

Er würde den Code benutzen, um die Schilde der *Enterprise* zu senken und das Schiff der Galaxis-Klasse zu vernichten. Seine Ingenieure waren bereits damit beschäftigt, die Phaserkanonen der *Enterprise* zu sabotieren und ihr offensives Potential drastisch zu reduzieren. *Ich gebe den M'Dok die Schuld*, dachte Seianus. *Dann kommt es bestimmt zu einem Krieg, der mir die Möglichkeit gibt, Ruhm zu erringen. Ein Sprungbrett zur Macht auf Magna Roma...*

Und vielleicht auch zur Herrschaft über andere Welten.

»Kann ich sonst noch etwas für Sie tun, Sir?« fragte Jenny.

Seianus spielte mit dem Gedanken, die junge Frau fortzuschicken, aber dann fiel ihm erneut der leuchtende

Glanz in ihren dunklen Augen auf. *Bei den Göttern, sie ist wirklich schön!* fuhr es ihm durch den Sinn. *Gaius hat wenigstens guten Geschmack bewiesen.*

Vielleicht konnte sie ihm tatsächlich noch einen anderen Dienst erweisen.

»Jenny«, sagte er eindringlich, »ein großes Abenteuer steht mir bevor. Nehmen Sie daran teil. Ich kenne Sie: Ihnen sind keine Grenzen gesetzt. Seien Sie mein *Magister Navis.* Stehen Sie an meiner Seite. Befehligen Sie meine Truppen.«

Er beugte sich zu ihr hinab und küßte sie sanft.

Jenny erwiderte den Kuß mit einer Leidenschaft, die ihn überraschte.

»Gaius Aldus soll Selbstmord begangen haben?« Worf schüttelte den Kopf. »Das halte ich für absurd, Sir!«

Ein Tag war vergangen, und Picard befand sich wieder auf der Brücke. Der Klingone arbeitete noch immer auf dem Planeten, und Jean-Luc hatte sich mit ihm in Verbindung gesetzt, um ihn über die jüngsten Ereignisse zu informieren.

»Fahren Sie fort, Lieutenant.«

Worfs dunkles Gesicht nahm fast den ganzen Wandschirm ein. »Ich habe gestern mit ihm gesprochen, und er schien in guter Stimmung zu sein.« Der Sicherheitsoffizier zögerte. »Bis Marcus Julius erschien.«

Picard wölbte die Brauen. »Marcus Julius Volcinius? Diesen Namen höre ich seit einiger Zeit immer öfter, Lieutenant.« Er dachte nach. »Versuchen Sie, Marcus zu finden, Lieutenant Worf. Stellen Sie fest, was er über Gaius' Tod weiß.«

Worf lächelte grimmig und zeigte dabei zwei Reihen scharfer Zähne.

»Mit Vergnügen, Sir.«

Marcus Volcinius saß im Arbeitszimmer seines neuen und sehr luxuriösen Hauses in Zhelnogra, und einmal mehr betrachtete er die eigenen Leistungen mit großer Zufriedenheit. Er war dem mit Vetter Seianus vereinbarten Zeitplan voraus. Morgen wollte er damit beginnen, eine Streitmacht zu organisieren, die er ›Legion der jungen Romaner‹ nannte.

Er trug die üppig verzierte Toga, mit der er sich am nächsten Tag an die neuen Truppen wenden wollte. Auf dem Schreibtisch vor ihm lagen mehrere Papiere mit geplanten Vorgaben für die Paraden der jungen Romaner. Die Formulierungen der Legions-Charta waren noch recht vage, aber bestimmt fielen ihm rechtzeitig die richtigen Worte ein. Die Götter hatten ihn für solche Aufgaben geschaffen. Er verstand sich auf diese Art des Organisierens, und die Zukunft – die von Seianus geplante Zukunft – würde ihm viele Gelegenheiten für eine praktische Anwendung seiner Talente geben. Ein Klopfen an der Tür unterbrach Marcus' Gedankengänge.

»Herein«, sagte er und rechnete damit, daß sein persönlicher Sekretär Julius Apius zu ihm kam.

»Nun, Julius...«, begann er, ohne aufzusehen, »sorgen Sie dafür, daß unverzüglich ein weiteres Faß mit tenaranischem Bier – die Einheimischen nennen es *Jhafre* – hierhergebracht wird. Die Qualität der ersten Lieferung ließ zu wünschen übrig, und...«

»Entschuldigen Sie bitte.«

Das war nicht Julius' Stimme.

Marcus hob den Kopf – und erkannte Lieutenant Worf. Der Klingone stand vor dem Schreibtisch, die Hände auf den Rücken gelegt.

»Man sagte mir, daß Sie hier sind«, brummte Worf. »Wenn Sie etwas Zeit haben... Ich möchte einige Dinge mit Ihnen besprechen.«

Marcus warf einen kurzen Blick auf die antiquierte Wanduhr hinter Worf.

»Ich muß einen wichtigen Termin wahrnehmen und bin schon spät dran, Lieutenant.« Er stand auf und schob den Sessel beiseite. »Vielleicht morgen nachmittag...«

Worf drehte sich um und bemerkte die Uhr. »Hmmm«, machte er, nahm sie von der Wand und betrachtete sie einige Sekunden lang. »Diese Uhr geht zu schnell.« Er schob den einen Zeiger um eine volle Stunde zurück. »Jetzt zeigt sie die richtige Zeit an.«

Der Klingone zog sich einen Stuhl heran und nahm vor Marcus' Schreibtisch Platz. »So, und jetzt werden Sie mir von Gaius Aldus erzählen. Was geschah mit ihm, als Sie ihn nach dem kurzen Gespräch mit mir fortführten?«

»Fähnrich de Luz möchte Sie sprechen, Sir.«

Seianus stand auf. »Öffnen Sie einen abgeschirmten Kom-Kanal zu meiner Kabine.«

»Aye, Sir.«

Der Magna Romaner trat an den kleinen Monitor in seinem Quartier heran und schaltete das Gerät ein.

»Ich habe die von Ihnen gewünschte Information, Captain«, sagte Jenny. Aufregung schimmerte in ihren Augen.

»Ausgezeichnet. Beamen Sie sich sofort hierher.«

Jenny schüttelte den Kopf. »Das könnte Verdacht erregen. Ich schlage vor, wir treffen uns in einer Stunde auf dem Planeten.« Sie nannte die Koordinaten eines Ortes außerhalb der Hauptstadt.

Seianus nickte langsam. Je weniger Personen wußten, daß er sich vor der Zerstörung der *Enterprise* mit einem ihrer Besatzungsmitglieder getroffen hatte, desto besser. »Einverstanden. Seianus Ende.«

Anschließend setzte er sich mit seiner Leibgarde in Verbindung und wies sie an, die romanischen Ingenieure an Bord der *Enterprise* zu verständigen. Sie sollten sich in Bereitschaft halten.

KAPITEL 14

»Eine interessante Geschichte«, sagte Worf ruhig. »Jetzt würde ich gern die Wahrheit hören.«

»Es *ist* die Wahrheit, Lieutenant«, beharrte Marcus. Er hob die rechte Hand und hielt sie so, daß die Innenfläche auf Worf zeigte. »Ich schwöre es — bei meiner Ehre als Romaner.«

Der Sicherheitsoffizier runzelte skeptisch die Stirn. »Offenbar haben Klingonen einen anderen Ehrenkodex als Magna Romaner. Bei einer so offensichtlichen Lüge würden wir nie schwören.«

Marcus wischte sich den Schweiß von der Stirn. Seit fünf Minuten saß Worf praktisch völlig bewegungslos vor dem Schreibtisch, während Seianus' Vetter behauptete, Gaius Aldus sei fortgegangen, um mit einigen tenaranischen Bauern zu sprechen. Der Klingone sah nun auf die Uhr an der Wand hinter ihm und sprach in einem warnenden Tonfall.

»Ihre Uhr geht jetzt wieder schneller.«

Als sich Marcus nicht mehr im Fokus von Worfs Aufmerksamkeit glaubte, ließ er die eine Hand unter den Tisch sinken, zog eine Schublade auf und griff hinein.

»Ich weiß nicht, was Sie von mir wollen, Lieutenant«, sagte er. »Aber ich versichere Ihnen ...«

Ruckartig holte er den Phaser hervor, hielt ihn in beiden Händen und zielte auf Worf.

»... daß Sie umsonst gekommen sind.«

Es blieb ihm gar nichts anderes übrig, als den Klingonen umzubringen — aber wie sollte er sein Verschwinden erklären? Nun, eigentlich spielte es gar keine Rolle. Immerhin sahen Seianus' Pläne das Verschwinden der ganzen *Enterprise* vor.

Er lachte.

Worf schüttelte vorwurfsvoll den Kopf. »Ich weiß, daß

Sie mich nicht mit dem Phaser bedrohen wollen«, sagte er. »Es wäre sehr dumm von Ihnen.«

»Ach?« Marcus hob eine Braue. »Und warum?«

»Ganz einfach«, fuhr Worf fort. »Es handelt sich um einen Phaser der Klasse I, und derzeit ist er auf Emissionsstufe Drei justiert. Das genügt, um die meisten Humanoiden zu betäuben. Allerdings haben Sie das Pech...« — bei diesen Worten lächelte der Sicherheitsoffizier —, »...daß Klingonen nicht zu den ›meisten Humanoiden‹ gehören.«

Marcus' Grinsen wirkte plötzlich nervös und unsicher.

»Natürlich könnten Sie die Justierung ändern«, fügte Worf hinzu. »Aber das dauert mindestens zwei Sekunden, und während dieser Zeit würde ich Sie...«

Marcus blickte auf den Strahler und schob den rechten Daumen vor.

Worf beugte sich ruckartig über den Tisch und riß dem Romaner mühelos die Waffe aus den Händen.

»...überwältigen«, beendete der Klingone den begonnenen Satz. »Ich habe mich geirrt. Sie brauchten nur eine Sekunde, um die Justierung des Phasers zu verändern.« Er schmunzelte. »Herzlichen Glückwunsch.«

Marcus nickte benommen.

»Um auf Gaius Aldus zurückzukommen... Sagen Sie mir die Wahrheit. Oder möchten Sie am eigenen Leib erfahren, wie klingonische Krieger früher ihre Gefangenen verhörten?«

Marcus ließ kummervoll die Schultern hängen und begann zu erzählen.

Die tenaranische Ebene erstreckte sich staubig und trocken bis zum Horizont. Ein böiger Wind wehte.

Jenny zwinkerte Tränen aus geröteten Augen und wartete auf Seianus.

Er materialisierte etwa einen Meter vor ihr und trug keine Starfleet-Uniform, sondern eine romanische Rüstung.

»Jenny«, sagte er, trat auf sie zu, griff nach ihren Händen und lächelte. »Haben Sie den Präfix-Code?«

»Ja. Aber zuerst möchte ich Sie etwas fragen.«

»Meinetwegen.« Seianus nickte. »Ich höre.«

Jenny wich ein wenig zurück und sah zu dem Magna Romaner auf. »Warum hat sich Gaius umgebracht?«

»Warum er...? Nun...« Seianus räusperte sich. »Ich nehme an, Captain Picard hat Ihnen Bescheid gegeben. Ein Familienskandal.« Er musterte die junge Frau ernst. »Es bereitet mir... Schmerz, jetzt darüber zu sprechen. Das verstehen Sie sicher, oder?«

»Natürlich«, erwiderte Jenny leise. »Mir geht es ebenso.«

Sie wandte den Blick von Seianus ab und starrte zum Horizont. Als sie wieder sprach, klang ihre Stimme scharf und eisig. »Bei meiner ersten Begegnung mit Gaius sagte er mir, er hätte gar keine Familie, niemanden — nur Sie.«

Erneut sah Jenny Seianus an, und jetzt konnte sie die Tränen nicht länger zurückhalten. »Er hat Sie verehrt. Und Sie haben ihn umgebracht — so als hätten Sie ihm das Schwert selbst in den Leib gestoßen.«

»Das ist doch Unsinn«, entgegnete Seianus kühl. »Völliger Unsinn.«

»Warum dann die Lüge in bezug auf Gaius' Familie? Warum *hat* er Selbstmord begangen?«

Seianus kam wieder näher und legte Jenny die Hände auf die Schultern. »Vergessen Sie ihn. Jetzt sind nur noch wir beide wichtig. Denken Sie daran, was wir zusammen erreichen können...«

Jenny schloß die Augen, schüttelte den Kopf und stieß die Arme des Magna Romaners beiseite. »Sie verstehen nicht, Seianus.« Sie hob die Lider. »Captain, in meiner Eigenschaft als Starfleet-Sicherheitsbeamtin stelle ich Sie hiermit unter Arrest. Sie haben keine Befehlsgewalt mehr, bis ein ordentliches Gericht über Ihren Fall urteilt. Die Anklage lautet: Verschwörung mit dem Ziel, die demokratisch gewählte Regierung einer Föderationswelt zu stürzen.«

»Jenny...« Seianus trat auf sie zu und streckte die Hand aus. »Kommen Sie mit mir. Begleiten Sie mich. Ich verspreche Ihnen Ruhm, Ehre, Macht...«

»Ich will keine Macht«, unterbrach Jenny den Magna Romaner. Sie zischte jedes einzelne Wort. »Und ich lege auch keinen Wert auf Ihre Gesellschaft.«

»Wie töricht von Ihnen!« Seianus griff nach seinem Schwert. »Sterben Sie den Tod eines Narren — so wie Gaius Aldus.«

Eine Sekunde lang starrte Jenny den Mann fassungslos an.

Dann drehte sie durch.

Sie vergaß Disziplin und die Starfleet-Ausbildung, als sie angriff. Die junge Frau stammte aus einer alten Krieger-Familie auf Meramar, aus einem Volk, das daran gewöhnt war, seine Ziele durch Kampf und Krieg zu erreichen. Diese Tradition hob ihren Adrenalinspiegel, schürte ein kaltes Feuer in ihr, dessen Flammen aus Zorn bestanden. Jenny hob die Hände und versuchte, Seianus' Kehle zu packen.

Der Magna Romaner wich zurück und trachtete danach, das Kurzschwert zu ziehen. Aber er kam nicht mehr dazu: Jennys Fuß traf ihn am Handgelenk, und einen Sekundenbruchteil später stürzte sie sich auf ihn.

Seianus wurde zu Boden geschleudert, und überraschend kräftige Hände schlossen sich um seinen Hals. Er stemmte sich der Angreiferin entgegen, um sich aus dem Griff zu befreien und nach Luft zu schnappen.

Allmählich ließ der Druck nach, und er gewann genug Bewegungsfreiheit, um das rechte Bein anzuziehen und gegen Jennys Unterleib zu pressen. Die Frau fiel zur Seite, rollte sich geschmeidig herum und bohrte ihre Zähne in Seianus' Arm. Sie wälzten sich im Staub hin und her, schlugen und traten.

Größe und Gewicht gaben dem Magna Romaner einen wichtigen Vorteil, und schließlich gelang es ihm, Jenny an den Boden zu fesseln. Mit der Linken hielt er ihre Hände fest, und mit der Rechten hob er zu einem wuchtigen, brutalen Hieb aus.

Seianus schmetterte seiner Gegnerin mit der gleichen Wut die Faust an den Kopf, die auch in Jenny brodelte. Es entsprach seinem Wesen. Sie beide kamen von Krieger-Welten, und ihr Denken und Empfinden verlor sich nun in einem blinden Kampfesrausch.

Doch von einem Augenblick zum anderen war Jenny völlig ruhig und beherrscht.

Auf diese Weise kämpfen Krieger wie Seianus. Es hat nichts mit den Traditionen Starfleets zu tun. Besinn dich auf deine Ausbildung; denk daran, was du an der Akademie gelernt hast. Vergiß deine Kindheit und Jugend auf Meramar. Jenny wußte, daß sie gewinnen konnte, wenn sie ihren Instinkten widerstand. Als Seianus erneut ausholte, rutschte sie ein wenig zur Seite, fand den schwachen Punkt in seinem Gleichgewicht und stieß ihn mit einer fließenden Bewegung zur Seite.

Sie gab ihm keine Gelegenheit, wieder aufzustehen, trat zu und traf ihn mit der Stiefelspitze am Kinn. Dann erhob sie sich rasch. Seianus kam ebenfalls auf die Beine, duckte sich, streckte die Arme aus und stürmte mit lautem Gebrüll heran.

Es hätte gar nicht einfacher sein können. Jenny wich nach links aus, entging den schwingenden Fäusten und versetzte dem Mann einen schmerzhaften Nierenschlag. Einen Sekundenbruchteil später wirbelte sie um die eigene Achse, und ihre Hacke bohrte sich in Seianus' Magengrube.

Der Magna Romaner krümmte sich zusammen, schnaufte und griff noch einmal an. Diesmal blieb Jenny stehen und wartete, bis die Entfernung zu ihrem Gegner auf einen Meter schrumpfte, trat dann entschlossen vor und rammte ihm die Faust ins Gesicht.

Die Wucht des Aufpralls ließ sie schwanken, aber Seianus stürzte zu Boden. Er stöhnte dumpf und versuchte, sich in die Höhe zu stemmen, doch Arme und Knie gaben nach — er sank erneut in den Staub.

Jenny stand vor ihm, füllte die Lungen mit frischer, kühler Luft und blickte auf den besiegten Romaner hinab.

Nach einer Weile berührte sie ihren Insignienkommunikator.

»De Luz an *Enterprise*«, sagte sie. »Transfer für zwei Personen.« Sie neigte den Kopf in den Nacken und beobachtete den Himmel, als sich ihr Körper im Transporterstrahl auflöste.

»Lieutenant Worf meldet sich vom Planeten, Sir.«

»Auf den Wandschirm«, schnappte Picard. Er hatte einige anstrengende Gespräche mit den Mitgliedern der Großen *Saavta* hinter sich, und dabei war es zu weiteren Auseinandersetzungen mit den Tenaranern gekommen, die Verteidigungsanlagen der Föderation ablehnten.

Der Captain beugte sich in seinem Sessel vor und hoffte auf gute Nachrichten.

Worfs Gesicht erschien im großen Projektionsfeld.

»Irgendwelche Fortschritte, Lieutenant?«

»Ja, Sir«, bestätigte der Klingone. »Ich habe Marcus Volcinius gefunden, Sir – und einige recht interessante Informationen von ihm erhalten.«

Picard hörte aufmerksam zu, als Worf detailliert Bericht erstattete.

»Ausgezeichnet«, sagte der Captain schließlich. »Bringen Sie Ihren Gefangenen an Bord. Ich glaube, ich sollte noch einmal mit den Tenaranern reden.«

»Ja, Sir.« Worf unterbrach die Verbindung.

Picard rieb sich zufrieden die Hände. »Öffnen Sie einen Kom-Kanal zu Captain Seianus...«

»Das ist nicht nötig, Sir.«

Jean-Luc drehte sich um. Jenny de Luz stand im Turbolift, das Haar zerzaust, die Uniform zerrissen und schmutzig. Blutige Kratzer zeigten sich in ihrem Gesicht.

»Captain Seianus befindet sich in der Arrestzelle.« Die junge Frau lächelte. »Und ich melde mich zum Dienst zurück, Sir.«

Picard durchquerte die Brücke, verharrte vor dem Turbolift und musterte Jenny eine Zeitlang.

»Danke, Fähnrich«, erwiderte er und schmunzelte ebenfalls. »Ich freue mich, daß Sie wieder bei uns sind.«

Geordi LaForge konnte ziemlich schnell sein, wenn es notwendig wurde.

Captain Picards Hinweise ließen den Schluß zu, daß er keine Zeit verlieren durfte. Als er den Turbolift erreichte, pochte ihm das Herz bis zum Hals empor: Er hatte die Strecke von seinem Quartier zum Lift in einer Zeit zurückgelegt, die selbst die besten Sprinter der Föderation verblüfft hätte. Zumindest die menschlichen.

Picard hatte auch Data verständigt, und der Androide wartete in aller Seelenruhe auf Geordi.

»Maschinenraum!« brachte LaForge hervor, lehnte sich an die Wand der Transportkapsel und schnappte nach Luft. Er schüttelte den Kopf. »Appius Cornelius und seine Magna Romaner sind tagelang an Bord gewesen. Wahrscheinlich haben sie inzwischen das halbe Warptriebwerk demontiert!«

»Das glaube ich kaum, Geordi«, widersprach Data. »So etwas wäre unserer Aufmerksamkeit bestimmt nicht entgangen...«

LaForge seufzte, als sich die Tür des Turbolifts öffnete.

Gleichzeitig glitt das Schott auf der anderen Seite des Maschinenraums beiseite, und drei Sicherheitsbeamte sprangen mit gezückten Phasern in den Raum.

Die an den Konsolen arbeitenden Magna Romaner von der *Zenturio* sahen überrascht auf. Zwei von ihnen hoben die Hände, als sich die Bewaffneten näherten, doch der dritte griff nach einem schweren Werkzeug und holte damit aus.

Geordi konnte nicht rechtzeitig genug eingreifen. Er hielt entsetzt den Atem an und glaubte bereits zu sehen, wie massiver Stahl den Schädel eines Sicherheitsbeamten zerschmetterte. Doch plötzlich erschien ein Arm zwischen der improvisierten Keule und dem Kopf des Mannes, schuf eine unerschütterliche Barriere.

Data lächelte freundlich, und in seinem blassen Gesicht zeigte sich überhaupt kein Schmerz – obwohl der Schlag wuchtig genug gewesen war, um einem Menschen den Arm zu brechen. Er zog das Werkzeug aus der Hand des Romaners und zermalmte es mühelos.

»Ich glaube, bei solchen Gelegenheiten sagt man: ›Gib auf oder stirb.‹«

Geordi lachte. »Sie haben zu viele alte Detektivgeschichten gelesen, Data. Solche Worte benutzt niemand mehr.«

»Warum nicht?« fragte der Androide und wandte sich wieder an den Romaner, der nun ebenfalls die Hände hob und offenbar keinen Widerstand mehr leisten wollte. »Immerhin erzielen sie die beabsichtigte Wirkung.«

Worf stand hinter Picard auf der Brücke und beobachtete das andere Starfleet-Schiff im Projektionsfeld.

»Kom-Signale von der *Zenturio*, Captain.«

»Auf den Schirm, Lieutenant.«

Das Raumschiff verschwand und wich der Darstellung eines kräftig gebauten und aggressiv wirkenden Mannes, der einen Umhang über der goldfarbenen Uniform trug. Am Kragen glänzte ein Commander-Abzeichen.

»Captain Picard, ich bin Commander Claudius Marcellus Caecus, Erster Sicherheitsoffizier der *Zenturio* und amtierender Kommandant. Ich möchte von Ihnen wissen, was mit Captain Seianus geschehen ist.«

Typisch für Seianus, dachte Picard. *In der Kommandostruktur kommt der Chef der Sicherheitsabteilung gleich nach ihm.*

»Commander Caecus, ich muß Ihnen leider mitteilen, daß Ihr Captain unter Arrest gestellt wurde.«

Caecus riß die Augen auf. »Wie lautet die Anklage? Und wer hat seine Verhaftung veranlaßt?«

»Seianus hat viele Starfleet-Vorschriften verletzt, unter anderem auch die Erste Direktive«, antwortete Picard gelassen. »Wir behalten ihn an Bord der *Enterprise*, um ihn in Starbase 16 den Starfleet-Behörden zu übergeben. Außerdem, Commander: Wenn ich in diesem Fall eine Entscheidung treffen kann...« – er stand auf, und seine Stimme hallte laut auf der Brücke wider –, »...so wird Seianus vor ein Kriegsgericht gestellt!«

Caecus' Abbild verschwand vom Wandschirm. Picard sah schwarzen Weltraum, in dem die *Zenturio* schwebte. Die Impulstriebwerke des kleineren Raumschiffs glühten, und es beschleunigte rasch.

»Soll ich eine Kursanpassung durchführen, Sir?« fragte Wesley vom Navigationspult.

Der Captain schüttelte den Kopf. »Nein, Mr. Crusher, noch nicht. Aber nehmen Sie eine Sensorerfassung vor.«

Wesley betätigte mehrere Tasten und zuckte dann mit den Schultern. »Die *Zenturio* ist hinter dem Planeten verschwunden, Sir. Und die installierten Überwachungssysteme reagieren nicht.«

»Schlau«, kommentierte Picard und preßte die Fingerspitzen aneinander. »Sie wird nicht von den Satelliten geortet, und deshalb haben wir keine Ahnung, wo sich die Magna Romaner befinden und was sie anstellen. Ich frage mich, wie sie das fertiggebracht haben.«

Data und Wesley drehten sich gleichzeitig um. »Die Subraum-Wellenlängen der Transtatoren können...«

Picard hob die Hand. »Für technische Erklärungen haben wir später noch Zeit genug. Viel wichtiger ist: Seit wann sind die Romaner dazu in der Lage, und wozu haben sie diese Möglichkeit genutzt? Worf, bringen Sie Captain Seianus hierher.«

Mehrere Dinge geschahen gleichzeitig.

Die *Zenturio* kam plötzlich hinter dem tenaranischen Mond hervor, und in ihren Phaserkanonen glühte Bereitschaftsenergie. Ohne Warnung eröffnete sie das Feuer.

Die *Enterprise* war überhaupt nicht auf einen Kampf vorbereitet, aber die Entwicklungsingenieure Starfleets hatten gute Arbeit geleistet. Die einfachen Navigationsschilde — sie schützten das große Raumschiff vor Meteoriten — absorbierten einen Teil der Energie, und der überaus leistungsfähige Bordcomputer reagierte sofort. Innerhalb einer Pikosekunde stellte er fest, aus welcher Richtung der Gegner feuerte und welche Gegenmaßnahmen notwendig waren, um die Sicherheit der *Enterprise* zu gewährleisten. Normalerweise hätte das vollkommen genügt, um Beschädigungen zu vermeiden. Aber Appius Cornelius' Männer verstanden ihr Sabotage-Handwerk, und Geordi LaForges Technikern blieb nicht genug Zeit, um alle Manipulationen rückgängig zu machen. Trotz der automatischen Aktivierungssignale des Computers wurden die Deflektoren nur unwesentlich verstärkt. Die Phaserstrahlen der *Zenturio* zielten auf die Verbindungsstelle zwischen dem Diskussegment und dem Warptriebwerk. Dadurch wurden nur wenige Besatzungsmitglieder verletzt, aber die Energieversorgung im ganzen Schiff fiel für gut fünf Sekunden aus. Mehr Zeit brauchte Seianus nicht.

Der Captain der *Zenturio* hatte schon vor Jahren gelernt, günstige Situationen sofort zu nutzen. Er stieß sich von der Wand ab und erreichte den Korridor.

Unmittelbar darauf wurde es hell, und das Kraftfeld im Zellenzugang war wieder stabil. Seianus spürte ein leichtes Prickeln im Fuß und sah nach unten: Rauch kräuselte vom einen Stiefelabsatz. *Eine knappe Sache,* dachte er.

Er sprang auf. Picard hatte keinen Wächter im Gang postiert. Wie dumm von ihm.

Seianus lief los, und unterwegs klopfte er auf die Kontrollplatten der anderen Zellen, ließ die übrigen Gefangenen von der *Zenturio* frei. Es dauerte nicht lange, bis er eine kleine Streitmacht versammelt hatte.

»Sind das alle?« fragte Seianus seine Gefährten.

»Bis auf Appius Cornelius, Sir«, erwiderte ein romanischer Ingenieur. »Man hat ihn in die Krankenstation gebracht.«

»Bedauerlich«, brummte Seianus. Appius gehörte zu seinen besten Leuten, und er ließ ihn nur ungern zurück.

Aber der Captain hielt sich nie damit auf, irgendwelche Verluste zu bedauern. »Folgen Sie mir!« befahl er.

Sie stürmten in Richtung Transporterraum.

»Sir!« rief Data. »Die Anzeigen deuten darauf hin, daß gerade ein Transfer stattfindet!«

»Unterbrechen Sie die Energieversorgung des Transporterraums, Mr. Data!« erwiderte Picard sofort.

Die Finger des Androiden huschten über die Konsole, doch nach wenigen Sekunden schüttelte er den Kopf.

»Zu spät, Sir. Mehrere Personen haben sich zur *Zenturio* gebeamt.«

»Seianus«, murmelte Picard und verfluchte sich dafür, keine Wächter in den Arrestbereich geschickt zu haben.

»Das energetische Niveau der *Zenturio* steigt, Sir«, meldete Data.

»Sie feuert Photonentorpedos auf uns ab!« grollte Worf.

»Ausweichmanöver!« befahl Picard und versteifte sich. Die *Enterprise* erzitterte, als die Triebwerke Schub gaben.

Aber die Torpedos dienten gar nicht dazu, das große Schiff der Galaxis-Klasse zu vernichten. Sie explodierten einige hundert Meter vor der *Enterprise,* und blauweißes Licht schimmerte blendend hell vom Wandschirm.

Als das Lodern verblaßte, war die *Zenturio* verschwunden. »Können Sie eine Anpeilung vornehmen, Mr. Crusher?«

Wesley schüttelte den Kopf. »Die Magna Romaner haben sich mit höchstem Warpfaktor abgesetzt. Es läßt sich nicht feststellen, wo sie jetzt sind.«

Picard nickte. Er hatte mit dieser Antwort gerechnet.

»Lieutenant Worf, bereiten Sie eine Nachricht für Starfleet Command und den Senat von Magna Roma vor. Weisen Sie auf die Flucht der *Zenturio* und Captain Seianus' Pläne hin.« Er stand auf. »Mr. Data, Sie haben das Kommando.«

Picard ging zum Turbolift. Er wollte sich in seine Kabine zurückziehen, um endlich zu schlafen.

EPILOG

Einige Stunden später beendete Worf den Dienst. Er hatte Starfleet Command Picards Botschaft übermittelt, natürlich codiert; die Vorschriften verlangten so etwas, wenn Gefahr bestand, daß Feinde die Signale empfingen.

Als er in sein Quartier zurückkehrte, fand er dort eine Mitteilung von Fähnrich Jenny de Luz.

Er überlegte, ob er Deanna Troi verständigen sollte, entschied sich dann aber dagegen: Jenny gehörte zur Sicherheitsabteilung und fiel daher in seinen Zuständigkeitsbereich. Er hatte sie für den Einsatz auf Tenara empfohlen, der zu ihrer Beziehung mit Gaius Aldus führte. »Computer«, sagte er, »ich möchte Jenny de Luz sprechen.«

»Fähnrich de Luz befindet sich auf Holodeck Drei«, antwortete der Sprachprozessor. »Kontakt ist hergestellt.«

»Jenny, hier ist Worf.«

»Ich möchte Sie um etwas bitten, Lieutenant.« Worf hob überrascht die Brauen, als er Jennys Stimme hörte: Sie klang fest und energisch. »Könnten Sie bitte zu mir kommen?«

Der Klingone nickte. »Ich bin gleich bei Ihnen.«

Als er das Holodeck Drei erreichte, sah er sich vergeblich nach der jungen Frau um und vermutete, daß sie die Simulationskammer betreten hatte. Er passierte den Zugang und betrachtete die holographische Landschaft.

Vor ihm erstreckte sich eine Ebene bis in graue Ferne. Der obere Rand einer aufgehenden Sonne ragte über den Horizont und tauchte den bedeckten Himmel in einen blutroten Schein. Links sah Worf einen dichten Wald, und rechts erhob sich ein Hügel, auf dessen Kuppe ein großes Gebäude stand. Am Hang bemerkte er ein Lager, in dem Menschen umherschritten oder in kleinen Gruppen standen und sich miteinander unterhielten. Ab und zu blickten sie zu dem Bauwerk auf und setzten dann ihre Gespräche fort. Jenny stand einige Meter entfernt und beobachtete die Reaktionen des Klingonen.

»Willkommen auf Meramar, Lieutenant«, sagte sie. »Ich habe die letzten Stunden damit verbracht, alle Details zu programmieren. Was halten Sie davon?«

»Eine düstere Landschaft«, erwiderte Worf.

»Und eine düstere Welt. In dieser Umgebung bin ich aufgewachsen.« Jenny deutete zum Hügel. »Schloß de Luz – der erhabene Klang wird der Wirklichkeit nicht ganz gerecht. Das dort...« – ihre ausgestreckte Hand zeigte auf das Lager – »...ist die Armee des Vetters meines Vaters, Domin Hame de Luz. Er belagert das Schloß.«

»Belagerung!« entfuhr es Worf. »In der heutigen Zeit? Durch den Einsatz moderner Waffen sind Belagerungen völlig sinnlos geworden.«

Jenny schüttelte den Kopf. »Alle Parteien haben sich darauf geeinigt, nur die Waffen einzusetzen, mit denen die ersten Siedler von den Bewahrern hierhergebracht wurden. Diese Belagerung fand statt, als ich drei Jahre alt war, und der Konflikt wurde schließlich durch einen Zweikampf zwischen meinem Vater und seinem Vetter gelöst. Mein Vater gewann. Ich entsinne mich an seine Wunden. Und an den Kopf des Vetters, der einige Tage lang den Speisesaal zierte. Glücklicherweise fand das Duell im Winter statt.«

»Barbarisch.«

Jenny lächelte plötzlich. »Fühlen Sie sich an eine andere Welt erinnert?«

»Klingonen waren keine Barbaren«, entgegnete Worf steif. »Die harte Umwelt zwang sie dazu, einen strengen sozialen Kodex zu entwickeln. Aber schließlich erreichten sie einen Entwicklungsstand, der es ihnen ermöglichte, einen Schlußstrich unter die Vergangenheit zu ziehen und sich der Föderation anzuschließen.«

»Ja. Genau das geschah auch auf Meramar. Auch meine Vorfahren mußten kämpfen, um zu überleben. Sie wurden Mitglied des interstellaren Völkerbunds, doch seitdem hat sich an der gesellschaftlichen Struktur kaum etwas geändert.«

Worf suchte nach den richtigen Worten. »Sie sind nicht mehr dort, Fähnrich. Dies ist nur eine Simulation. An Bord der *Enterprise* werden die Probleme nicht durch Zweikämpfe gelöst.«

Jenny nickte ernst. »Ich weiß, Sir. Aber diese Welt hat mich geprägt. Sie ist ein Teil von mir. Ich bin hierhergekommen, um mich selbst besser zu verstehen. Das Duell zwischen meinem Vater und seinem Vetter beginnt bald. Derzeit befindet sich mein Vater in der Schloßkapelle, widmet Waffen und Seele Servado und betet für den Sieg — eine uralte Zeremonie. Wenn ich diesmal zusehe, wird mir sicher mehr klar als damals.«

Am Hügelhang ertönte eine laute Stimme, und plötzlich kam Bewegung ins Lager. Männer eilten herbei und versammelten sich in der Mitte des Platzes. Ein aufgeregtes Lächeln umspielte Jennys Lippen. »Haben Sie das gehört, Lieutenant? Jetzt geht's los. Mein Vater verläßt das Schloß, um sich seinem Vetter zum Kampf zu stellen.«

»Sie wollten mich um etwas bitten, Fähnrich«, brummte Worf. »Es liegt mir nichts daran, zwei Männer dabei zu beobachten, wie sie sich gegenseitig umbringen.« Er wandte sich dem Schott zu.

»Computer!« rief Jenny. »Simulationspause.«

Die Schreie im Lager verstummten abrupt, und Worf drehte sich wieder um. »Nun?«

»Zuerst muß ich Sie berichtigen, Lieutenant«, sagte Jenny und klang so, als erörterten sie ein völlig neutrales Thema. »Es sind nicht zwei Männer, die sich gegenseitig umbringen — nur einer tötet den anderen.« Sie holte tief Luft. »Bitte geben Sie mir einen Sonderauftrag. Ich möchte Captain Seianus suchen.«

Worf schüttelte langsam den Kopf. Der plötzliche Themawechsel überraschte ihn keineswegs. »Um ihn zu töten?«

»Nein, um ihn vor Gericht zu stellen!« entfuhr es Jenny. »Er soll für Gaius Aldus' Ermordung büßen!«

Der Klingone zögerte. »Wie wollen Sie das bewerkstelligen, Fähnrich? Er ist geflohen – und die Galaxis bietet ihm zahllose Möglichkeiten, sich zu verstecken.«

»Oh, ich finde ihn«, sagte Jenny schlicht. »Ich finde ihn ganz bestimmt.«

»Nun, dann wünsche ich Ihnen viel Glück«, erwiderte Worf. »Ist das alles?«

»Möchten Sie mir vielleicht... helfen?«

Worf nickte. »Ich möchte schon. Aber man braucht mich hier an Bord der *Enterprise.* Ich sehe keinen Sinn darin, als Racheengel die Galaxis zu durchstreifen.«

»Ich...«, begann Jenny. Plötzlich konnte sie sich nicht länger beherrschen und schluchzte.

Die Vorschriften Starfleets hatten Worf nicht auf eine solche Situation vorbereitet, und deshalb handelte er instinktiv. Er knurrte und erlaubte es Jenny, sich an ihn zu lehnen, als sie weinte.

»Ich bin froh, daß du gekommen bist«, sagte Riker. Er streckte den gesunden linken Arm aus, nahm Gretnas Hand und half ihr von der Transferplattform.

»Willi!« brachte sie hervor und musterte ihn erschrokken. »Dein Arm...«

»Sei unbesorgt. In ein oder zwei Tagen ist damit wieder alles in bester Ordnung. Komm jetzt. Ich zeige dir, wie dich Marcus getäuscht hat.«

Er führte seine Begleiterin durch den Korridor zum Turbolift.

»Deck Vier«, sagte er, und die Transportkapsel setzte sich in Bewegung. Er sah Gretna an und lächelte. »Nun, wie gefällt dir die *Enterprise?*«

»Sie ist wundervoll. Es freut mich, hier zu sein. Besonders gespannt bin ich auf das...« Sie gestikulierte vage – das richtige Wort fiel ihr nicht ein.

»Holodeck«, sagte Riker.

»Ja, auf das Holodeck. Ich hoffe, du hast mir die Wahrheit gesagt.«

Der Erste Offizier nickte. »Für dich klingt es vielleicht wie Magie, aber ich versichere dir, daß alles real ist. Beziehungsweise real *erscheint.*«

»Ich verstehe noch immer nicht, daß sich ... Bilder genauso verhalten können wie echte Menschen.«

»Es sind keine Bilder, sondern holographische Simulationen. Das Holodeck wird von einem modernen Computer kontrolliert; Marcus und Seianus veränderten einfach die Programmierung.«

Der Turbolift öffnete sich. Riker und Gretna betraten den Korridor und gingen zum Holodeckeingang.

»Zuerst siehst du ein völlig leeres Zimmer«, erklärte der Commander. »Man kann es ganz nach Belieben gestalten. Dort drin ist praktisch alles möglich.«

Riker berührte eine Sensorfläche, und das Schott glitt beiseite, gab den Blick auf Lieutenant Worf frei, der Jenny de Luz in den Armen hielt.

Der Erste Offizier unterdrückte ein Lachen.

»Bitte entschuldigen Sie, Fähnrich, Commander«, sagte Worf und löste sich behutsam von Jenny. Dann ging er mit langen Schritten an Riker und Gretna vorbei.

Jenny folgte ihm und wirkte ebenso betreten. »Commander, Ma'am ...«

Sie verschwand im Gang, und hinter ihr schloß sich das Schott.

»Offenbar haben wir sie bei etwas gestört«, murmelte Riker.

»Das glaube ich auch, Will. Was ist dies für ein Ort?«

»Keine Ahnung. Aber mir gefällt er.«

»Man könnte meinen, auf einer ganz anderen Welt zu sein«, hauchte Gretna, drehte sich langsam um und beobachtete die Landschaft. »Und auch Personen lassen sich auf diese Weise simulieren?«

Riker nickte.

»Mein Vater und Captain Picard?«

»Ja«, bestätigte der Erste Offizier. »Wenn du möchtest ...«

»Nein«, erwiderte Gretna hastig und senkte den Kopf. »Will, ich komme mir so dumm und närrisch vor. Ich hätte mit dir über Marcus' Behauptungen sprechen sollen. Statt dessen habe ich ihm sofort geglaubt.«

Riker winkte ab. »Das spielt jetzt keine Rolle mehr.«

»O doch«, widersprach Gretna. »Kannst du mir verzeihen?«

Der Commander schmunzelte. »Nun, wie ich eben schon sagte...« Er umarmte die junge Frau. »Hier drin ist alles möglich.«

Es blieben noch immer viele Rätsel.

Jean-Luc Picard – Gelehrter, Wissenschaftler, Diplomat und manchmal auch Soldat – saß in seiner Kabine, trommelte mit den Fingern auf den Tisch und versuchte, alles zu verstehen.

Die M'Dok hatten endlich auf die Hilfsangebote der Föderation reagiert, und Picard hoffte, daß sie ihre Angriffe einstellten. Die jüngsten Enthüllungen bezüglich der Volcinii-*Gens* bewirkten eine umfassende Regierungsumbildung auf Magna Roma. Und was Seianus betraf...

Er ist irgendwo im All, dachte Picard. *Wahrscheinlich hält er auch weiterhin an seinen Absichten fest. Vielleicht schmiedet er jetzt neue Pläne, um verloren geglaubte Ehre zurückzugewinnen, um die romanische Vergangenheit in Zukunft zu verwandeln...*

Vielleicht blieb für immer offen, von welchen Motiven sich Captain Lucius Aelius Seianus treiben ließ. Picard zweifelte nicht daran, daß Seianus den Verstand verloren hatte, aber sein Wahnsinn paarte sich mit enormer Intelligenz und der Fähigkeit, die Entwicklung ganzer Zivilisationen in eine neue Richtung zu lenken.

Alexander, dachte Jean-Luc. *Julius Cäsar. Saladin. Napoleon. Gandhi. Hitler. Schroeder. Colonel Green. Kahless. Cochrane. Surak. Tagore.*

Es ist eine lange Liste...

Vielleicht handelte es sich um ein neues Beispiel dafür,

daß Macht korrumpierte. Auf Magna Roma war es innerhalb von nur achtzig Jahren zu einem Sprung vom Äquivalent des zwanzigsten Jahrhunderts ins moderne Zeitalter der Föderation gekommen, und daraus ergab sich natürlich eine Phase politischer und sozialer Instabilität. Plötzlich soviel Macht zu bekommen...

Das konnte einen Mann verändern – selbst jemanden, der die strengen psychologischen Tests Starfleets bestanden hatte.

Doch es gab noch mehr.

Tief in Captain Seianus verbarg sich etwas, das vielleicht nur Picard verstand.

Er konnte diesem Etwas keinen Namen geben, und er wollte es auch gar nicht.

»Zu Lucius Aelius Seianus' Wesen«, flüsterte er und lauschte der eigenen Stimme, »gehört auch viel von Jean-Luc Picard.«

Er starrte auf den Schreibtisch, auf seine gefalteten Hände.

Die Hände und der Verstand machen uns zu Menschen, dachte er. *Was unser Geist ersinnt, ob gut oder böse, bekommt von den Händen konkrete Gestalt. Und dann existieren keine Grenzen mehr.*

Außerhalb der *Enterprise* leuchteten Myriaden Sterne, und in der absoluten Stille des Alls gab es noch viele Dinge, die es zu entdecken und zu verstehen galt.